一团坚冰

杨知寒 著

译林出版社

图书在版编目（CIP）数据

一团坚冰 / 杨知寒著 . — 南京 : 译林出版社,
2022.7（2023.11 重印）
（现场文丛 / 何平主编）
ISBN 978-7-5447-9123-6

Ⅰ.①一… Ⅱ.①杨… Ⅲ.①中篇小说 - 小说集 - 中国 - 当代 ②短篇小说 - 小说集 - 中国 - 当代 Ⅳ.①I247.7

中国版本图书馆 CIP 数据核字（2022）第 060069 号

一团坚冰 杨知寒／著

丛书主编 何 平
责任编辑 侯擎昊
装帧设计 好谢翔
封面制图 某M桑
校 对 戴小娥 王 敏
责任印制 颜 亮

出版发行 译林出版社
地 址 南京市湖南路 1 号 A 楼
邮 箱 yilin@yilin.com
网 址 www.yilin.com
市场热线 025-86633278
排 版 南京展望文化发展有限公司
印 刷 江苏凤凰新华印务集团有限公司
开 本 850 毫米 ×1168 毫米 1/32
印 张 11.125
插 页 2
版 次 2022 年 7 月第 1 版
印 次 2023 年 11 月第 3 次印刷
书 号 ISBN 978-7-5447-9123-6
定 价 52.00 元

连环收缴

迟桂香

天天敲，敲了足有一礼拜，每天晚上不到七点，伴着《新闻联播》快开始，门板后面总有只老手，固执坚持地敲。迟桂香的儿子燕好不耐烦想去开门，被她瞪了回去。那眼神就像敲门的不是孩子奶奶，而是个查水表、收电费的人。孩子们习惯了在这样的时刻里默不作声，门里门外都在凭听觉判断真相：走了还是没走？在家还是没人？谁先发出声音，谁就输。在上小学的女儿燕凤觉得这是个游戏，忍不住捂嘴乐。叫门外老太太听见，敲门的手迟了一下，声音凶狠，说，我知你们都在呢。迟桂香反而在炕上挺了挺脊梁骨，坐得笔直。

迟桂香少有拿得住的主意，这时候表现得不为所动，让她很为自己前半生的草率怀疑一回。如果当时能有现在的主意，也不用步步错，错到今。她盯着巴掌大的黑白电视屏，上面随影像不住有雪花在闪，在那些不确定的画面里，她能看到自己确定的心情。报复是件美好的事儿啊，顺气。这么多年她始终身上带病，叫不准哪里会产生突然的疼痛，然后她忍，用最省钱的方子——睡觉——来一一抵抗。现在则终于明白，为什么会有人犯罪，放火捅刀子抢钱，因为来得快，无论是精神上还是物质上的补偿，一出手都有了。不用在枕头上忍。

可她充其量也只能做到不开门。听窗外北风，像个执鞭的打手，替她打在老人身上，临走时门外又是哭又是骂，落在地上有轻微的一声响，应该是放了东西。五分钟后迟桂香让燕好去看，开了门，靠门口放了个浅紫花的包袱皮，燕好抱在怀里带了进来。燕风也凑到炕沿，趁母亲不注意从包袱里拿出一个红卡子，背手藏到了身后。迟桂香各样看了看，把其中二百块钱收下了，在裤袋里揣好，剩余的连包袱皮交给儿子，说烧了。燕好没犹豫，烧就烧了，回来在炕上继续看电视，想起什么，和正发愣的母亲说，她不会去冯屯传话吧？迟桂香两个月没去冯屯了，燕来臣见她就骂，当着那么多狱警，什么难听骂什么。她每次去都躲在别人后边，想他能永远出不来。燕来臣是她丈夫，今年五月进了监狱，把一个她根本没听过的男人打了，喝醉了一瓶子摔在地上，把碎了的半个插进男人裆下，让那人的下身往后除了走路再没别的用处。判了六年，开始她哭，后来高兴。一高兴就巴不得和燕家一点关系不沾，燕来臣的母亲提出看望孙子孙女，她都拒绝。这次，是婆婆第一回拿东西过来。

你不对呀。迟桂香后来去三哥家拿菜，三嫂刘岚教育她说，一码是一码，孩子应该有奶奶。刘岚和丈夫迟敏两人喝一瓶酒，迟敏用盅，刘岚用杯。白酒在杯底往上冒出几厘米高，刘岚两口就喝进去。迟桂香摇头，轻声说了句没办法。面前是一桌子的菜，有酸菜白肉和汆丸子，她闻着香，更觉得委屈。三哥家也是过日子，两家的日子差上这么远，只能是男人不行。迟敏看出妹妹的心思，把嘴里本来慢慢嚼着的下酒菜囫囵咽下去，扭脸和刘岚说，去给拿上点肉。他其实也是壮胆子说，当着人的时候，刘岚比较给面子。何况他这个妹妹真是命途多舛，这几年合该他多照顾。出事前本来都分了家，由他照顾母亲，其他姊妹弟兄顾好自己就成。可遇上迟桂香这样顾不好自己的，分家就不算数了。

迟桂香听了几句劝，拿上肉和菜，往回家路上走。路上月朗星稀，她住的地方不算厂区家属楼，儿子不久前才在迟敏安排下进厂，生活上他们起色不大。她不知这样的日子何时能结束，被人接济的滋味不好受，虽然现在没瞧过脸色，难说以后。想着眼圈就红，用套袖擦了一回。遇上熟人，迟桂香从阴影里挤出的笑容诡异而凄怆，仿佛有天大的委屈藏着。熟人问，这么晚买菜去了？迟桂香说，是，拿点菜。熟人笑起来，现在菜市场都随便拿了？迟桂香说，是，开玩笑。熟人多看了她一会儿说，嫂子，你没事吧？她摆摆手，笑还堆在脸上，一转脸的工夫神态却变了，让人不问也知道，绝不是真高兴。迟桂香在夜路上继续走，再拐两条土路，就是家。小姐楼青砖垒成的楼体下头，被人在空地上建了一排民房，第五家是她家。燕凤放了学，有时候知道写作业，有时候不知道写，不过大部分时候她都能想起来把炕烧好，然后盘腿上炕，不住研究怎么让电视多出两个台。

进门一抬眼，迟桂香看见了女儿头上多了个红卡子。那让她看出来另一个人。

多年前，迟桂香和弟弟迟桂生一起在炕上坐着，比现在要暖一些的时候，还没入冬吧。记得炕上不是很热，舒服的余温，让人昏昏欲睡。桂生在炕上摔旮旯哈[1]玩，两个透亮的带点膻味的羊骨头不断被掷到空中，落地后发出脆响。她听着这声音，人靠着结了冰霜的窗子，依稀看见反射出的倒影，自己乌黑的两鬓，戴着红线绳红卡子。她默默捋着头发。半睡半醒的时候，母亲从身后推自己的胳膊。睁开眼，迟桂香听见许多笑声，有弟弟的，也有三哥的。那时迟敏还没留胡子，刚进厂的小青工，不爱说话，埋头在厨房里给客人准备瓜果茶水。她迷迷糊糊问，谁来了。三哥从厨房里探出头，往帘外努嘴，说，大燕。迟桂香在她第一次听到这个人的绰号时，浑身便有冷汗淋漓的感觉。但刚才明明没有做梦，心情没有前因，只觉得自己终于被什么给捉着了。不用人喊，也知道该下炕，该出去见人，说话。那天她像被谁给推着，不断去靠近必然。

大燕名叫燕来臣，开始大燕的名头还不响，在厂区这片至多打打架，放点狠话。让他出名和让迟桂香开始失眠的那件

1　动物膝关节骨，也指以此为材料的室内游戏。

事关系到男女问题。和大燕结婚三个月后，迟桂香发现自己怀孕了。更该成为新闻的是，外面同时有另一个女人也怀了燕来臣的种。她像在少女时见过的所有婚姻不幸的婶子阿姨那样，在男人回家时厮打，在男人进厂时追着厮打，同时侦察外面女人的工作单位，纠集娘家代其出头。她预想好了每一步，打算依次实施，却在第一回跟进燕来臣的厂里闹时，便没了后来。他直接在众目睽睽下扭住她的手腕进了厕所，正在小便的工人浑身颤抖，来不及穿裤子。她被迫去看，被燕来臣一脚踹倒，跪在遍布尿渍的瓷砖地上，手腕向后扭着。他之前进过一次看守所，研究过这套手艺。迟桂香无法动弹，视线正好落在自己高胀的孕肚上，它还在向着令人绝望的方向膨胀。燕来臣松开她，转到面前，一下下扇她耳光。听见声音的工人纷纷往里走，他很快被人架开，嘴里仍不绝骂她的话。迟桂香止不住地哭。一时燕来臣突然挣脱身边人，像豹子闻到血腥味一样迅速冲回，对那张黑黄的脸，加重嫌恶地抽打。后来她恍惚被人背回家，在炕上盖着被子，脸通红肿胀，把五官挤得很小。外面有人来看，是燕来臣的姐姐和母亲，她们都化了妆，衣服是掐腰的，和燕来臣一样浓眉大眼。姐姐歪斜的身影一直在迟桂香眼前摇晃，带一种刺鼻的香味。迟桂香努力睁眼睛，说，我不想生了。婆婆凑过来，在她的耳根上用指甲掐了一下，她不明白什么意思，可的确很疼。姐姐还在笑，勉为其难说，我这个弟弟呀。

外面的女人没有生下孩子，迟桂香则在半年后被人推进手术室，气若游丝了整个晚上。当时她还有意识，望着手术室的天花板想许多实际的问题。医生的手摸在她肋骨上，一条条的，她能想象里面的孩子过得一样不富裕，他们都没吃过好东西，睡过安稳觉。麻药劲上来的时候，迟桂香睡着了，并不觉得特别痛。她是极有忍耐力的人，被丈夫暴打之后，她总结经验，安慰自己说，不是人人都能要上强。她就不行，她更擅长忍。因此她能在分娩时既感受到痛苦，更感受到休息般的安稳，只怕走下那张床，怕医生就要把孩子拿到自己面前。那是事情的果，她不想承接，想一直在过程里飘，那样便落不到头。

母亲中风后一直歪在炕上，被三哥接到自己家，三哥家于是成了迟桂香的娘家。弟弟迟桂生全家则去了兴城，偶尔来电话，年节才回来。她不得已和三哥走得更近。迟敏前面有两个兄弟，都夭折了。他是大妈妈最后一个活在世上的孩子，至于大妈妈，迟桂香和迟桂生都没有太深的印象。迟敏的生母，被他们叫作大妈妈的，是个日本人。战败后她独自回国，音讯皆无，那年迟敏五岁。养母把迟敏当作自己儿子养，迟敏和她格外亲近，不然也不会在养母中风后主动提出由自己来照顾。哪怕他当时和刘岚结婚才一个礼拜，家里没有多的房间，夫妻俩晚上只能和老太太在一个炕上睡觉，当中拉个帘子，对彼此都是煎熬。燕来臣被抓之前，迟敏一家刚搬进了新楼房。在厂区家属院里一个三室一厅的小二楼，铺的是瓷砖地。迟桂香那阵为丈夫的事奔来跑去，燕好和燕凤便总被留在小二楼和迟敏的女儿迟玉一起玩。迟桂香每次来接都是晚上，在三哥家的客厅里，她观察着坐在沙发上的三个孩子，燕好和燕凤总是巴巴看着岁数更小的迟玉的脸，她说什么，他们听什么。到刘岚端着一盘切成小段的香蕉给他们时，两人都等着迟玉说拿吧，才伸手。迟玉也给迟桂香拿过来一个。看着梳齐耳短发的迟玉，这孩子小小年纪显得英气勃勃，满脑子都是主意，她总觉得有些惊慌。母子三人都被种莫名的气势压制住，她意识到他们一家子从老到小，除了燕来臣，其实都没主意。迟玉说，大姑你客气啥？拿，还有呢。像是被高看，迟桂香一时缩手缩脚，又想不通一个孩子能看多高。

这种时候她才会对燕来臣的存在抱一丝安慰。燕来臣看不上当工人，他用他自己的办法挣钱。

风光的时候他会带成扇的排骨回家，故意让双手占满了，吆喝着叫门。这些肉通常不是专买给家里吃的，到迟桂香把肉炖上，炖得将烂未烂，只等下白菜粉条的时候，络绎就有脚步声找来。燕来臣坐在桌上当首的位置，分头梳得油光水滑，他仍不住拿手去摩挲。燕来臣讲话时眉飞色舞，唯有女儿燕凤能适时凑过去，被他抱在腿上亲下脸蛋，跟着吃肉。肉，迟桂香早给自己和孩子们留出几碗了，不过是在厨房里吃，燕来臣不许他们上桌。迟桂香能接受，因为吃肉的时候毕竟不多，能吃肉和不能上桌画等号，她觉得挺合适的。她理所当然去做剩下的工作，拣碗，烫酒，热菜，每去桌上一回，就有一两个人假意站起来，对她做出要帮忙的架势说，嫂子，别忙了。燕来臣像完全看不见她，细眯住眼睛抽烟，十来平的土坯房里很快充斥红塔山的味道。她自己在家时偷着抽过一根烟，呛得不行，但愿意闻别人的烟。在迟桂香看来，日子过的是个气氛。到客人临走时，她在厨房刷碗，听他们一个个在过门槛时喊，嫂子走了啊。燕来臣扭脸进来，竖个大拇哥，这回菜行。他也要走。人都走后，她就觉得自己日子很红火。

燕来臣一走就不知道什么时候回，没固定单位，她也找不着他。有回燕好在学校跟人打架，把一个小孩的鼻梁给打歪了，家长要求赔钱，不赔不放人，学校也劝她赶紧想办法。迟桂香便硬着头皮去敲小二楼的门，赶上迟敏下外县学习去了，刘岚也正在门口穿鞋，准备出去。晚上他们单位组织大合唱排练，她站头排，少一个挺明显，必须得到。看见了找上门的迟桂香，刘岚想也没想，张口就是，吃了饭了？迟桂香站在门外楼道上的拐角里，听见门内传来电视机的声音，迟玉正哈哈大笑。这时间家家都该如此，只有她的燕凤还蜷在冷炕上没吃饭，只有她的燕好被关在学校仓库里，家都回不了。她说不出借钱两个字，捏着衣角，傻子一样站着，瞧出对方因自己长久不回话在脸上生出的不耐烦，刘岚不理解也不想理解她。迟桂香不由自主，说了句自己平时根本出不了口的话，不吃饱我不能来，是吧？

刘岚想解释，去扯她，迟桂香脑袋发蒙，转身跑下楼，心里却想，坏了坏了。她准备到婆婆家看看，路上她反复掂量，等三哥回来了，和他再见面该怎么和解，说她刚才的话有口无心，当然嫂子也没有坏心，可自己就是糊里糊涂说了句错话。她又想到嫂子在社会上认识那么多人，做售票员的，在公交车上和别人当聊闲天儿说起她的事来，满车人都该给嫂子主持公道了，议论这小姑子不说人话。这种念头让她比什么都急得想哭，简直想在这乌漆麻黑、走投无路的时刻里，跟个过路的人说道上一回。三嫂既然能找群众评理，她也要找。再走不远就到婆婆家的小院了，从远处看，窗里没点灯，许是她们睡得早。一时间迟桂香忘了婆婆曾掐过自己的耳朵，忘了大姑姐曾百般替丈夫辩解，不在乎她所受的伤害。这一刻，她只觉得她们才是亲人，是眼前所能见到的最亲近可爱的人。

门虚掩着。院里的狼狗叫大黑，认得她，在迟桂香进门时努力挣脱脖子上的锁链，最后放弃，疲惫温柔地趴下。一切都让她有热泪奔涌的冲动。迟桂香后悔过去没多来这里帮忙干活，婆婆岁数大了，大姑姐又不常回家，院子里各处乱糟糟的，荒草爬上院墙，农具乱放。她不留意踩上了一根铁锹，本该插在煤堆里的，此刻却横在门前。她踩上它时，一种自刚刚就一直持续的声音突然中断，这让迟桂香后知后觉那不是虫叫。虫都冻死了。她一动不动在院里站下，极为恐惧，仿佛踏入不该踏的地方，转身想跑。这时窗帘从屋里被拉开，一张脸贴到了玻璃上和她面面相对。跑已经来不及了，于是迟桂香再度被不知道是什么的力量推着往前，到门口，听到有人从门里刚把锁打开了。光在里屋亮起来，一根电线坠着灯泡，挂在头顶。从炕上缓缓飘出红塔山的烟味。大姐拉着迟桂香发凉的手，两人往另一个屋里走，关上屋门。大姐在椅子上坐下，偏头点烟，脸上红扑扑的，说，我和我弟打小就好，我也劝他断了，他总骗我是最后一回。你别吵，也别闹，怎么说他现在是你男人，事儿捅出去谁都不好听。迟桂香靠门框倚着，想刨根问底，觉得也许问明白了，就会发现对方所说的和自己所想的，根本不是一回事儿。可她到底听见了对门屋里，是燕来臣在穿裤子，给前门提上拉锁的哗啦声。她的主意烟消云散。迟桂香在电视上看过的所有最不要脸的剧里，也没演过这一种，报上，新闻上，哪儿登过？当有一件事超出了迟桂香的认知范围，和很多文化不高的家庭妇女一样，她习惯上认定，这没有，这不能，这是假的。

燕来臣和她没照面就走了，最后送迟桂香回家的人是婆婆。原来她一直都在家里，在厨房还是后面地里，不得而知。迟桂香表现出受伤害的迟钝，和之前与三嫂的口角不同，前者她还能想想后果来让自己更绝望，这件事上则没有增加的余地。她痛苦的容量被占满了。婆婆是小脚，却走在前，走一会儿停一会儿等她，眼神小心翼翼去打量迟桂香的表情，露出一种什么都落在她盘算里的底气。到家后，迟桂香站在门口说，妈你进来待一会儿。婆婆不进去，仿佛知道迟桂香进屋就要去厨房拿刀，或者在给自己喝的水里下药。她必然做点什么，婆婆这样想着，咽了口口水，亲热上去，攥着迟桂香的手，望见她满脸眼泪，安下心来，明白对方并没多少斤两。于是她语气松懈了，说，人都图个快活。他跟你过，又没跟别人过。都是人，都有缺点。说句不受听的，大燕但凡有点什么，别告诉我你能给他守啊。我岁数大看多了，不信这个。说完她咧嘴笑，迟桂香想把手收回，又被她用指甲给掐了一下，这一下终于让她明白了意思，和上次一样，那意味着警告。

半年后的一九八二年，燕来臣因伤人入狱，被关在冯屯，她只在头一个月做到了隔三岔五去看。生活逐渐恢复让人死去心气儿的沉静，锁住了迟桂香和人比较的心情，她只日日缩小自尊的范围，一旦感到难过，眼睛红一阵自己也就干了，两个孩子跟着学会了种种服从，全家都顺眉耷眼。婆婆最后一次来拍门后，她去三哥家说起此事，不单是为了找人商量。除此之外，一是为了孩子们在长身体，需要肉菜，她得上门去拿接济；二是她再度找到了冥冥之中身后有人助推的感觉。她拿定了一个主意，这趟去，想得到一点儿他们的赞许。

她告诉三哥和嫂子，她已向法院提出离婚。法院工作人员从监狱带回了燕来臣同意的消息，却没带回他的一句话。

刘岚在监狱有朋友，被遗落的那句话便跟着传到小二楼的餐桌上。当时迟桂香正在给要下桌的燕凤擦嘴，刘岚提出让孩子们去厅里玩，把门也带上。头顶上细长的白炽灯管和餐桌上的皮冻互为辉映，皮冻晶莹剔透，迟敏记得妹妹过去爱吃，头天特意给做的。摆在迟桂香眼前，直到她吃不动，放下筷子，像个年龄过大的孩子，发现对面的哥嫂已成了父母。他们在她吃东西时自己不吃，只看她。迟桂香中风的母亲坐在当首，嘴里流着口水，咿呀地说话。迟敏拿手巾给她擦干净，仿佛是个翻译，说，放心吧，桂香我们管。母亲点点头，把视线交给刘岚，人人心知肚明，后者才是这个家真正的主心骨，她不说不算，说出便如有千钧。刘岚喝完杯子里剩的酒，语重心长道，桂香啊，你知不知道大燕他妈转头就奔监狱，去找她儿子了？迟桂香放下筷子，眼前出现恐怖的幻影：燕来臣瞪着野兽般通红的眼，捶击着玻璃，喊，我出去弄死她。正是如此。当监狱里把离婚的决定告诉燕来臣时，他反而很平静。像毫无损失的丢弃，没有犹豫。刘岚叹息着，告诉迟桂香，燕来臣最后用手指头点着玻璃后头执法人员的脑门，一下一下地点。他那一句话是，我早想离了，知道吗，这不耽误我弄她。

燕　好

二〇一七年七月，作为户口簿上最后在世的人，燕好意识到销户是可能发生的事。和许多开大车跑夜路的人一样，他不太精心于自己的感受，鼻子堵一天是常有的事，说一句话连一个喷嚏也是常有的事，这么说，鼻咽癌也像常有的事。可现在令四十七岁的大车司机燕好恐惧的，比起癌症晚期，还有些遥远的哲学问题。它们在过去四十多年里从未打扰过他，现在则不请自来，没有走的打算。躺在医院的床上，他时常掰指头掐算，从八几年算到一几年，那些令他彻夜思考的巧合和连环发生，才是不常有的。

后找的女人在中午十一点过来，坐在病床边上，拿小刀为他旋一个苹果。燕好看见她侧面线条圆润了不少，白胖的指肚似乎比苹果好吃。一会儿用我的手机，你给小玉发段话，女人垂着脸说。把苹果递到他嘴边时，眼睛翻了一下。然后起身从提包里掏出手机，手指在上面敲击。燕好想拦截，但只有嘴能用上力气，全身其余地方则像往四周漂散的浮岛，正从躯体这块大陆上分离，分离到只给他剩下了僵硬的脊椎骨和无用的中枢神经。燕好高兴自己在医院又学会不少东西，他在健康时就是个能说会讲的人，谁都愿意教他点什么。身边的女人也是这么来的，从青年到中年，不断有异性被他吸引，她们都觉得，一个眼神忧郁说话俏皮却事事一无所知的男人，尤其需要帮助。他很少和女人发脾气，她也总是温顺，此时从燕好咀嚼苹果的嘴巴里飞出温柔的沫子，他摩挲她的手背说，不着急发。

他像往常那样拖延她的决定时，手下遇到坚决的抗拒。女人像根本没听到他的话，也可能没听清，手机上很快有了一条回复，突然的亮光吸引走她全部的注意。燕好看见她眼睛里亮出同样突然的光，手下打字速度加快，回复很多话。是小玉的声音。她把语音消息放到耳朵边听，有几秒钟吧，然后沮丧地把它扔到一边，正砸在他被子底下的膝盖上，有点疼。燕好咳嗽起来，喉咙发出一股动物般的呜咽，捂嘴乱摇头。口腔很快盛满破裂出的血水，女人从抽屉里取出纸杯，拍他吐出了。小玉说她在开会。女人边把纸杯扔进床脚半人高的垃圾桶，边捂鼻子说。也不用这么快告诉她。燕好说。早晚得告诉，女人无限委屈地叹着，她知道不会不管的。是啊，到时候都得来管一道了。燕好示意女人把床放平，手里举着咬了几口的苹果，没有滋味。他想念小时候吃的国光、嘎啦果，汁水酸甜，连带有过年的记忆。临睡前燕好意识到，这辈子所有他想得起来的年，都是在小二楼里过的。那意味着父亲出狱后在家里待不到一年，人就死了。父亲之后，六年前是母亲，两年前是妹妹，都走在过年前后。现在是夏天，医生也对他说，情况好点他能到冬天。

他不想和老家联系，自己想不透彻的事到了别人嘴里，会更不清楚。二〇一一年十一月，母亲过世，他向单位请了长假，带现在的女人回去。登迟敏家门时，并没吐露他那趟回去的真实打算。从迟家出来，翌日清晨他带着女人和妹妹妹夫一起离开了市区。当时他穿着七匹狼的夹克,像早已忘记东北十一月的寒冷,完全适应了南方的样子,任由单薄的西装裤下面自己一双腿干冻着,在朋友借的大众轿车里瑟瑟发抖——空调是坏的。他要求女人和他一样穿成黑色,在领口别好肃穆的胸针,除了脖子上戴一串金项链,装扮尽可能哀沉庄严。就连袖口下的手上露出来的洗坏的文身都在焚烧秸秆的灰尘里散发出自怜的味道,去的车程上,气氛让人心痛莫名。燕好时而去看后视镜里自己因酒醉而浮肿的眼睛,往下则是同样面积的眼袋,时间就这样把过去他熟悉的男孩儿给埋下了,用一张尺寸肥大的皮。而这张他不熟悉却无比相似的脸,倒有几次在其他地方出现过,梦里或坟上,即将可能再见。但其实他没有信心能见到。当年还没有墓园这类买卖,父亲的坟远在大庆的家族坟地里,那里如今在大兴土木。

后视镜里也能看见妹妹燕凤朝向窗外的脸和上面零落的色斑。妹妹的眼睛遗传了母亲的,细而无神,仿佛开过去的不是风景,而是些看不懂的事。妹夫魏晓东一直开出租,今天请了一天假,没出车,阴沉的五官在那件枣红色棉服上方,尤其可憎。燕好恨他穿了红色,更恨他计较着自己这趟跟他们出来,错过了已经约好的麻将局。这人没有心肝。

到了同样的年纪,他会在一些时刻遇上一些让自己都感到害怕的念头。燕好会想要理解父亲,痛快痛快,然后去死。

在大庆一个他没去过的村门前停好车,燕好几乎眼含热泪，颤抖着腿迫不及待给每一个长相相似的长辈跪下磕头，来换取一些承认。他既像狗一样摇尾，又像身穿名牌衣服在电视上打出广告的演员那样，说话判断带有狼的狠绝，让人以为他只有回到这里才眼含泪水，而在那些他独自打拼过的大城市里，人们只能见到一个泯灭人情的他。此刻便有归来人的可贵。每一次认亲后，燕好都被女人搀起，她哭得也很好，哭出了本来不知道这件事，后来知道了去认同，能哭出来的最好样子。那些坐在板凳上的老人纷纷像燕好期望中那样，一个招呼两个，前院联系后院，认真为其排出了辈儿，理清同众人的关系。这是头一遭，当父亲被谈起时没有人压低声音，小心翼翼。在这里亲人们都带着慈悲的泪，说起燕来臣，记得的都是他小时候的事，而孩子是谈不上罪恶的。

当时记得清楚，过后总要被忘记的叔伯带燕好一行上山去找坟，推土机就停在他们看得见的位置，坟也许早被推走了，也许还在。燕好毫不吝惜地用皮鞋踩着土路，随老人们拨开眼前的荒草。双方很清楚寻坟这件事，有没有结果其实两可。足足找了两个小时，其间燕好回答了众人的问题，主要是他在外混的情况：他在厦门开大车，一个月好一点一万来块，买了房子，车不着急；女方前边有个姑娘，在广西上学不常回来，他们不打算要孩子，大城市都讲求二人世界，生活节奏快，不会感到寂寞。起初他一问一答，后来看有些人实在听不明白，就置若罔闻地谈他自己思考的道理，讲话时和女人十指相扣，假装身后没有零碎的称赞。燕凤和魏晓东话很少，两个女人试探着和燕凤攀谈，魏晓东没人搭理，走在边儿上，烟吸得很凶，冷淡地打量燕好。最后他不走了，朝远处喊，找着了叫我，便一人在坟茔中吸烟。

坟还是找到了，半截木板像被谁削了一半。四人跪下，燕凤抱着土包，燕好挺直后背，在妹妹哭死过去的抽噎中，泪水流过年轻时留下的痘坑，那里积水般明亮。

跪拜后，按先前说好的，村里出了几个人，来帮忙迁坟。燕好在一旁安静地站着，锹铲土的声音让他感到满意。事情在按他的预想发展，作为最有资格安排这件事的人，他头一次体会到成年后在家族中的权威感。父亲火化后的灰烬被收在一个不算体面的骨灰盒里，挨了多年的土，现在是一个脆裂干枯的盒子，看到被戴着手套的村里小伙儿双手捧出时，他内心又失去了所有感觉。有老人在坟边小心地围住寻找，燕好问找什么，老人说有个习俗，压在骨灰盒下头的四枚铜钱在迁坟时必须全部找到，缺一不可，少一枚便搭一条人命，眼下只看见了两枚。这话虚无缥缈，但总是找到了好。燕好接过骨灰盒，用布包好，努力不去想丢失的两枚铜钱，那代表模糊的厄运和心理上的偏斜。因此道过谢扔了些钱，就招呼村人往后多走动，一行人开车往回返。

母亲的骨灰已经上了架子，只等他们把父亲的带回，两人将在墓园中并骨。此时距一九八八年在小二楼里发出枪响，已过去二十三年。后果和燕好设想的差不多，迟家在知道此事后表现得十分平静，这是对他们内心惊讶的掩饰。证据是在燕好临回厦门之前，他们最后一次在三舅家聚餐的头几分钟里，那种话不投机的味道。连向来心直口快的三舅妈也只是用眼神偷瞄燕好和女人的脸，她稳重得开始符合自己的年龄，却出离了燕好的记忆。在父亲出狱之前，他有一半的时光是在她身边度过的，三舅妈训迟玉的时候，从不会因为燕好在旁边而掩饰自己骂人的凶相，骂出的花样他到今天还记忆犹新，她可是个被埋没民间的语言天才。燕好提了一杯，女人和妹妹随后站起，谈起了并骨的场面。他们的对面仿佛是被隔绝的嗯啊声，迟家人一时变得很迟钝。

三舅一直微笑，三舅妈一直给他夹菜，燕好不怎么动筷只是喝酒。三舅妈的脸色似乎从没因酒的缘故变化过，而燕好却感觉脸上的笑容在逐渐干枯。三舅妈还在给他添东西，一个蘸满油花的肉丸子，轱辘进他的碗里。碗里堆满了菜，没米饭，晚上他不吃主食。燕好笑笑说，不用，我自己来。筷头瞄准一盘家常凉菜，夹一口黄瓜丝香菜叶，咯吱咯吱嚼。他留意到迟玉在看自己，她不像两个老人还有语气上的遮掩，用家长里短的内容来尽量消解两家的隔膜。她一直憋着话。憋着始终没有说出口的话，以迟玉的个性，这就是关系的崩坏。

迟玉很快推称单位里有事，嘱咐爸妈少喝一点，自矜地问候过燕家一行人，带上防盗门离开。燕好的女人眼神始终痴迷在迟玉提的香奈儿挎包上，饭后他们到沙发上坐下时，她趴在他耳边问，迟玉做什么工作，或者说处在什么地位。燕凤被三舅妈叫到了里屋，不一会儿女人也被叫进去，客厅里剩下了看报纸的迟敏和看电视的燕好，后者点起一根烟，开口说话时，视线没有偏移。三舅现在还去厂里吗？烟灰从随便选的位置掸下去，仿佛他是自言自语，什么都没注意。燕好将自己的衣服拉链敞开，后仰在皮沙发柔软的靠背上。听迟敏回答的时候，注意力像完全被精彩的电视节目吸引，那里正插播着壮骨粉的广告，宣传老人的时尚是健康。迟敏把头埋进张开的报纸，他们眼中是一样的空无一物。

建华厂在二〇〇三年已经分崩离析，在更早的时候大势已去，被分割成几间和工厂沾不上关系的中小企业，养着为工厂耗尽心血的工人们的子女后代。他们领着微薄的薪资，托关系进去，仍被说服相信，饭碗是铁一样的瓷实。燕好把头转过去，三舅没有反应，他也不想和自己交谈，那为什么不离开？那张他看的老年报上充斥虚假旅游的消息、空巢老人的心声、寻觅旧时朋友的渴望，而今三舅对待它像对待彼时一张图纸那样孜孜不倦，陷入琢磨。越是这样，燕好越想多端详他一阵，记住此刻，他佝偻的后背和起了鸡皮的手。他怀疑这双手竟然能够不发颤抖地扣动扳机，在父亲从小二楼的玻璃移门后面走出时，做到瞄准和发射。里屋传来女人们必将传出的低沉哭声，无论说些什么，最后总有人领头哭起来。

哭声让燕好格外怀念母亲的样子。她本应出现在这里，是坐在里屋诉说生活悲哀的女人中的一个，她的悲哀总衬得其他人小题大做，那双在生命后期几乎哭瞎了的眼睛则挤不出泪水，只有浑浊的眼屎。燕好仿佛听见了，在广告和哭声之外，是母亲刚被埋入地下的透着隔膜的叫唤。她在三舅家的房子里来回盘旋，摸摸电视，摸摸吊灯，摸摸一辈子她也没坐上的真皮沙发，最后摸上她常年开夜车的儿子那患有颈椎病的脖子。她叫他，好啊，你咋想的？好啊。他不知道她指什么，但迁坟那天丢失了两枚铜钱的阴影，以及在他说明自己的父母生前已经离婚，又有二十三年的阴阳分离后，墓园里工作人员那些模糊不明的回答，都让他在独处时容易陷进自我怀疑的黑洞。三舅也许明白他所想的，才不反对、不评论，杀人诛心，总是微笑。燕好清楚，所有狠角色最后都会狠在同一个地方。

燕好抽出纸巾，去拈脚下刚才掸的烟灰。这无异水中捞月，因为灰尘是抓不起来的。而他除了这样做——孜孜不倦地对付那些细小的灰点——也没有其他手段能够安抚横亘在虚空里的反复叩问。三舅起身，用桌上沾了水的抹布弯腰去擦，只轻轻一下，它们就消失了，两人在抬起脸时面面相对。燕好知道自己脸上沁出了汗，那是反复弯腰引起的血冲于顶。在三舅眼里，出现的可能是更为可笑的自己。燕好十六岁进厂时，每天都能从三舅眼里看到那样的自己。在车间或者是食堂，工作时间或者是其他时间，只要两人撞了面，就会发散出犯错和被宽恕的气氛，屡次如此，见面成为燕好最尴尬的时刻，直到后来三舅亲自带他离厂。可自己到底错在哪儿？十六岁的燕好，不过是追逐女孩，被女孩追逐，两厢情愿时，有几次搞大了对方的肚子。而今燕好可以承认自己当初的荒唐，但仍想质问三舅，你是警察吗？警察还有片区和分工，你啥都管吗？

从那年回老家迁坟，到现在他躺在窗外满是棕榈树的医院病床上，多年过去，两家人的联络终于可以走向稀少。这曾是燕好和燕凤兄妹俩多年来暗中期望的，但它还是被燕凤的葬礼中断了一次，很快，也要因自己的葬礼中断第二次。是女人提出让燕好出院的，在小年过后的第二天，她再也忍受不了这间四人病房里发酵的体臭味和多次夜里陪床带给她的猛然惊醒——隔壁的床铺突然被盖上了白单子，病人已在夜里静悄悄地死去了。燕好表示同意，他不要求女人无止境为他奉献，无止境也根本不可能，他的限度已经很近。而如果不是在治疗后期他睁一眼闭一眼的默许，如果女人不曾在他的默许下从迟玉那里借来五万块钱，他的治疗早该结束了。他一直在家躺到了初一的晚上，女人站在窗边努力获取手机信号，最后把视频镜头对给床上的他，让燕好开口说话。燕好已经看不清楚，左右摆了下手，听见手机里有人突然地哭，传出来的声音很远，传出来的注视也很远。他很久没照过镜子了。

女人给他戴上眼镜，清晰起来的世界令燕好感到恶心，他强忍住，首先看到的不是手机那头哭泣得满脸通红的迟玉，而是那个小小的、脑袋瘦成茶叶蛋的自己，他的眼睛在镜片底下卡通般突出地大。仔细观瞧，他惊讶人的死亡是有前兆的，如果有人问他前兆什么样，燕好想了想，那就是人不像人了。相隔千里的两人面对各自的手机屏幕大声喊叫，生怕对方听不清，最终只沉浸在自己的情绪里。燕好笑了，迟玉现在梳的这个发型，没染颜色，乌黑干净像小时候，除了脸胖了一圈，眼神有点泄气，她没变化。听到她哭着叫哥，他一声声地回应哎，对话没有进展，很久都留在这里。

三舅三舅妈知道吗？他问。没让他们知道。迟玉平静下来，擦去过分饱胀的眼泪。等没了再跟他们说吧。燕好说。哥你别这样，让我这年怎么过呀。我这年因为你过得一点都不宽心。迟玉说。对不住了，我也不想赶这个时候。他笑笑。前年大姐就是这个时候，这都怎么回事儿？迟玉低下头，再抬起来的时候，信号卡在她准备号啕的一刻，嘴巴深不见底，燕好也感到失去力气，把手机拿走，给了女人。他明白其实所有人都知道是怎么回事，除非他和妹妹都活得好好的，否则没人堵得上这些猜想。它们在他生前嗡嗡乱转，叫得像蚊子，死后却是确凿的轰炸，报应像原子弹，不会只死一个人。

这是燕好第一次在心里明确地仇恨父亲。他不曾作为强奸犯被燕好瞧不起，不曾因为殴打母亲和自己被燕好瞧不起，此刻又因为什么呢？此刻燕来臣死去二十余年的灵魂格外靠近人间。燕好吐出一口浑浊的空气，突然像被人掐住了脖子，眼前不是黑暗，烟雾拨散，竟是小时候住的、烧煤炭暖的小姐楼、土坯房。青蓝色的环境里，全家都坐在炕上，对他怀有迟来的埋怨。

燕　凤

直到成人后很多年，燕凤才敢面无羞臊地说出家里的住址。传说小姐楼是吴大舌头的千金住过的地方，这名字在了解城市历史的大人嘴里是一个样子，在一知半解的孩子嘴里又是另一个样子。因为住在小姐楼，当燕凤还是孩子的时候，就被班里的男同学小姐小姐地叫开，他们以为小姐这个词只和人的行为有关，无关条件或人品，偏偏人品是最看不出来的东西。燕凤百口莫辩，她连一身连衣裙都没有，也没一双小皮鞋，哪怕有双穿着烧脚的塑料凉鞋呢，小姐哪能没有打扮。为此她更觉得自己委屈。

燕凤能知道小姐大概是什么样子，来自对父母亲生活的观察。父亲在她很小的时候入狱，记得有一回是奶奶带了个包袱过来，母亲把里面除了钱以外的所有东西，都交给哥哥付之一炬。烧毁前她趁机偷出来一个小红卡子，好好地保全在手里。只是拥有的时间太短，随后没几天的一晚，母亲进门正看见燕凤跪在炕上，脸对着电视机没开的屏幕，把它当镜子照，头上戴着的十分红亮的发卡，在家中一概灰白的颜色里显眼极了，连带将她那双总是眨不开的小眼睛都映衬得明亮许多。迟桂香能看出女儿是打心里喜欢它。在母亲劈手把那个红卡子从她头上扯下的一刻，伴随一个永生难忘的告诫，燕凤的童年就此结束。她低头看见卡子在地上摔碎成两段，被母亲用布鞋像踩蛇一样追着不放，一并踢进角落里。迟桂香气喘吁吁，阴霾般盯住她，说，这点儿岁数就描眉画鬓，大了想当小姐？

后来她结婚生子，能够理解母亲当时的恶毒。世上总有小姐，小姐总要勾引男人，是她和母亲这样作为妻子与母亲的女人一辈子的仇敌。小姐先是勾引父亲，引他入狱；小姐后来带坏她丈夫，魏晓东一夜之间身上八百块钱无影无踪，内裤上留下潮湿的印迹，随后身体生出红斑，背着妻子寻医问药。燕凤开始和他闹、打，后来被打，由母亲摸着头发按在怀里一下下捋顺心口的怨气，母女均默默淌泪。燕凤直着双眼，视线正对头顶上天花板被积水打湿的一点，水迹的边缘是森绿色的霉斑，早晚它们会实现对房顶的全面占领，扩散的程度一如女人衰败的进度，没一个身高力健的男人代为清扫，是不会见好的。燕凤过了三十五岁便常从嘴里呕出化肥的气味，她知道自己体内有地方溃烂了。不想知道在哪儿，不敢对自己太精细。

如今想来，一生中最好的时候还是父亲出狱回家那一年。她把这段回忆放心坎里揣好，跟谁都不提，以至于迟桂香以为家中命案的发生，对于女儿仅仅是带来亲情缺失的痛苦，而不知燕凤的痛苦是种复合的东西。燕好就更不会懂了，他在燕来臣死后不到一年便离开老家，去了遥远的厦门。燕凤则在高一时辍学流入社会，每个清早去批发市场进两大包的雪糕冰棍，攒钱买了雪柜和阳伞，每天风雨无阻站在部队家属大院门口的岗哨附近卖冰棍。她是凭借冰棍口味和品牌的更新换代来记住时间的。从三毛钱一根的小豆糕，到两块五一联的北极奔月，奶油雪糕始终不敢进得太多，三块五一根，价高，容易赔。她卖冰棍的位置处在连接建华小学和建华小区的一条必经之路上，也许是冥冥注定，小二楼在建华小区，迟玉的女儿上建华小学。多年后，两家人恩怨平息，她卖冰棍的时候偶尔能看见临退休的三舅妈和几个年龄相仿的老太太过来照顾生意，再过去一些年，三舅妈只带着外孙女儿来了。她每每给小姑娘白送一根，刘岚给钱，燕凤一回没收过。后者不会知道，她计较着自己送出去的每一根冰棍的价钱，另在一页纸上记得很清楚。燕凤盼望这个价钱能积少成多，逐渐抵销他们一家过去日子艰苦时，母亲向小二楼讨施舍得来的那些东西的价儿。可她始终也舍不得送一根奶油雪糕，一直五毛五毛地还。燕凤和母亲一样主意不大。

而在她十四岁，父亲从冯屯回家后那一年，她不仅总能吃上排骨，戴上头花，还能和哥哥一人吃上一盒粉白相间的美登高雪糕，用小木片老鼠一般抿着吃。一盒吃完，木片要在嘴里含半天。见她迟迟不吐，父亲又出去买了。回来时呼朋唤友，男人们几乎挤满平房里能挤满的所有空间，只管坐好，等母亲上菜。父亲不叫燕好，只叫她过来陪桌。地方小，她得挤在父亲腿上，由他烟气熏人的嘴磨蹭脸蛋。其他人微醉的眼神总有意无意地扫在她身上，好像她身上有与众不同的东西在隐秘地散发信号，连声不停。燕凤被燕来臣抚摸着头顶，他宽阔的手掌笼在上头，温热极了。燕来臣不断夸赞说，我姑娘头发真好，真黑。又说，我姑娘哪儿都好，就是不会打扮。她穿着不合身的运动服，本来便瘦削的身体看起来纸片儿般单薄，父亲另一只手则在宽大的衣料间，从身后抓取她一根脊骨，一指节一指节地向下爬。她觉得有趣，因这是他们两人的秘密，其他人只能看见燕凤在父亲膝头暗暗地笑。有时她也会转头去看父亲的脸，燕来臣原本在她心目中还是模糊高大的人影，现在才看清楚，她竟有个英俊的男人做父亲。燕凤喜欢父亲的双眼皮和双眼皮下头那双透着直接的坏的眼睛。不像她和母亲的，只能表达出单一的信息。燕来臣的脸色总是青白，也许是酒喝狠了，也许是在监狱里这些年，熬坏了精神，那眼睛在脸皮映衬下，总是泛红一圈，带种不健康的阴鸷。她尤其喜欢抚摸他穿的衣服，那么鲜亮光滑的皮色，是牛皮呢。在同学父母里头，她还没见过谁穿得这么精神。燕来臣喜欢把外套敞怀穿，到寒冬腊月，顶多把手揣进口袋，帽子围巾都不戴。眼瞅着嘴唇上方一排小黑胡子都结上冰霜了，可他嘭地喷出一口气，就叫它散了，还笑。燕凤敏感地注意到，一上街，总有些眼神微醉地飘落在父亲四周，多是来自女人的，像那些叔叔的眼神兜在她身上一样，容易被察觉。后来她观察多了，明白父亲的眼神里本就有醉人的东西，只不过对母亲，他不用。

对父亲形象的贪看总让她想到生活里另外一个人，三舅迟敏。十四岁前，三舅替代了大部分应由父亲补全的形象。她也喜欢三舅，迟敏对她和燕好每次都很热情，对自己则更多些耐心，见燕凤辫子散了，有一回还把她叫到跟前，默不作声用梳子给她把头发重新捋好，辫绑起来，手法比母亲还在行。她好奇他是怎么会编辫子的，又不敢问。三舅哪里都好，就是有一点，他让她害怕，这不好。这种感觉在燕好心里也有，兄妹俩分享过这一经验，得罪谁都别得罪三舅，虽然他们谁也没看他瞪过眼，但心里也能有判断。对比之下，总是爹妈奶奶破口大骂的三舅妈才是不可怕的那个。三舅单眼皮，戴方框眼镜，身量瘦高，一年四季穿长袖长裤，领口扣得很整齐，面皮白净细软，和眼睛一样，看起来像女人身上的，做事更是心细。燕凤有次问母亲，怎么那样细的人会和那样粗的人一起过？迟桂香便点她额头，忍着笑，说，你还会看个人了。燕凤自然会，人人都以为她不会，不同于哥哥燕好，她机灵的程度总是惹人怀疑。男孩子还能通过淘气打架，让大人知道他们精神活跃，她却只能日日跟在年纪再小一岁的迟玉后头，做面目模糊的跟班。虽然她们总是待在一起，燕凤心里却很清楚，迟玉拿她当姐姐，没当过朋友。两者的区别是，迟玉会把零食分她，把不穿的衣裳送给她，却从不与她讨论心事或《射雕英雄传》里的杨康和郭靖谁长得更好看。

燕凤自然没什么朋友，内向不爱说话，只有对父亲算个例外。每当后者骑着借来的摩托车带动巨响开进小姐楼的院子时，她总是站在屋外，喜悦地抿嘴笑说，咋才回来。好像她才是妻子，而母亲迟桂香因为不便让儿女知道的理由，总是在听见这声音的时候，去厨房打起哆嗦，不出屋。父亲跨下摩托，优哉游哉进门，假装不知道迟桂香在。他不关心她，出狱以后，迟桂香见他就像耗子见了猫，一味地服侍，他也乐得不拆穿。燕凤不知道父母间如弹簧般绷紧的仇恨只在她看不见的地方弹射，发生。她甚至偷偷劝母亲对父亲关心一些，毕竟是受过苦的人。迟桂香却因丈夫对燕凤的格外疼爱，连训斥女儿的话也不敢多说，燕凤于是感到自己在家里家外都成了被人捧高的一个。有时她会撺掇母亲去小二楼串门，穿着父亲买给她的新衣裳，迫不及待到曾经感受过差别的地方寻回平衡。有时母亲眼含泪水，有难言之隐，告诫她躲开燕来臣，让她别以为是什么好事，就像燕凤已经做了不自知的坏事。

你躲开他，躲开你懂不懂？母亲甚至摇晃她的胳膊，神色紧张而暧昧。每到此时，燕凤的脸便好像被父亲暗中看一眼时那样，微微发醉，不知道为什么在红。

恰恰是这种带有羞惭的体验让燕凤能够挺直腰杆，和她相比，迟玉像个生活在棉花套里的小孩子，仍沉醉在放学后和大院男生爬树踢球的快乐里。燕凤再见到她，不再期待她们有交心的机会。这一来，引起了迟玉的注意，她发现了燕凤及所有燕家人的变化。他们开始穿得和迟家一样好，且流露出暗暗的较劲。偶尔他们提东西过来串门，会在桌子上摆满一大堆，仿佛地上没地方能搁放，直到把饭桌上的饭食统统比下去，才安然坐下。燕凤每次都观察着迟玉的脸色，看她故意沉默，矜持，而燕凤每次来都站在燕来臣的边上，也显得不情愿出席。迟玉于是去找她，敲开小姐楼关紧了的木板门，黑脸问，姐你怎么变了？燕凤拉迟玉去炕上坐，两人有一搭没一搭地说话。燕凤盯着电视嗑瓜子，突然想起来说，小玉你家电视哪年买的？迟玉说好几年了。燕凤说，我爸说我家电视得换，你说什么牌子好？迟玉不再说话，看着燕凤拿给她的高一年级的语文课本，想显得置若罔闻，又碍不过小孩子脾气，坐着坐着摔书本走人。留下表情无辜的燕凤，在后面叫，妹你吃了再走呗，今天炖开江鱼。我爸朋友认识把头，清早送的。迟玉果然闻到灶上有浓郁的鱼香味，知道燕凤是留在家里看锅的，肚子不争气地咕噜一下，想说点什么找补回面子，正撞见燕来臣回家。他喝了酒，一看见迟玉，不客气地指挥她，像指挥一个在大街上偶然撞见的泥巴孩儿，去，到外面玩去。他在门口蹬下两只皮鞋，摇摇晃晃去拽炕上不知所措的燕凤。迟玉僵硬地在炕沿上靠着，电视本来关着，她不知道自己害怕什么，默默把它重新打开，觉得放出点声音挺好。

燕凤在心里转了一辈子的疑团是，迟玉到底记没记住那个下午？在房后堆放各种工具的仓库里，她不止一次在父亲吞吐的酒气间抬头往上看。有时下雨，会从棚顶掉下断续的水流，有时甚至下雪。低头看，自己赤裸的两条瘦腿一直在哆嗦。

一九八八年事情出了以后，迟家人想不到最坚决要求枪毙迟敏的人，不是生活再度失去依傍的迟桂香，不是走出工厂血气方刚的燕好，而是十五岁的燕凤。刘岚在家上下联络，电话挂了又接，在不间断的哀告和号哭中渐渐走向韧劲耗尽的边缘。明眼人告诉她，与其求一万人请愿，不如求一家人写个谅解书，事儿毕竟是犯在燕家，解铃还须系铃人。刘岚何尝不明白这个道理，但丈夫毕竟杀了人家的丈夫，自己做妻子的过去乞求别人的妻子，说什么都气短。到不得不走出这步的那天，她带着迟玉，腰间先扎好了白带子，去敲小姐楼里那家挂满了白楹联的户门。门开后，她被早有准备的燕凤照脸啐下了。刘岚眼前一下黑了许多，仇恨到了能够一夜间抹消两家人多年恩情的程度，它让往日乖顺的、总是小声叫自己三舅妈的燕凤开口啐人了，它该有多强大。自己还迈得进门槛吗？燕凤啐完三舅妈，一双眼红肿着，转向迟玉。迟玉看见她手里拿着擀面杖，指节在用劲。迟玉也哭，替母亲用手抹净脸，抽噎说，姐，我妈毕竟还是你长辈。燕凤挥起擀面杖轰，被燕好从后面扯住胳膊，他闪到了门前，一米八的个子朝外雷吼出来，全他妈给我滚。

燕来臣死了，燕凤一日较一日地用心血在父亲的案子上，唯恐迟家使钱，钻空，上下托关系，她一个小姑娘前后左右地跑，和刘岚竞赛般不分日夜地找人，找一个个往日燕来臣带回家喝酒的叔叔大爷。嗓子很快哭哑了，家里便只能听到迟桂香一个人哭泣的声音。燕凤发起高烧，躺在炕上不肯睡觉，直着眼睛一宿宿琢磨，迟家会怎么运作，他们还是成了斗智斗勇的敌人。她努力想振作精神，精神却总是向着软弱的旋涡里掉，有时坚持不过，便跟着它掉，掉得很快活。仿佛是父亲的手在下面接她，搂她，可怜她为他做的那些事，咬着牙龈在她耳边诅咒说，早知有今日，我先屠了他。燕凤附和着，对呀我的傻爸爸，你怎么不先下手。这时燕来臣不知是愤怒还是不屑，总之捏着她的手越来越使劲，快要穿透骨骼了，盯着燕凤，说，爸离不了你，早晚带你走。你跟爸走不？她问，去哪儿？燕来臣说，老子天下第一的好地方。燕凤说行，但现在不能走，得把事情办好，还有妈要照顾。燕来臣却说，不带迟桂香来。她问，为什么不带妈也去享福？燕来臣突然咆哮，变本加厉地捏她。燕凤似乎看见自己身上穿了一个洞，心脏被人捏着，正往胸腔外送。他说，谁再让我看见迟桂香，我就弄死谁。

妈的，没她还没这一枪呢。

燕凤记住了梦里父亲最后一句话。在母亲最终还是写下原谅书，交给千恩万谢的刘岚以后，她默默把父亲早亡的责任记到了母亲的头上。迟桂香后来住了二十多年的小姐楼，冬天暖气也没有，邻居家家都搬了，周围住的不是捡废品的就是流浪汉。燕凤婚后偶尔去探望，心疼之余也觉得解气。母亲一要张嘴哭，她便张嘴抢白，没你还没这一枪呢。这句说完，迟桂香就像被人揍了一拳，表情陷入呆滞，不再接话。她下半辈子得过许多疾病，说得出来的器官几乎都曾挨上一轮，总是在医院里躺上一年半载，回来后再进去一年半载，最终成了一副被抽干了营养的活皮囊，化学品的味道侵占她身上所有角落，嘴里始终干苦，拖着活到了五十五岁，死于一种让燕家兄妹总是记不准确的病。这些年迟桂香看病的费用一如刘岚当年承诺的，大半出自迟家，燕好燕凤均心安理得，因为这些并不能算他们欠的债。燕凤用五毛钱冰棍一根根攒着还的也不是这些，而是命案前两家的来往，其余则根本无人能还。燕凤很清楚，人的运总是早早定下来，并要在日后的某些时刻一一发挥出原已计算好的效果，一环开启另一环。如她四十岁那年被诊断为宫颈癌晚期，如她和魏晓东不幸的婚姻生活，如新婚之夜魏晓东在凌晨一点蹬开被子时突然的暴怒——发现她不是处女，如十四岁时房后仓库棚顶泄漏的雨。父亲按着她的嘴，在耳边一声声说，快了，快了。

弥留之际，她要求拔下呼吸器。燕好坐在她床边，在她两手能摸得着的地方，还有丈夫和女儿。燕凤希望他们都走，一张嘴，在嘴唇上拱出一个混浊的泡沫，轻轻地破碎了。燕好给她擦嘴，也没意识到那就是最后一句话。燕凤说，下辈子哪怕当个小姐呢。他还在问她，凤啊，凤？

刘 岚

牙尖嘴利的刘岚是最后一个意识到杀身之祸的人。她性格里那种天不怕地不怕的底色在后来被证实是解决问题的关键之物，同时这种性格也注定她只能善后，不能绸缪。命案发生前一个月里，她仍日日挺直腰杆上班卖票，踩坤车[1]回家，进门便利落地开火做饭。入秋后家里窗户全开着，小二楼刮穿堂的冷风，刘岚一根根抽红塔山，听广播里放的评戏，一个哆嗦都没打过。而那个时刻，一把刀尖正朝向迟家，另一把刀尖正朝向她的心窝，后者埋伏在卧室的床上——她想不到丈夫早有杀心。

杀心仿佛引线，人可以一朝想起，点燃，也可以搁置，让过久了的日子在上面落灰，还可不断延放手里的余地，有多大肚

1　女式自行车。

量就退多少米数。也许已经放出去五百米长，迟敏在五百个为仇恨浓缩的时刻里标记下五百个同样的理由：人和人之间失去了尊重，什么都没有。五百米放完，再放已是绳头，迟敏只能叹气，真是没有退路了。刘岚或许是无心，她也就不可能会明白，被当成口头禅说出来的、骂迟敏傻×窝囊废的这些话，是可以杀人的。在迟敏的梦中，早一刀接一刀剜进她心窝里，他一直想把那些话从她身体里掏出来掂掂，到底有多重。如果刘岚能为自己做证，她会说自己只是想起什么骂什么，不针对任何一个人，不针对任何一件事，脾气到了，任谁到她面前都要被她浇一脸吐沫才能走人。你迟敏抹干了脸，日子竟走不下去吗？多大点儿事。刘岚忽略了一件关键的事：丈夫是个孝子。孝子不能容忍自己母亲也不声不响抹干脸，再把日子过下去。何况后者瘫痪多年，日子本就过得艰难。因此到养母一过世，迟敏便搜罗出记忆里所有刘岚对婆婆不敬的画面，从青年搜到中年，看虚影垒成砖墙。当刘岚流尽她给婆婆过完头七流下的最后一滴眼泪后，眼角泄露出一丝轻松，出神地哼起《花为媒》里的一段。声音虽小，却被迟敏不作声看在了眼里。凭这一幕，他给她定了死罪。

多年后老两口儿谈起那一个月里发生的事，讨论说，如果后来没有另一把刀子挡道，结果怎样恐怕谁也说不准。刘岚醉眼迷离，摇着酒盅问一起过了二十来年的丈夫，杀我你也能下去手？小二楼已经失去往昔人来人往串门的热乎气，无论是接待的还是串门的，都老了，厂子也倒了。退休后的迟敏夫妇在含饴弄孙之前，保有一段彼此都不适应的二人时光。它本该出现在新婚燕尔那几年，那时他们和瘫痪了的老人睡在同一张炕上，每次亲热都笨拙又草草，得精神紧张地时刻注意帘子那头任何轻微的响动。现在这段时光又再回魂，两人却对视一久便张口结舌，想不起该做的事。命案发生后他们也分居了快十年。迟敏碰了一下她的盅，想想说，不唠了。毕竟你对我有大恩，我不该那么想。指的是刘岚后来对他的搭救。可刘岚问的是先前。她少见地在他面前抹了眼泪，没号啕，皱纹占据眼周，泪水聚不成一颗，便被数条纹路分散掉。他们在方厅搭起的小圆桌上喝酒，只开头顶一盏灯，圆桌便像舞台上的光点，两人双双被聚焦。刘岚说，迟敏，你是身在福中不知福。而后她说出另一件事。

十年前的一天中午，在和现在同样的位置上，燕来臣靠墙而立。他斜眼盯着在厨房擀饺子皮的刘岚，她不时拈起一张擀好的放在盖帘上，光洁的面皮和她葱根样的手指，都交错在他眼底。燕来臣说，三哥是个有福的。溜到面案前，去捏她捏面皮的手，试探软硬。刘岚把手抽出，表情张口结舌，直盯得他有些讪讪，才缓缓对他冷笑，你可规矩点儿。婆婆坐在两人身后的椅子上，人瘫痪了，眼睛都看得见，声调黏稠，像嚼着一口粥，以长辈身份教训女婿，说，大燕怎么还和你嫂子闹呢，不应该啊。燕来臣便臊眉耷眼退出去，横躺在客厅沙发上看电视。他眼里的余光还会溜往刘岚做着饭的身影上，她当然知道，那眼神仿佛说，等没人的，没人你就不装了。

话说到此，迟敏笑个不停，这种事让他当年知道和让他现在知道，差别已有十万八千里。他伸手去碰刘岚已有些静脉曲张的手背，作为一种开玩笑式的模仿。刘岚眼里却积满耻辱的泪水。迟敏把手收回去，给她倒酒，听着刘岚像是看破红尘般缥缈的叹息，又听着她在喝酒时嘴里发出的马一样的嘶声，问他，你知不知道我为什么到现在都原谅不了你？就算我当年被你妹夫强暴了，你都不能杀人。一杀人，事情就变了。被强暴就不活了？除了人杀人，人怎么应该都能活。

她故意不评论迟敏杀人的道德对错。多年过去，命案已由最初家族里的隐秘，由父母隐瞒孩子、长辈隐瞒晚辈、同姓隐瞒外姓，变为后来可被放在桌面上，做一种全家团聚时的集体讨论。所有后代都感受到了，迟敏当年开出的这一枪，生出一种血脉传递的荣誉感。迟敏是善，大燕是恶，圆桌旁围坐的是善的家族。当今时代路不拾遗已经令人感动，路见不平拔刀相助就更像一则传奇故事，生生优化了一个普通家族的道德水平，使它近于贵族。更令后代感动的是迟敏与刘岚的伉俪情深。一个杀人，一个营救，出于道德和责任这些最昂贵又最杳不可闻的人性之光，刘岚也渐渐习惯在聚会时被安放在家族守护者的位置上，习惯去听没有她就没有迟家一脉这样的说法。她在后代听故事的要求里一次次叙述起往事，谈及磕头的艰辛、求人联名的奔波、与时间和所谓公理赛跑时的坚忍，以及当中一点智慧和心机。更多是常年在公交车条条线路上，跑下来的对人情熟稔灵活的把控。情与理，她两手都有。可刘岚故意回避一个最本质的问题，即身为妻子，她需不需要迟敏杀人？中年迟玉喝了几杯，可以拍桌子，痛快大骂，跟父亲眼光碰撞，说声，这人留不得，搁我我也杀。老年刘岚听了却只是偏头细眯着眼睛，默默用根带油的筷子去戳酒的泡沫。

刘岚想到很多人的死，尤其是迟桂香。她总在刘岚晚年心有感慨时出现，委屈着巴苦的面容，拽刘岚的衣服角，一下下地点头。那张脸在两个时刻分别被记忆钉牢，一是迟桂香临终前躺在医院病床上，二是命案后刘岚第一次去小姐楼求情。枪响之后姑嫂两个有了相同的境遇，或者说接近相同，一个丈夫已死，一个丈夫正在等死。因迟桂香手里掌握有决定后者的权力，刘岚心甘情愿地跪了。在小姐楼森凉的红砖地上，刘岚把两个膝盖深埋在迟桂香眼皮底下，恳求对方念在过去的好处上，也给自家一点施舍。迟桂香缓缓挪动两条黑棉裤下抖颤的腿，搭在炕沿上，拿布鞋点刘岚的头。刘岚抬起头，见迟桂香脸上露出解气的表情，知道接下来该怎么做。她跪近了，捉住其中一条腿，像捉住别人一只手那样，用迟桂香的鞋底抽刮自己的脸，不住地刮。迟桂香泄气地号出一长声。

死开，我自己刮。迟桂香说。刘岚还是捉着那条腿，殷勤地说，我刮得狠。你看我两边脸都肿了，还能更肿。

把你脸刮掉了大燕也活不过来。

那桂香你说怎么办。

让政府枪毙迟敏。

政府说还有缓，你缓缓你三哥吧。

枪毙，缓个屁缓。他杀我男人时怎么没缓？打一枪还补一枪，人死透透的。

燕好燕凤都坐炕上，一左一右挨住母亲，同声喊出必须枪毙。也在地上跪着的迟玉猛一下站起，红眼争辩说，过去对你家不好吗？

把我爸杀了还好？燕凤一样红着眼眶，在炕上伸长脖子。

就那么点儿海带丝儿。迟桂香突然魂不守舍说了一句，刘岚知道那是法医在燕来臣胃里最后找到的东西。海带丝儿还是她炝的，放在冰箱里，留给迟敏下酒。迟敏在酒桌上只放了一小碟海带丝，他没心思多做两个菜，只想到燕来臣得死，想不到如果厚道一点，该让人吃饱再死。一想到燕来臣算饿死鬼，迟桂香便觉得往日从小二楼拿回的肉菜不算肉菜，算垃圾。迟桂香看一眼刘岚说，回吧，我们不改。刘岚没有起身，是迟玉拽着她走，出门时听见身后一家子在哭，哭的声音太大，时间又太长，就好像是为两个人在哭，为两个家庭七八口哭。刘岚由女儿骑车驮着，人在后座上呆滞地想，迟敏，你哪怕再给炒盘花生米呢。

去看守所看迟敏时，他不说话。头几次他拒绝见刘岚，抗争不过她社会上关系太多，人托人最后让他想不见都不行，耷拉脑袋在玻璃后面出现，仿佛接受早到的出庭。她也不说话，怨恨地看着，隔壁位置上是一样来探望的女人。总是女人，总是披头散发抹眼泪。刘岚知道这样没用，要哭在家都哭完，见面是为放心，为商量打算。她抓起不知被多少双绝望的手抓过的话筒，喷一口压抑的气，正对抬头的迟敏的脸，隔着玻璃，那只是层雾。他却像是要哭，电话在手里半天抓不牢，咕哝说，你回去吧，和小玉俩好好过。刘岚没搭理，石头一样的脸水泼不进，眼袋浮得很肿。她来只为交代给他一件事，语气平和而耐心，让迟敏感到意外。她不像过去和他在一张床上睡的那个女人。刘岚告诉他，到什么时候，都得把周围人处好了。挨骂听着，挨打受着。你还嘴还手，我和孩子都得在外面给你还回来，这点你记住。

我记住，打死挺着。没事儿有狱警，打不死我。

真有人打你了？

迟敏古怪地笑一下，刘岚不知道玻璃墙后面的世界也讲三六九等。强奸犯怕其他犯人，其他犯人怕狱警，狱警怕杀人犯，杀人犯怕枪子。迟敏进看守所的第一天，就有人把他的床铺留好，换了干净枕巾，称呼他不称呼名字，而是和一周前被带出去到五里坡的那位一样：走铜的。迟敏又嘿嘿笑起来，给刘岚解释，子弹是铜，从脑袋走，嗖嗖的。

他渐渐笑不出，因为注意到刘岚双脸红肿的程度。迟敏指着她问，怎么回事？

被你妹妹刮的。刘岚把脸转到另一边。

桂香不打人。

分时候。她说了，坚决枪毙你。

不可能。

可不可能我都会拦的。刘岚感到疲惫，迟敏也不再说话，脸上是遭受重大打击之后表现出的麻木，子弹还没打，心已经穿了。她看着男人突然就矮下去，人在号衣里缩成架子，灰白的嘴唇仿佛被冻住。没等狱警说探视时间结束，她起身走人，有这时间还不如去打打关节。她想把一同带来的棉被和换洗内衣给送进号子里，狱警掂了掂被子，摇头说不行。里面东西太多，牙刷牙膏香肠红塔山，都突在被面上，像没絮好的棉花球。她把想到的能带的东西连夜全缝了进去。僵持到最后，刘岚问狱警有电话没有，我找人跟你说。打完电话，人给她找对了，东西能送。狱警抱着一床花被转身往走廊深处走，不住回头。他也想认识这个女人。

回到家，刘岚找出碗柜里迟敏平时不舍得喝的竹叶青，灌几口下去，感到身上热起来了。拳头攥着，很想打架。有几次她就是在这样的状态里抓住迟敏，后者便让孩子进房间，尽量和她拉扯到空旷的位置上，因为怕砸东西。刘岚两手紧攥住丈夫的衣领，让他往自己身上靠，他们很久没靠过了，那次她说，钱不对，差五分。

迟敏试图让她松开。松不开，只好笑。

别嬉皮笑脸的。钱呢？

迟敏笑着说花三分钱买冰棍了。他还不信女人会因为三分五分和自己恶战。

你骗鬼呢。现在哪有三分钱的冰棍？

迟敏渐渐强笑，说，你没病吧。使力气把女人推远。刘岚在空地上踉跄几步，扑回来往他拳头上撞。他如她所愿挥出拳头。听见她号，打我，你再打我一下！

不打了。

不行，你今天必须告诉我钱花哪儿了。

差个三分五分不用这么计较吧。

不计较，你打我一拳头？

你让我打的呀。我不打你不让呀。

刘岚静静端详他，先把茶几上的果盘砸下来，没砸中，于是又一个个捡地上的苹果，继续砸。方厅里扩散出苹果汁液的清甜味儿。还是有砸中的。全部砸完，换迟敏径直向刘岚走过去，薅对方的头发，往墙上撞。挣扎中迟敏说，来，今天打死你我偿命。迟玉跑出来从后面抱父亲的腰，往相反方向拖，让刘岚脱身。刘岚和迟敏各自占据沙发一边，虎视眈眈作恢复状。上初中的迟玉一点书读不进，认为父母长久的争吵对自己的前程起到严重阻碍，曾多次计划离家出走。她坐在当中，和二人都保有距离，冷腔问，这回又为什么呀？

为三分钱。迟敏眼睛泛红，里面兜转着一步错步步错、悔不当初的全部内容。

就论论，从结婚到养老到给你带孩子，我刘岚有什么地方做不到的？老爷们儿不分担不伸手不说，拿你这点儿钱算要了命了。月月工资单上都能差一块八毛的，事儿不是三分钱的事儿，是你能不能管住自己一双贼手。是不是贼手？你说。

怎么就成贼手了？

因为犯贱，管不住自己。骨子里贱，汉奸的爹，日本人的妈，姐妹弟兄没一个懂人情说人话的，跟你过这些年，管了一个又一个。到最后谁他妈管我呀？我还给你妈发送了呢，一直哭到头七，你家哪个姐妹弟兄过来问一声，嫂子最近怎么样，家里好不好。

哭也不是真心哭。你巴不得老迟家几个都死光，还不知道你。

小玉你听听你爹放的屁。我说过希望老迟家死光吗？在哪儿说的，哪年哪月说的，你指出来，我刘岚当场死你跟前没二话。

事情的收场是迟敏去外面浴池泡了三天，刘岚则勉强在房间里困了一个下午，出门前发现家里空空荡荡，迟玉也上课去了。刚刚发生过争吵的方厅因空旷而带有回音功能，那些你死我死、全家死绝的话便盘踞在四个屋角，在刘岚一人抽烟时环绕播放。她在它们的提醒下想许多事，知道自己平时话不饶人，迟敏却是个心思重的，人好，度量不大，心多少有软化的意思。三天后，迟敏从浴池里回来，身后跟着他兄弟桂生家的、从兴城远道来玩的女儿迟淑华。他到车站去接了侄女，带回家前还担心，刘岚会不高兴，进门后她却什么也没说，只亲昵地扯过十九岁女孩的手，附带用同样的眼神看待迟敏，嗔怪他像没事人一样。老迟，你给姑娘倒水呀。迟敏汗毛直竖，半天挪不动脚。刘岚由此也更知道，这个家始终在她掌控之中，各样关系其实也都看她怎么摆布，怎么摆布怎么都能行，只要她愿意再花一点心思。夫妻俩把水果拿给淑华吃，把房间给淑华安排好，交代迟玉多带堂姐出门转转。家里响起多种多样的脚步声，热闹得让人心颤。

大燕又来了。他那阵过来的时间总是下午，多在迟敏下了班刘岚还没下班的时候。等刘岚到家，家里往往已是欢声笑语一片，偶尔燕凤燕好也在，加上迟玉淑华，四个孩子在里屋里叽叽喳喳，追着打闹。她一进门，燕来臣便从酒桌上懒懒抬起一眼，那眼神只有他们两个才明白，而迟敏还在给妹夫倒酒，两人肩膀靠得很近。刘岚只能从侧面提醒迟敏。他们那时还睡在一起，八九月份的时候，秋老虎不算厉害，夜里开窗，微风吹动白底蓝竹子的花纹窗帘，把刘岚微微被汗濡湿了的头发也吹干，吹凉。她试着翻他后背，迟敏不转，她生气地捶了他一下，从黑暗中把他抱紧，去摸胸口。迟敏把眼睛闭得更紧，问她到底能不能睡。刘岚有苦难言，手一松，话也森凉凉说了出来，你要苦死我呀。迟敏伸手拽亮台灯，看着刘岚，也有话说。

让燕来臣少过来吧，看他看小玉的眼神儿。她说。

他什么眼神儿了？

刘岚盯着迟敏，轻声说，小玉和淑华每次一起玩的时候，燕来臣那双眼睛看得都累死了，这个看完看那个。迟敏坐起身靠枕头不说话，刘岚发现他眼睛里有奇怪的东西，看久了便像另一个人，让她有些发毛，觉得难以把控。刘岚又说，你跟桂香好好说说，大燕也放出来这么久，燕好燕凤你也帮着带大了，没必要这么勤着走动。各家有各家的日子，这话不难说。

迟敏下床，去翻裤兜里的烟盒。然后他伏在窗台上，身体一动不动，只有嘴唇不住地吮吸，一根烟很快吸完，再去拿一根，打火机被风一吹，怎么也保不住火苗，较劲的咂嘴声渐渐变成骂，破口大骂，又哭出了声。刘岚从没见过迟敏这个样子，他在房事时都保持沉默，不打扰隔壁房间的女儿休息，早起都轻手轻脚热饭、出门上班，让刘岚醒来后全无记忆。现在却在夜里十一点半抱头号啕，顺着窗子，让整个家属楼都能听得见。刘岚拍他后背，先重后轻，一连声问，怎么了？迟敏直到哭够才回答。他站直了，白皙柔软的脸上，仇恨是很细微的痕迹，丹凤眼角又刻意藏着，仿佛含恨的死人。刘岚便不敢动他，听他的声音像一个个小石子往无底的深渊里滚，传出只是遥远的回声。外头夜晚再度安静了。他说静了好，现在这么静，说明我刚才哭那一嗓子能吵醒不少人。

然后他慢慢将头转向惊慌成孩子的女人。刘岚头一遭这么弱。

迟敏看她说，往下还得苦你呀。

刘岚不懂，她迅速把他按进怀里，用自己松垮却温热的胸脯收容男人垂丧的头，迟敏脸上继续涌出的泪浸湿了她白背心上的一块儿。他们重新回到床上，迟敏在她身上待了很久，才不舍离开，像新婚时彻夜抱着，彼此身体黏汗交融。迟敏把手按在自己心口，诚恳地说，有个事儿得跟你交代清楚。冰棍儿真有三分钱的，卖冰棍的认识我，其实是要送给我。我手贱，给他三分意思意思。刘岚咬他肩膀一下，笑，真没意思，睡吧。

一瓶竹叶青见底时，拳头已经找到可以作战的对手。刘岚仰躺在沙发上，攥紧它们，发力气挺直腰杆。她不想过去，也不想以后了，占据在意识高点上的，是尽人事三个字。在迟玉放学回家看到她这张脸时，她给女儿咧出大大的嘴巴，高兴得像疯了。迟玉见着没有慌，刘岚发烧一样红晕滚烫却带着自负笑容的脸，深深印记在迟玉后来的记忆相簿里，像一口永远开掘不够的井。往后每当迟玉在自己的人生里感到泄气的时候，便向井里喊一声，那里始终有个底，会晕散出一张母亲在绝望时永不承认的脸孔。

刘岚招呼女儿过来，帮她整理头发说，这一阵自己照顾自己，能听话不？

厨房里很快传来搬板凳的响声，橱柜门被打开，灶被点燃，烟火气散出来。迟玉拧开龙头，刷昨天没刷的碗筷。

别忘再给妈弄个蘸酱菜。多放苦菊，撤火。刘岚说。女儿知道怎么做，她便不再分心，拿起电话，一个个按数字，耐心等嘟嘟声传来又消止。她其实也不知道怎么开口才有效果，只想着先把口开了，让听的人和说的人都进入一种状态里，让他们都知道迟敏是她铁了心要救的。她呼吸着自己的酒气，含泪对电话那头说，桂香，咱们再商量商量吧。

被挂了数次电话、打不通燕家的时候，刘岚给其他人打，法院、律师行、公安局、厂里、老同事、好朋友，总有接的。打完电话，她家家登门，把一个个口头承诺具象为一个个手印，血红地收集满了，收在背心下头，用最柔软的地方护着，换男人一颗囫囵个儿的头。

往后，人突然就会说软话了。

迟　玉

迟玉很晚才学会打扮自己，却始终没能享受这过程里的快乐。事实上她终生鄙夷女人对外貌的过度修饰，总是昂首挺胸，不断在其他方面与男人较量，且胜绩居多。在其他女孩关注港台穿搭、渴望牛仔裤方格裙的时候，她还在穿迟敏不穿了的军大衣，天冷时狗皮帽子也随手扣在头上，打小便能熟练驾驶二八大杠，风雨无阻踩高脚踏，唱歌上下学。高考在考场作弊被抓，全区通报。本就希望渺茫的大学，就此杳不可闻。考完那天回家的路上，她也如旧踩着车子，没唱歌，心里盘算先从卖盒饭干起，然后租摊床，下南方进货，能做的事其实也很多。雪下得大，一条黑围巾包住她脸上所有眼睛以外的地方，在一个拐弯时迟玉摔进雪堆。暗恋且跟踪她的男生在后来的书信中写道，你黑敦敦的，像一个小男孩。那一跤摔得多么厉害，可你拍拍屁股起来，几次才推好车子，骑上去，骑得更快。那一刻，我才知道自己不敢爱你。

可怜的男孩如果在五年前就认识迟玉，便可从街巷议论和父母熟人的信息交换里，得知一个不曾被大肆报道的凶案全程。了解到凶手姓迟，杀人地点在建华厂一幢家属楼二层的厨房门口。那里仍有人居住，是迟玉每天都会回到的地方，玻璃拉门被换过，地板也重铺了，死亡的味道已经发散。有时迟玉夜里起身去厨房倒凉白开喝，能听见微弱的男人呼吸声，她想不到该害怕，感觉水咽进喉咙的动静都比鬼声大。

能让迟玉气质英武的原因，除了本性，还有杀人的父亲像极了电视里的豪侠义士，成为她少女心中暗自立下的榜样。迟玉始终相信自己如在同样境况下，会做同样的事。后来父亲在众人保举下囫囵脱身，回归家庭，和母亲再不似先前打生死仗，夫妻间有了相濡以沫的味道，家庭气氛趋于平静。事的了结看来天公地道，恶人死，好人生，迟玉满意大部分的结果，除了一些她在当时无法理解的关系变化。燕家人在迟敏出狱后，快两年不登门了。虽然迟玉知道母亲每个月都给燕家寄钱，履行当时承诺过的条件，但在迟玉眼中，燕家人仍仿佛集体消失。她不得不一次次向母亲验证他们是否真实存在。当然了，刘岚说，钱又没给我打回来，那就是收了。再没话说。这些话也尽量避免在父亲面前问。迟敏因为妹妹主张枪毙他的一句话伤透了心，出狱后，再不提迟桂香三个字。迟玉对此怀有一致的伤心，觉得父亲可怜，姑姑是不知好歹的人。只有刘岚暗中仍和燕家保持来往，迟玉奇怪母亲好像不会记恨，心里不装过夜的仇。命案之前，她不是这样的人。她忘不了母亲在她小时候一次次的打骂，却死活记不起被刘岚抱过、亲过，很可能真的没有。相比父亲，母亲在迟玉的记忆里，总是拿主意的时候多，没主意的时候少。这也让她独立的时候多，需要人的时候少。迟玉想学习父母身上各自好的部分，可其他还是照单全收。只不过遗传自父亲那些心软和敏感，平时都被锁在自己也注意不到的地方了。

她是在去卖盒饭的一条街上，时隔三年，再看见燕好的。他刚从厦门回来，在那儿开出租，人晒得黑瘦，五官较从前更立体漂亮，也可能是身上新衣服的功劳。他看来挣了些钱。燕好正在马路上拦出租，张望时发现隔条街的迟玉，人站在白色泡沫箱的旁边，一手扶着车把。他想了想，还是叫她，迟玉没听见，他穿马路过来，站在一旁。等她给别人找好零钱、数票子的工夫，一手拍在箱上。里面还剩两三盒，不多了。燕好笑笑，怎么还干上这个了？箱里的，哥全要了。

不用，都能卖出去。

我帮帮你。

帮点儿正格的吧。

迟玉用一种看见了像没看见的眼神，燕好猝不及防，有点受伤害。过了会儿，燕好用指肚刮过进口打火机的滑轮，刮出一簇火，学香港影星伸长手臂，迅速收回到自己嘴巴底下，低头吸了口烟。他心中装满感慨，仰望头顶没半点云彩遮挡的阳光，冒出一句，报应不爽。迟玉让他再说一遍，他把视线转回，从头到脚打量她一身，包括正从迟玉额头上冒出的油珠。他咂摸嘴唇说，小玉，你不爱听我也得说。谁家过日子都这样，没有一直好的日子，也该你家倒倒霉了。

你怎么知道我家倒霉了。

我不用知道，我也不是盼着。卖盒饭不丢人，这年头干什么都不丢人。

别，还是有丢人的事儿的。

燕好受到的伤害于是扩大了。他在烈日底下盯了迟玉很久，想到迟玉小时候跑出去玩，晚上迷在坟地里睡着了。小二楼里哭声不停，几家人忙着找，最后还是自己在坟圈子里发现小小的她。迟玉脸上沾满了香灰，靠在石碑上刚睡醒。他背迟玉回家，听她说了一道的胡言乱语，十分担心，问，是不是脑子坏了？迟玉便趴在背上踹燕好屁股说，你脑子才坏。坟地可好玩了，又安静，什么声儿都能听见。不像家里那么吵。他于是答应以后和她一块来，以后又都忘记了，忘着忘着长大了。这些往事被燕好全部盯回来一遍，再全部消失于眼底，只在心里叹气。他在她面前吹口烟，迟玉立刻做出打仗的架势，干瘦的胸脯挺着，更让他想笑。燕好眨眨眼睛便越过她，去提保温箱的把手，整个倒过来，将盒饭打翻在地，皮鞋踩上去，踩出西红柿的红汁，和着白米饭，加重地踝。迟玉一时像只被激怒的黄蜂，围着他刺。燕好岿然不动。围的人多起来，加上迟玉的哭，所有人便把批判指向燕好和他高傲的鞋底。燕好本不想发动群众，可想想当年，觉得正是群众的偏袒才委屈了父亲，左右了公正。这个念头让燕好的眼中迸发出比迟玉更严重的泪意，他不断将头转向每一个位置，让人看清一个七尺男儿的眼泪和眼泪背后的巨大屈辱。迟玉顾不得哭，感觉天旋地转，事态一时转换，将她置于众矢之的。燕好却不是黄蜂尾针，是弓箭手。他不用上前碰她一下，也能造成伤害。只见他一把鼻涕一把泪，痛苦地摇头，向围观的人说，她爸当年杀了我爸。没人评理，杀了人他现在还能回家过日子，谁想想我妈自己怎么过？大家不信，可以去建华厂打听打听，这事儿被他们家给压了个严实。

迟玉狠推他一把，骑车走人。身后燕好摔在地上，哭丧着脸说，这一家子欺负人欺负惯了。

迟玉不是没听见这句话，这句话到晚上还一直在她脑袋里转。话并不简单，因它至少暴露以下三条信息：一、燕好指控的不是她一个人，是一家三口。也就是说从迟敏到刘岚到迟玉，身上都有对不起他的地方。二、燕好认为他们家欺负人是一种习惯，习惯是长期养成的，很可能在他还小的时候便深入内心，认为他们从根上待他不公。他和燕凤当初是一块来的，控诉便可能也包含燕凤的份儿。三、他在众目睽睽下说出这句话，它就一定经得起检验。无论在时间还是程度上，燕好都觉得这句话是合格的，他才会说，找那么个时机。迟玉由此意识到杀人其实没那么简单，尤其是亲人杀亲人，背后的问题将蔓延多年，很可能拆解不了。她不知道该不该把今天发生的事情告诉父母，她内心始终不相信他们解决问题的能力。

迟敏可以杀人，刘岚可以救人。但他们都对在人心里发生的病变束手无策，一味拖延时间。那只能制造出更多恶果，像核爆炸后留下的无人区，难以收拾。迟玉学刘岚的样子在黑夜里说了句去他妈的，翻身入睡。效果不好。

燕凤则在迟玉卖了一礼拜盒饭后往小二楼打来了电话，选的是上午八点半。迟玉听到对方声音后，下意识判断燕凤在掐点儿，这时候父母都上班去了，电话是冲迟玉来的。燕凤语气里包藏有颤抖的试探，想知道迟家的情形是否像燕好回来学的那样——小二楼在走下坡路。迟玉没有回避，高考失败后，她的人生在目前和没念高中的燕凤毫无差别，都是卖货，只不过卖的东西不一样，相比之下后者还有固定的货源和摊位，已走上做小生意的轨道。聊了几句闲天儿，燕凤有些放心了，告诉迟玉她要结婚的消息，如果不是确定迟玉现在在卖盒饭，这消息该不是那么容易说的。迟玉能听出燕凤的高兴，她是要嫁人了，论年纪她只比迟玉大一岁，后者却还没交过一个对象。燕凤的丈夫和燕好一样开出租，家在本市，迟玉从母亲嘴里听说过，魏晓东是个能说会道的人。燕凤希望她能来参加婚礼，三舅三舅妈也来更好。迟玉说行，到时候我早点去帮你张罗。电话里偶尔出现间断的沉默，燕凤明显很小心了，可她身畔还是传出了参谋们的声音。她身后也有一家子人。迟玉很清楚，是大姑和燕好吧，他们在共同判断她下一步的反应。

其实是迟桂香忍不住。身为过来人，有些事她能看出更远，便在婚礼上给迟玉使了眼色，姑姑侄女一起走到礼堂后偏僻些的位置，相互攥着手。迟桂香今天染了头发，胸口戴着鲜艳的红花，嫁女儿算她一生少有的荣光时刻，胆子随之放大，在这一天里，她格外觉得自己像个长辈。往常在迟玉面前，不知为何，总觉得自己不像，得仰头找她眼睛说话。现在不用，迟桂香低头摩挲着迟玉没干过重活儿的手，用自己的老茧包裹着，说，有件事儿大姑想了挺久，知道你不能说，可得嘱咐你两句。

凤儿说有一个下午的事儿。你看见了？她问。

我没印象。

啊，没印象好。

迟桂香说完话手没有松开，迟玉意识到她其实希望自己能把那个印象复述一回，以避免沟通上的误会。迟玉对那天的印象真不确定，她和燕凤从前一起度过的下午很多，现在就少了，但她心里还是能隐隐选择出一个。就是那天。那天发生过的细节在很久之后还在震荡她，要她解谜。迟桂香开始焦灼地用手捏她，外面司仪正在台上张罗，用麦克风播讲出一个又一个插科打诨的笑话，来宾的反应大多淹没在推杯换盏间。父亲们吸烟谈论各厂的效益，母亲们则不住往身边孩子嘴里灌进食物，孩子们像被填鸭一般鼓满两腮，艰难地咀嚼。音响里放出轰隆的《好日子》，透过缝隙，能看见燕凤穿着从影楼租来的红婚纱站在台上，两鬓上有弯曲的头发在跳，她一笑就要转头低头，眼神有些呆滞。正是同样的眼神让迟玉快速把手抽了回来，她终于明白大姑为什么选今天这个日子向她要求保证——迟桂香会感到不安，是出于一个母亲更出于一个过来人的心理。迟玉现在的表现，印证了她应该不安。

迟桂香叹起气来，不住说魏晓东是个好人。迟玉想出声附和，开不了口。魏晓东也被请上台，大讲和燕凤的恋爱经过。他们是在同学介绍下相识的，处了一段他便主动要求去燕凤家里看父母，那天距燕来臣的死亡之日不过一个礼拜。燕来臣在家见到了未来女婿，笑盈盈地要求燕凤给魏晓东做这做那。魏晓东叙述着眼圈便红了，抓起妻子一只手，向着台下，说，我岳父是个好人，燕凤也是个孝顺女儿，能做燕家女婿我感到很自豪。迟玉看不下去，转头面对的却是迟桂香感慨的微笑。这笑五味杂陈，让迟玉生怕打扰了她，只能说，大姑你快准备吧，要到你了。迟桂香点点头，用手在迟玉小小的身子骨上摩挲，一直摸到脖子，仿佛摸骨算命般若有所知，提醒她，其实任何事太较真儿都不好，人都图个快活，燕来臣也是对他姑娘好，没对别人好。你爸妈不能理解，你读过书，看问题肯定不一样。迟桂香就像原谅了迟玉犯下的过错，指甲在她耳垂上掐了一下，慈爱地望着她，说，大姑也等着喝你的喜酒。姑娘大了，要抓紧。

迟玉在婚礼上滴酒未沾，可就是有种想呕出来的感觉。几天后她冷静地踏上火车，给家里去电话说她要到大庆找同学玩，顺便逛一逛。刘岚因她没事先和家里商量，在电话里破口大骂，被迟玉坚定地打断，别废话，把电话给我爸。迟敏来接的时候，迟玉正坐在靠窗的弹簧座上，这是上午十点半的一班，到地方只用四十分钟。前半段车程里她一直像个离家出走的男孩，表情冷冽，仇恨地望着远去的平原。她的军大衣里兜了一把锯过的铁锹，长度正好可以被掩藏，除了那块凉铁跟皮肤接触时偶尔会带来的寒冷外，带着它没有一点痕迹，等焐得暖和了，她自己也忘记是去挖坟掘墓的。勇气正在风景的撤退中消弭。她在电话奇差的信号里重复问迟敏一件事——燕家墓地的位置。她有点担心父亲会洞知她的真实意图，可当话讲出来，身体里那个小姑娘天马行空的语调又占领上风，让迟敏相信她只是出于好奇。在这个女儿的成长过程中，诸如此类的好奇实在太多，当父母的已经不会紧张。迟敏甚至推荐说，我记得大庆有个连环湖不错。

村里第一个看见迟玉的人并不把此事当作新闻，第二第三个也匆匆自她身边经过，直到第四个人注意到迟玉一手揣在军大衣里，大衣下方露一段铁锹头时，才把她叫住，问干什么的。迟玉见对方是个满脸沟壑的老农，有了底气，摘下头上的皮帽子，脸上咧出憨傻的笑。她拍拍有些冻红了的脸蛋，把怀里铁锹自然滑到地上，一脚踩在立起的锹面上，用歇脚的口吻说，来给我爹除除草。来人于是看清楚是个姑娘，又听迟玉自报家门，以为她是燕来臣的女儿燕凤，高中刚毕业，这趟是迟桂香吩咐她来的，便问，你妈怎么不跟来？迟玉抽一下鼻子，盯着冻土好半天不言声，然后说，怕伤心。

于是有人带她去。她要找的坟刚迁过来，没修碑，插了一截木板算是占好位子。木板上写有黑体字，燕来臣。迟玉瞧见如遭霹雳。但她告诉自己，一定不要跪。

你是第一个来看他的，那人边走远边自己念叨。派个孩子来,怕给钱是咋的?

这天下午,迟玉在燕来臣坟墓前结实地站了半小时才动手。来之前,她心里想的只有那个模糊的下午和燕凤在婚礼上呆滞的眼神,以及燕好丢下的那番话。来到以后却还想起其他的事。还是太过迟钝了,迟玉责备自己。燕来臣死前便像一颗毒瘤,现在挨了两枪,深埋黄土之下,毒素不散,是受的罪过还不够。她在坟旁的一块冰面上照见自己的形象,想起有一天她提早放学到家,透过父母卧室没关严的门,看见了一双男人的脚,接着是一双男人的腿。燕来臣像躺在自家床上那样躺在父母的床上,手里抓着条熟悉的花裙子。那是迟敏新买给迟玉的,迟玉在儿童节那天穿着它疯跑了整个公园,回家后刘岚把它从迟玉身上剥下,空气里有奶香味儿。它本该安静地躺在脏衣篓里。迟玉的视线往下掉,因燕来臣手里的裙子也掉了,盖在地板上放着的脱下来的皮带上头,而皮带不是父亲的。燕来臣缓缓坐起身,一双发黑的白袜子左右摩擦着。迟玉记得他表情古怪地从门缝里望住自己,问,还想看吗?

她最后看了眼自己此刻出现在半透明冰面上的形象,手里抓着铁锹,感到安心和结实。

迟玉计划将燕来臣的尸首捣烂,历史书上她读到过,顺治将多尔衮开棺鞭尸,因同样遭受过莫大的精神羞辱,这种方式最能让人感到补偿,仇恨是不讲厚道的。她开始挖起来,燕来臣的坟在一个山坡上头，遮蔽在几处有砖有瓦的大墓后面，日头一落，除了尘土的微微扬散，村里人甚至不能在墓群后发现她矮小的身子。迟玉感到水平线在下降，她在陷落，越是靠近尸体的中央，越下铲无力，有些土被低温冻住了，硬成石头。一直到下午六点半，她从手腕戴的电子表上读出时间，身体已下陷到了额头和木板齐平的位置。坐进四周的凹陷里，迟玉像躲进了一场战争结束后的战壕，失落是她的战利品。挖到此刻，结果是没找到尸体也没实现泄愤，只泄尽了力气。除了两枚从土里挖出来的颜色发黑的铜钱被她沮丧地踢走外，迟玉一无所获。人缩在半空的坑洞中，想继续，继续再无可能。

入夜后村庄很黑，她用铁锹拄着下山、出村，听经过每一家时引发的乍然犬吠，睁大眼睛不让泪水掉出来。灯光在村口终于出现，骑摩托的村人经过时，开的大灯正好照见她一张六神无主凄惶可怜的小姑娘的脸。迟玉飞快地跑，跑向遥远的公交站，摩托车跟了一会儿，停下朝她按喇叭。嘀——嘀——。迟玉不肯停止奔跑，她知道自己脸上一定出现了可怕的事情。

来不及到公交站，她便迷失在城乡接合处的夜色中。迟玉木偶般向前走，听见身上的寻呼机传来呼叫，呼叫的名字一出现在了显示屏上，就让她全身的骨头都松懈下来，放心地塌掉。迟玉在马路牙子上坐下，一辆硕大的蓝皮卡载着数十头发出低鸣的牛轰隆而过，它们统统用慈爱的眼神望她，和闪电般的远灯一齐消失。她给燕好回复说，哥，你来接我吧。又想这样说太叫人摸不着头脑了，字全删掉，换成对不起。无论想说的是什么，世上都没有比这句更好的铺垫。

燕来臣

从冯屯出来上公交车，他两手空空，感觉还是新鲜空气好，人和人之间有点距离好。在号房里，呼吸的永远是别人拉屎的味道。燕来臣趴着车窗，看外面城市发生的变化，心里有点瞧不起。外面也就是空气好点，去的地方多点，烂还是烂。他想抽根烟，被旁边人提醒，同志下车再抽吧，我媳妇怀孕了。他才注意到前面座位上是个梳盘头的妇女，见丈夫替自己说话，正腼腆地转过来半张脸。燕来臣把烟盒揣回去，看见丈夫把手搭在妻子一侧的肩膀上，仿佛让她放心，他说话挺顶用。燕来臣拍拍男人的肩膀，让他回过头好好看一眼自己。燕来臣嘴唇没动弹，从眼神里冒出火花来，意思是，你说话吧，屁用没有。车到地方，他横着膀子下去，莫名其妙乐了一会儿，心里琢磨着刚才他想脱口而出的一些话。他居然想告诉一个陌生人，在车上他想到了迟桂香，想到了他的孩子们。他现在当然可以不抽烟，等到了家，他会当着他们的面抽，顺手再把房子给点了。

六年来迟桂香去冯屯看他的次数，指头都能数过来，孩子们则一次都没有。开始他没觉得有什么，等日子长了，品出监狱生活的滋味来，发现这里和外头一样，都充满了竞争。谁来看你，频率多少，送来什么东西，甚至每次哭上多少分钟，都像外头评职称劳模一样，在囚犯之间暗暗滋生比较。燕来臣也就能猜出那些总挨他拳头的犯人，在夜里会拿什么话安慰自个儿，又会拿什么话来苦中作乐。他们一定说他，看着吧，在这儿逞能，等回头出去了，废人一个。外头的人总以为这里就是世界尽头了，燕来臣好几次在背地里自己哭得稀里哗啦，然后醒悟过来，世界的尽头不是监狱，世界的尽头是你废掉了，你这个人废掉了。他不断给迟桂香写信，在母亲来探监的时候向她打听自己家里的情形，要她确保迟桂香一定能读到他那些信。他写过道歉两个字，她可一定得读到。可从母亲受到的对待和迟桂香的不再出现来看，他写的都是废话。

监狱里都是过来人，他们给大燕分析，分析来分析去最后总是讳莫如深地拍他一下说，你别等就完了。燕来臣问，为什么不等？他们便尴尬地笑，被他扯住，遮遮掩掩不敢往深里解释。服刑的后期，狱友发现他不爱打架了，替换成的乐趣是到处找人说道理。他似乎在有意锻炼自己的口才，狱警不胜其扰，最后只能挥棍赶他，燕来臣眼睛里便流露出可怜人的东西，小心翼翼擦拭自己的泪痕，像个大嫂，长吁短叹说他家门不幸。到了晚上，同号房的犯人接二连三发现燕来臣在铺上叫陌生的名字手淫，不是叫他老婆，也不是别的女人的名字。他眼睛睁着，在黑暗里眼皮不眨，棉被底下是痉挛般的起伏，犯人们便嘻嘻地笑，说大燕，快回家了，省省子弹吧。等又折腾一阵，他就像上不来最后一口气那样挺直躺着，终于停了。半夜去上厕所的犯人以为他已经睡着，在上大号时没仔细掖好屁股下的马桶圈，臭味一而再地扩散出来。燕来臣闭得上眼睛，闭不上鼻子，他让自己记下这味道，人在被子里哭哭唧唧。他跟自己哭泣说，早晚操你们迟家祖坟。

到小姐楼附近了，燕来臣带着去灭门的激情往家走。他想到门里应该会有一个男人，再不然炕头底下也会有双男人的鞋，想到推门时男人可能正扎围裙做饭，还茫然不觉去喊，桂香，家里来人了。燕来臣扑哧笑出声。有擦身而过的人认出他，带着不确定的语气问，大燕吗？他点点头，来人是入狱前的老邻居了。老邻居和从前一样说话不带锁，什么都问得出来，中年下岗，过日子围着媳妇裤腰转。燕来臣斜眼看着他笑，像打听别人家的事一样打听迟桂香。邻居问，听说你俩离了？燕来臣说，那能不离吗？邻居理解地叹息道，不离也真不行。一个女人，带两个孩子，总得再找个帮手。那人你认识不？燕来臣顺势说，认识，能不认识吗？邻居把他拉到一边，仿佛出卖机密的特务，因内容重大而语音颤抖，压下调门说，有次我在道儿上碰见她了，拿了两手的东西，说是别人送的。我就知道是再找了，想问问她什么情况，看街里街坊的能不能帮一把，可你媳妇挺着急地走了。燕来臣点起出狱后第一根烟，靠在身后的一排小广告上，问，她什么表情？邻居看他一眼，转头想躲避什么，看他一眼，还想转头，被燕来臣一把扯住袖子。邻居便惊恐了，说，她哭来着。

破房子。燕来臣站在门前，看看这家看看那家，终于明白自己家是盖在一堆破房子中间，住在这里的没一家抬得起头来，贫穷是这里的气候。迟桂香离了他就是这么过日子的。他一脚碰开半扇门，屋里的光线很熟悉，炕在进门右边，还是结婚时他找人盘的，分毫未改。没人迎接他，燕来臣到炕沿上坐下，鞋底子刮着土地，发出一下下唰的声音。有人走出，是个半大小子，穿着海魂衫，他一眼认出来那张和自己相似的脸。燕来臣咧嘴笑，燕好？燕好一时满脸煞白，他手里提着两个啤酒瓶子，翠绿的颜色在阳光底下很好看，他的脸也很好看，挂着乖巧的委屈。儿子也到喝酒的年纪了，燕来臣不乏感慨，招呼他过来坐下。燕好露出传染似的笑容，回身又去拿了四五瓶，抱在手里，堆到炕上。燕来臣喝了一口儿子起开的啤酒，嘴里有了自由的味道。燕好一直在傻乐，说话时用一种刚进入成年世界的交际腔调，被燕来臣冷眼打量。他在验收这些年不在家时，迟桂香给他留下了什么样的结果。他在儿子身上看出一部分，问出来另一部分。燕好没正经工作，毕了业在饭馆打零工。今天周末，饭馆给他放半天假，他约了几个小哥们去体育馆打排球，正准备出门。燕来臣用他粗黑的手掌笼上儿子的头，摇啊摇，然后一把推开他。燕好说不下去了，在旁边咕嘟咕嘟灌啤酒，瓶子被燕来臣厌烦地夺下。

迟桂香和你妹妹呢？他终于问出来，眼珠不知道是不是在酒的鼓舞下变红的。在走上这条路之前，燕来臣以为自己已经想好了所有后果，无非再捅个把人，死了就走铜，残了继续回冯屯呼吸臭味，再回去也是个英雄。可他的思路正渐渐偏离到一个不曾有人指点过的地方。在那些过来人的嘴里，老婆偷汉，偷的不过是邻居、同事、别人家老公。没有偷过亲戚的吧？他又喝下一瓶，仿佛在谴责自己思维的局限。燕好注意到父亲上头了，帮他脱鞋盖被子，让燕来臣能够背靠窗沿，在一个舒服的角度上虎视眈眈每一个自他面前进门的人。燕来臣满意地笑，眼神直勾，仍没有活气。在那条思维的小路上他越走越窄，终于走到死胡同，胡同尽头站着的不是别人，正是他的母亲和姐姐，一如小路开始的地方。她们一人扯他一只手，仿佛劝诱，再走一步吧，再走一步你就通了。小时候也是这样。母亲教给他，把她和村里其他男人半夜在房间里做的事情、发的声音，教给他和姐姐，直到他也变成一个男人，开始和姐姐进行效仿，那是最初的快乐和后怕。燕来臣没留意自己又哭了，哭他本来想的不是这些事，却又是这些事。燕好爬到他边上，拿手巾给父亲擦眼泪，安慰他回家就好。因为仇恨，燕来臣不再流出泪水，他完全明白是什么人在他入狱后，多年如一日地照顾他的妻儿。他摩挲着儿子穿的海魂衫的衣角，棉的，挺舒服。问他，三舅这些年对你尽心不？燕好勉为其难地点头。燕来臣便仰天长叹，在听见有人进门时脖子迅速回正，像一把确认视野的狙击枪，等女人们一一走进他的射程。

下午，燕来臣出门恢复社交。晚上，一家四口推杯换盏，迟桂香捂嘴巴傻笑，她的脸被酒劲醺红了，老鼠一样偷看丈夫。燕来臣给她碗里夹了块排骨肉，她说谢谢。燕来臣便把那块肉拨拉出去，掉到地上，盯着她无措的表情，无限温柔道，谢个屁。孩子们都笑了。

他在出狱后第二天去了迟家小二楼。去之前没和迟桂香说，一个人提着酒，上楼梯的脚步沉稳不惊慌，敲门时有邻居看见他，他彬彬有礼点了下头，说，找我舅哥。同时在小二楼的门里爆发出的地震般的响动，把站在门外的燕来臣和邻居都吓了一跳。邻居努嘴说，最近闹得有点凶。你是亲戚，你劝劝。燕来臣敲了遍门，应门的是刘岚，带有破口大骂后不能立时平静的余音，扯嗓子问是谁。邻居没走，看燕来臣就像看待自己的一个同盟，他们都受到这对夫妻恶战的牵连了。燕来臣为难地对邻居笑笑，说，多体谅吧，我嫂子脾气不好。刘岚打开门，脾气霎时变好了，矜持地笑了一下，捋顺乱起来的头发丝，眼神闪烁。把燕来臣让进来后，她平静地收拾起屋子，招呼他找地方坐。迟敏坐在方厅抽烟，脸上有道长条的抓痕。他像刚做完梦一样带着困倦，掸烟说，来了？

来了。燕来臣站着褪下皮鞋，一步步走向迟敏坐的位置，把带来的酒搁在茶几上。迟敏抬头看他，妹妹已经来过电话，说了燕来臣放出来的事，他心里有这个时刻，不意外。可他不明白燕来臣怎么没带迟桂香一起来，看他拎酒过来，像是有话跟自己聊。迟敏挪出地方给他，两人几乎并肩坐下。这两个晚上燕来臣一直梦到此刻的情景，他转过脸，看到的是迟敏狼狈的表情和从后者白嫩脖子上渗出来的细密汗珠。他没客气，拿了桌上一根烟抽，这样让他感觉比较平等。两个男人在青紫色的烟雾里共同端详眼前被破坏了的家园，女人正徒劳无功地修复着。刘岚从厕所出来，头发重新扎好，表情恢复往昔。她也没力气，就坐在沙发另一边抽自己裤袋里的烟，接着是没人点破的沉默。直等她捏烟的手指发颤，预备哭起来，燕来臣知道是时候可以倒酒了，拿面前的茶杯。三人把他带来的酒平均分配掉，在迟敏的垂头丧气和刘岚的字字泣血中，燕来臣的提杯带有吊诡的体面。迟敏和刘岚听着燕来臣的谈吐，开始相信监狱真能改造一个人，这让他们也都跃跃欲试，想把对方送进去锻炼。

燕来臣说了些话，回顾这些年，语气满怀感激。当感觉到风暴过去，卧室里传来老人试探的咳嗽声，像投石问路。刘岚抹眼泪，委屈地起身，让所有人都感到她是千难万难的儿媳，又该她过去伺候了，留下两个男人在方厅。迟敏按开电视，新闻正在重播，女主持身着鹅黄色套装，露出白色的抹胸。她低头看稿一下，燕来臣的身体便往前凑一下，喉咙里传来逐渐粗重的呼吸声，仿佛女人报道的不是非洲饥民，而是他多年遭受的一切不公，他感觉她也在心疼自己。

迟敏在旁反复抚摸自己被刘岚抓伤的部分，伤口不会明天就愈合，意味着接下来的一个礼拜他都将面对厂里人不分时间地点的玩笑和推理。迟敏仰在沙发靠背上，思绪没有出路，突然瞥见妹夫直勾勾盯着电视的状态和裤裆上膨胀的部分。他笑笑，妹夫是精力旺盛的男人。六年的牢狱生活在夫妻间形成了巨大的空白，空白将允许很多想象，而世上最绝望的感情莫过于朝夕相处。它不仅蒸发男人的精力，还形成恶性循环，让男人越来越不爱做的一件事，成为女人越来越不像女人的一个理由。迟敏叹息一声，愚蠢啊。燕来臣扭过头来，也笑。电视上的女人已经消失，现在是下一个节目，《动物世界》。他动物性地发出问题来，哥，你现在和嫂子，还办事吗？

迟敏的状态渐渐变得松弛，是在养母去世一段时间后，那时的小二楼已不会拒绝燕来臣任何一次的突然来访，迟敏甚至有点儿需要他来，像人民群众需要一点娱乐，来填补自己那种过于方正的个性和在生活中无法可丁可卯补全的部分。燕来臣是完美的填充物。他素来能掌握在人际上随弯就弯的法术，在这点上，无论迟敏还是刘岚，都算初学且天分不够。燕来臣清楚自己身上的这股子魅力，里边有些不足为外人道的原因，比如母亲自小就带他从一家过到另一家，每融入一次新家庭，都好像重新洗牌，你得重新掂量自己手里的王牌和杂牌，把一二三四五六七攒好了，思考如何打出王炸的效果。他早早学会去看各路人的眼色，看多了，到最后变成怎样都有人愿意看他的眼色。在他和别人的相处上，逐渐只剩下一条规矩，就是燕来臣自己得愿意。只要他愿意，他就能把任何人的脾气秉性在自己面前捋得通透，捋得顺服。对女人他表现出来耐心，不外想睡她们。对男人这样做的理由，则分出两种，一种是他想拜大哥，二种是他想弄大哥。他决心瓦解心慈手狠的迟敏身上最后一点防备，让那只原本可能拿刀的手，亲亲热热握自己手腕，叫一声兄弟。一天，燕来臣又不请自来的时候，本以为家里没有人。他去上了个厕所，去迟玉房间待了一会儿，最后到迟敏夫妻的床上躺下，一如往常。却听到厨房里突然传来男人的饮泣声，大脑一空，近乎得到天启。燕来臣兴奋地跑过去，半跪在喝红了脸的迟敏面前，对方一把抓住他的手腕，鼻涕眼泪流下来，说，兄弟，我是熬不住了。燕来臣满意地点头，说，我猜你也熬不住了。

他从裤兜里掏出一包药，交给迟敏，说，办事的时候抹在她那儿，人一会儿就凉了。

行吗？人家能查出来。

都熬不住了你怕这个。男人大不了填条命，我都给你想好了，实在瞒不住，你愿意走自己走。剩下有我，你怎么管我孩子的，我怎么管你孩子。到时你在上衣口袋里留张条儿，写清楚点。

这件事发生后，燕来臣的状态也松弛了。原来所谓复仇并不像戏文里写的，要十年卧薪尝胆。完全可以天时地利一锅端，只要找准时机，就能点血不沾身。他感到意气风发，出了小二楼，在小区门口撞见了熟悉的脸。是迟敏和迟桂生，以及后者的女儿迟淑华，她刚从兴城坐火车来。迟桂生犹豫地去握燕来臣伸来的过于滚烫的手，燕来臣眼神不住溜达，试图越过眼前两个男人，去瞄那只藏在他们身后的小动物。迟桂生在来之前，已和迟敏在电话里约好，让淑华在这儿待一个暑假，也好被迟敏带到厂里学点手艺。迟淑华看着有些直眉愣眼，人在海边长大，带着对内陆地区生来的偏见，直捂鼻子说干死了。迟桂生赔笑，说兴城空气是比较湿润点儿。燕来臣望着她，一副长辈人的怜爱，说先由自己领着，带去在小区里转转，熟悉熟悉环境。他们坐在公共车棚旁的亭子里，屁股底下瓷砖片的座儿冰凉舒服。燕来臣注意到迟淑华衣服领口上的一排荷叶边儿，再往上，锁骨在随呼吸一下下耸动。她表情很平静。此时在小二楼里，迟桂生和迟敏正在叙旧。燕来臣想也知道迟敏该产生怎样困惑不解的念头，他一个眼瞅要去杀妻、要去死的人了，现在还要处亲戚。燕来臣自己跟自己笑了。迟淑华问，姑父笑什么？这时有两个小男孩从旁边的小卖铺里走出，各自吸溜着自己手里冰棍的甜汁，经过时，朝迟淑华炫耀地晃，议论说这女的不是咱们院的。她低下头，再抬起头时，燕来臣已买了一根冰棍回来，交到她手上。迟淑华说哪好意思，燕来臣没搭话，替她剥去冰棍的包装纸，有甜汁跟着融化下来。他点着她胸口上的一处说，掉了。迟淑华吃冰棍的时候，眼睛被姑父的眼睛胶住了。

事情后来走向偏离。一天刘岚扫床时的惊悚发现，导致她的惊悚呼叫，带来三家人生活里的石破天惊。三家分别是小二楼、小姐楼和远在兴城的迟家一脉。迟桂生听闻后眼睛翻白，被老婆在电话那头猛掐人中，苏醒后抓紧电话，一遍遍质问刘岚看清楚没有。迟敏把电话接过，语气很沉闷，说，看清楚了，我俩这一个礼拜没过夫妻生活。可床单一角精液状的残留物，仍在风干后坚固地依附于棉布上，淡淡的白痕触目惊心。当天，迟淑华被从厂里叫回到小二楼，在迟敏夫妇面前，突发羊角风，嘴唇边流淌下浑浊的泡沫，呼吸急促。吐够了以后，她自己站起来，坐到刘岚推给她的椅子上，不得不明白地叙述。燕来臣是在前天午后把当时单独留在小二楼的她堵到那张床上去的。完事后她也像这样吐了一会儿沫子，被姑父从床上拉起来。他走到她面前，蹲下，仿佛要一个承诺似的，严肃地看她。燕来臣说，你不要动别的脑筋。动也行，先到这片儿打听打听大燕是谁。好吗？最后他连床也不让她坐，命令迟淑华穿好衣服，去外面该怎么玩怎么玩。女孩儿坐在椅子上懵懂地看着满脸错愕的迟敏和刘岚，他们都像不认识她，而女孩儿要到往后很久才能彻底明白发生在自己身上的这件事带来的后果是什么。要越往后，越明白。

燕来臣人到家时，迟桂香正在哭。她哭泣的样子总能让他一阵又一阵地犯恶心，往常只要看见他回来，她就会想办法躲开，即便躲不开，也知道该转过脸把眼泪咽好。这次她什么也不躲，像母鸡一样窝在炕上，用自己通红的眼睛不断跟踪男人的身影，直到把他的愤怒也点红。燕来臣蹿上去拽她，扯开迟桂香的枣红色开衫，把扣子扯下来两个。迟桂香拖住他的手腕，两只小腿弹簧一样，被他拉出一下，就自己缩回一下，土炕仿佛她坐定的根据地。燕好和燕凤正在屋外面弹珠子，不时传来兄妹俩的争夺声。燕凤笑嘻嘻的，每次父亲回到家，燕凤总是笑嘻嘻的，和过年一样。可现在他无心抱她去后面仓库里了，迟桂香的架势在告诉他，大火已经燃烧。燕来臣狠狠把她推开，两人背对着坐下。腰间的寻呼机在响，他没去理，很快换成家里的座机在响，一声接一声。燕好站在屋外喊，妈，接电话。像是提醒燕来臣该去关屋门。他在闩门前看了一眼外头，燕凤正对他招手。在小姐楼废墟似的外墙间，她穿着燕来臣新给她买的红裙子，像跳动的火苗。

迟桂香从棉被里找出盒烟，她藏的，窸窸窣窣地用火柴点起来。燕来臣转身时，她悲悯地抬头，说，收拾东西，你跑吧。这是燕来臣第一次觉得她有可以当作妻子相处的地方，虽然在出狱之前，他们就已经结束了法律上的关系。桂生刚来电话了，淑华把事儿都给说了。迟桂香说。她不留神把烟灰落在炕上，一擦，擦出条黑色的线，这让她觉得毫无亮光了。家里不够，你倒是去外头找呀。我能忍，别人爹妈能忍吗？你当全世界都是我迟桂香啊。

我看谁敢来。燕来臣说。他很快去厨房拿回一把剔骨刀，攥在手里，人靠墙，冷漠地笑着。我这趟回来针对的就是你迟桂香，你不知道？

迟桂香的表情说明她不知道。燕来臣攥了一会儿刀，觉得可能是小题大做了。小题大做是迟桂香的风格，在他眼里从没放过小题目。他把刀慢慢放下。门缝间有双眼睛正在偷看，被燕来臣瞥见。燕好在门缝外后退了一步，人却没走。他清楚地看到父亲的身影正向炕的方向移去，从尖叫传出的位置来听，母亲正在向角落里爬。母亲的速度很快被父亲超越了，接着是噼里啪啦的响声，伴随母亲浑噩的号喊。燕好小声跟身旁的燕凤说，妈又挨揍了。燕凤和他一起坐在门口，怕过来人听见，守着门。她问哥哥，怎么回事儿？他们都觉得挺难挨的。门里传出燕来臣大声的质问，你他妈还抽烟不，还抽一口不？听到这个原因，兄妹俩都觉得事情可以理解了。

迟　敏

在燕来臣交给他那包药之前，迟敏一直以为生活的敌人是刘岚。

那天迟敏一人在家里喝酒,满怀哀伤和不如意,反复打量眼前这个凭自己双手挣出的家。竹叶青空了一半,花生米几乎没动,听到楼下小孩跳皮筋的声音,人像被子弹击中一样,破裂般号啕,头埋在桌子上。他揪心地想女儿,判断她以后的生活和可能缠绕她的流言。燕来臣则像往常开锁进门,迟敏知道他进屋了,后者则想不到他没去上班。等他从哭泣中抬起头,燕来臣已坐在对面,正把一盘花生米往鲜红的口腔里倒,仿佛这家主人已死。燕来臣看他把药包揣好,两人又喝了一阵子酒。迟敏后背冷汗淋漓,在燕来臣流露醉意的时刻里,他反而要命地走向清醒,叫对方兄弟的声音不免惊慌而短促了。

往后妹夫比平时更频繁过家来,避开其他人的眼,逮住他便低声询问。迟敏一直试图让他相信,那个日子会有的,那个日子很近了。燕来臣仿佛信,他知道杀个人不易,说,我不是催你,日子是你自己过,也仿佛不信,说完伸出三根手指来。迟敏看见那手指立出墓碑般坚硬的线条,不推不动。燕来臣说,就三天。三天你还做不了,把药还给我。我也得考虑风险。

好。迟敏答应完,到夜里仍一个人抱棉被去沙发上睡。刘岚在卧室躺到后半夜,听不见他打呼噜,知道迟敏也没睡着,自己在房里哭出声,刻意让他听。男人的变化在女人看来像发疯,前一晚迟敏还把头埋在她胸脯里舍不得出来,两人抱整夜的肩膀入睡。第二天他就突然冷落她，话也不多说一个字，好像她是寄居在他家里的大嫂，两人有天然的泾渭。刘岚哭了十来分钟，之后陷入不自知的睡眠，一墙之外，迟敏在沙发上用胳膊枕着脑袋，默默望着家里雪白的天花板，时间被拉伸得漫长。天快亮时，他的女人打起凶狠的呼噜，他的女儿和侄女还在房间里听着音量微弱的电台，偶尔窸窣地谈笑。厂区烟囱依旧飘着灰黑的旗帜，窗外晚风徐徐在吹。他擦擦眼睛，想，自己原本是个孤儿。

一九四七年十一月六日，他能清楚地记得，是因为老家有日子没放枪了。

一块玩的小伙伴从泥堆里抬起脏脸，竖耳朵听。他则还专心致志在泥上，不在乎枪响后死去的是谁。二妈妈来抱走了他，她局促的小脚磕磕绊绊，因焦急失去往日行走的韵味，带着他摔了一路。迟敏最后被送上一辆驴车，二妈妈缠着头巾，抱着她自己一双儿女，桂生脸上有又长又脏的泪痕，桂香则在高烧中沉睡。二妈妈贴着女儿的脸，突然抬头，像意外发现了他，叫迟敏也靠过来。他当时不明白发生了什么事，只当是一次远行，不知道那就是故土难回了。一家人在路上活不下去的时候，二妈妈问他，学校里教过歌吗？

教过《送别》。

唱《小白菜》吧。唱了人家给饭。

唱了往后就得干要饭这行吗？

看你唱得好不好。唱好了不用要饭，有人请你吃。有人请你吃饭的时候，你能想起自己还有一个妈、一个弟弟和一个妹妹吗？

四口人一路靠迟敏的卖唱来到东北，迟敏和桂生一起进厂，前者从青工干起，后者很快与青工恋爱，最后跟女方迁移到一座海滨城市。迟敏一手操办了妹妹桂香的婚礼，他对燕来臣并不了解，可看妹夫在婚礼上呼朋唤友、出手大方的样子，也就能和养母一起点回头，感到安慰。剩下的问题只属于迟敏自己。他找到刘岚时，双方已不是彼此的第一选择，后者李双双般的模样，脸庞红黑，腰肢细瘦，驾马一样踩着坤车，路上一遇阻塞便即时下车，指挥八方交通，令他大开眼界。她后来指挥的自然要包括他的生活，迟敏选择听从，他有自己的盘算，只为能在忍气吞声下，给养母保留一处养老的地方。这地方原先是炕上用席子隔出来的几平米硬砖，后来换成小二楼单人房里一张海绵床垫。养母就在那张床垫上过世，她被移走时迟敏看过她躺的地方，上面甚至没有凹陷的痕迹，这个发现比养母的去世更让他肝肠寸断。老人一直在节省口粮，吃不下就不吃了。

在养母的葬礼上，他和桂生桂香跪在一起，磕了三个头。身旁有弟弟在他起身时搀扶的一把，有妹妹撕心裂肺哭泣的连腔，看上去，养母走得也算团圆。去火葬场外头抽烟时，迟敏望着自己手中的烟雾袅袅上升到遥远的天空，从大烟囱里烧出来的烟更白更冲，手里这烟就像儿子，一时扑飞过去，可能等不及到，那头就散了。他蹲下来，很懊丧地捂脸哭。桂生拿走他手里的烟，哥俩默默无声。淑华跑出来说，烧好了。迟桂生唤女儿走近，说，过来，搀你伯一把。迟敏感到自己被双细嫩却坚定的手扯住了。侄女淑华是养母的亲孙女，她们的眼睛很像，让他看了有点迷信。

就在昨天，淑华那样一双单纯的眼睛里，让人感到迷恋的东西突然被弹飞了。迟敏跟着浑噩了一天，人在工厂，好半天只是围住一台苏联大机器转圈，状态失常。青工们在他面前坐下，有些还细致地拿笔记录，不断提出问题，关于这台机器的历史和性能。迟师傅，迟师傅？迟敏保持住死守的沉默。直到临近下班，被一个进厂半年的小伙子看出了端倪，他凑上去，在迟敏耳朵上架好一根烟，献上他的揣测，说，师傅，这机器您看，是不是没啥毛病？迟敏仿佛被人从梦游中踹醒，身体打出过电的激灵，问，什么毛病？回答让周围人陷入了荒诞的寂寞中，逐渐有人起身，走远，走出几步还回头议论，迟师傅这是心里有事啊。献烟的小伙子没走，他是迟敏一手带的，淑华还在厂时，迟敏吩咐由他来带淑华，指望能将手艺薪火相传。小伙子不解地看着站在大玻璃窗下，头发为夕阳染棕的迟敏，听着武士般忧郁的叹息，惊觉师傅像个日本人，不过手中的钳子替换了长刀，而他拔出耳上香烟的动作，像极了擦刃。迟敏突然问他，今天教淑华东西了吗？对方回答说淑华没来。迟敏便像一个打算睡回笼觉的人，被人踹了更狠的一脚，永远不可能再沾床了，而腿的残废朝夕提醒他，这是桩深仇大恨。把手里的烟丝搓碎，迟敏看它掉出来。他拍了小伙子的肩膀，走出厂门，样子像再不可能回来了。

迟敏意识到，真正的仇恨，从不在人眼皮底下。像他和刘岚打生死仗，她骂他八辈祖宗，把搪瓷缸对他眉骨上砸，或像他拧住刘岚手腕，推她到地上，皮鞋底踩上她头顶，都不算。那只能是愤怒。仇恨则像门生意，有长久蛰伏的苦熬和绝不只以牙还牙的事半功倍，它因计划的周密而连环收缴，注定一箭多杀。在淑华被辱后，桂生带淑华回兴城报警，早些时候他已在电话里告诉迟敏，兴城警方会在当天夜里十二点到当地抓人。在被突然灌输这一系列信息后，迟敏脑海里悠悠钻出来的最后一个名字，是妹妹迟桂香。一九八七年，当地出台了一条法规：凡是二进宫的犯人，家属将作为二劳改被强制迁居到监狱附近生活。那意味着迟桂香也好，燕好燕凤也好，等待他们的都将是流放。事态的连缀，让这个常年在工厂被评为先进劳模的车间主任迟师傅，头脑发生倾覆的变化。他在下班路上，蹬二八大杠，思索生死和替天行道，计划凡人的复仇。想到自己作为汉奸的父亲，也曾接触过扳机，无论杀人还是最终被杀。想到远在日本的生母，如果她还在世，回忆起这片土地和那些被侮辱与损害的往事，该有怎样的悲凉。想到燕来臣的计划，如今它无比清晰地出现在了自己的认识里——他是来灭迟家一门的。今晚十二点，不管燕来臣是逃脱还是被捕，对迟家都意味着后患无穷。

他到了家，刘岚前脚刚到。他忍不住想将即将走上末路的心情泄露出来，冷漠的女人却只顾叫女儿的名字。不一会儿，她们收拾齐整，出现在了门口换鞋的地方。迟敏于是更知道，这是老天爷要他动手，是在宽慰他，妻儿一别，再没后顾之忧。他跟去门口，望着母女，为她们往后的生活浮想联翩。她们要到明天才能知道，现在是人生一个选择的时刻，要么做杀人犯家属，要么做强奸犯家属。燕来臣说过，他会抚养迟玉，在迟敏眼前，霎时出现他一手托着迟玉坐在腿上的画面，顿觉仇深似海。作为丈夫和父亲，他只能用自己一条命替她们单选了。刘岚像看不见迟敏那样从他脚下抽走拖鞋，使他踉跄一下，他想再叫声女儿，迟玉已跑下楼梯。

明天看看回来吧。他对刘岚哀恳地说。

刘岚报以冷笑说，我和姑娘想什么时候回，就什么时候回。他感觉女人把全部力气都用在了摔门上，迟敏闭上眼，心想她以后会在某个时刻，非常非常想见我。他开始像白天在厂里研究大机器一样研究自己的家，最后瞄上了厨房的磨砂玻璃门。这门还是他亲自选的，装之前他咨询过厂里的专家，选了花纹最雅致的一款。当时刘岚问抬玻璃上门的工人，装完透不透？工人站到玻璃后头，头颅变得很大，映在门上好像一大片墨水晕开的黑点。刘岚看见墨水不断在扩散，这表示工人把头越凑越近，只隔一扇玻璃，贴到了她的眼前。

缺件趁手的兵器。迟敏自言自语。墙上挂钟显示现在是下午五点，他和燕来臣约的是七点，他们都有要向对方求证的事：他问的是淑华的事，燕来臣则要问刘岚。一个已经被害，等待善后；一个将害未害，只差狠心。燕来臣在电话里，又是一番酒醉后的口气，嚗牙花道，三哥，你叫我来，可别蒙人。迟敏后脖颈凉了一下，应声说，哪能。燕来臣说，淑华的事儿我知道了，你们就听她卖骚吧。他跟着发出一种被委屈了的苦笑，进入哽咽，磨磨叽叽地说，三哥你说，有这么埋汰人的吗？

迟敏不再看表，出门去找也刚下班回家的厂里打更老头，那人住得不远，平时在厂里他们关系很好，下棋是搭子。老头见他来，回身要去橱柜里拿酒，被迟敏制止，说待不久，管您借东西来的。

厂里这个月扣我钱了。不该放的人，我给放进去了。你说我也拦不住，都是半大小子。我感觉这件事儿厂里对我不合理。

不合理。师傅我不来借钱。

那啥事，帮你干点活儿？

干活儿我自己来，管您借猎枪使使。迟敏鼻梁上的眼镜随汗湿滑下，滑出一道油光。他说，周末我想带姑娘上山，看有没有兔子打打。

就你还想打兔子。老头贼笑起来。两人心照不宣，都清楚借枪是有旁的用途。老头从屋里取出一条包有军绿色帆布的长棍，挺沉，交给他。迟敏抱在怀里，问，怎么使？老头说不难，带着摆弄了一会儿，算是教会。想留迟敏喝酒死活没留住，迟敏走时人还跟到楼道里，连声嘱咐他，到宽敞地方再打。弹是霰弹，崩人别回来找我。

迟敏扛枪回家，路上遇着不少下班的人。种种迹象很像拼图，迟敏看着他们每个人脸上藏匿的打探就知道，这些人中起码有一部分听过他半夜里的号哭，还起码有一部分看见了他在厂里围着没毛病的机器乱转的那种失魂落魄。最要紧的部分是，他们都看见他在众目睽睽下扛了半人高的长条棍儿，争分夺秒往家走。他扛的除了是枪还能是什么呢？那被帆布掩饰着的凶器已然挺出它鲜明的轮廓，砂弹在里头摇晃成丸，仿佛跳跃着的小人头。人们跟迟师傅打招呼，人们全都看到了。

进屋开灯，他将猎枪藏在沙发后头。看到厨房餐桌上还有上一顿的剩菜饭，热一下能吃，他把它们全倒掉了。斟酌再三，迟敏取出冰箱里剩下的半盘海带丝，用筷子挑满，显得还是整盘，摆到桌子当中，围绕它的是一瓶竹叶青、两个白瓷盅。身后窗子关得严实，外头刮起大风，正猛烈向窗里冲击，盖住了燕来臣到来时的叩门声。迟敏从座上弹跳起来，屏息听了一会儿，抬眼看表，不到七点。燕来臣这是催命来的。他控制自己双腿的移动，发现它们还没有很僵，心下稍安，在门口隔猫眼观瞧。燕来臣拿头拱在门板上，迟敏瞧见的是他的脖子。燕来臣一下下用头叩门，门开了，他便像刹车失灵的汽车撞在树上，痛苦得五官扭曲，站稳后，艰难辨认他，三哥，我可不能活了。迟敏把他扶进厨房，让燕来臣坐在背对玻璃门的位置上，后者像刚被人强奸过一样泪水涟涟。

迟敏想，我不能说出相信你，哪怕死了我也说不出来这句话。他看着燕来臣在自己面前，嘴唇吸盘一样扒着酒盅的沿，发出吸溜的声响，终于忍不住，把他的杯子按下来。燕来臣发誓说，我真没干。你可以把淑华叫来对质，只要她不怕丢人。迟敏想，她怕死了，怕得嘴上直吐沫子。但还是说，这事儿过去了。燕来臣问，过去了？迟敏继续安抚他，感觉进展不大，从燕来臣眼中透露出的，是酒意正兴时本不该出现的清醒的寒光。两人各自在揣测对方酒醉程度的同时，佯装醉态，互相浪费时间。迟敏从桌边起身，燕来臣还坐着，让自己倒酒的腕子发生轻微的偏斜，酒流到桌子上，他啧啧说，可惜了。余光瞥见迟敏正头也不回地走向远处，拐弯站到沙发附近，人停下来。迟敏头上表盘嘀嗒的动静仿佛一种折磨，只看他不断把手伸进头发，抓挠，带出两手的断发，人焦虑得面色发青。找什么呢三哥？眼看燕来臣要跟出来，迟敏当机立断，从面前书柜里取出来一本相册，他感觉这一选择有些意味不明的内容，很像是宿命。到阎罗殿看望乡台生死簿一类的，都是这种感觉吧。

燕来臣拍手说，看相册好。迟敏错愕地发现他喜欢看相册，更难理解的地方在于，他喜欢看的是迟家的相册。迟敏不敢联想下去，给自己疾风骤雨地灌酒，越如此，对面那埋头翻阅岁月留痕的中年男人，越显得单纯。时间是晚上七点四十五分，一张照片从相簿的塑料夹片中被抽出，页脚有红色的日期，燕来臣的手指肚刚好按在年份上。这张照片摄于某个六一节。从迟敏的角度，能看到一个角，照片上的更多内容，则出现在他对燕来臣视线的判断里。妹夫细眯着眼睛，含笑凝望，照片上，燕好和燕凤坐在迟桂香一左一右，背景是春天公园里盛开的矮丛丁香。燕来臣指着燕凤的羊角辫，又指去她的老鼠眼，最后手指像桥一样地搭在迟敏眼前了，一字一顿说，我这姑娘长得，咋一点儿不像我。

窗外劲风呼号，像个被踩住喉咙尖叫的女人。迟敏一双腿在桌案下无望地抖着，他想燕来臣要杀人了。

迟敏往嘴里猛塞海带丝，盘里只剩下不到四分之一时，燕来臣盯着他，不作声。看我干啥？迟敏吞吐着头发一样的东西，燕来臣又看他一眼，搁下了筷子。迟敏打算留一点海带丝给他，燕来臣摇摇头，迟敏安慰说，妹夫，你往宽处想。说话的时候迟敏舌尖发麻，脑子也半清醒半混沌，好一会儿才意识到自己已经被燕来臣抓住了胳膊，他挣，燕来臣只重复问，怎么往宽想？燕来臣手上的力气一点没松，像是抓着了猜想的肉身，可以顺藤摸瓜，摸出事实的骨架来。此时迟敏在他眼中不过是一个惧内的车间工人，因此，当燕来臣最终傲慢地放开他时，手上使出了相反的力道，劲一撒，迟敏顺势而出，屁股没坐上板凳，向后仰倒在地。燕来臣在他面前居高临下揪着字眼，继续问，怎么往宽想？

迟敏试图站了两次，两次都没有成功。

其实咱俩都知道事儿坏在他妈的什么地方。知道吧？不想提了，脏脸。现在咱们提另一件事，你什么时候下药，还打不打算下药？

迟敏腰上缓缓涌入一团温热的气。这感觉让他像个气球急剧走向膨胀，几分钟后他再坐到了燕来臣对面，能够明白是刚才的摔倒让血液上涌，占据了头顶，这反而带来指挥和决断上的容易。与此同时，他知道自己该应承着下毒的事，非此不可。只有如此，燕来臣才能在这里多留一阵，当酒瓶已空，海带丝殆尽，话不投机到了尽头，往下只能是各自散伙。除了同谋，没什么能再交织他们，酒喝到这一步，把亲热劲儿都喝凉了。

他再看了一眼表，时间来到九点一刻。

三十年前刑场的风继续搜刮这片土地，外面漆黑似墨，除了风声卷动树枝划在玻璃上的嘶鸣，其他声音都处劣势。迟敏为眼前突然闪现的另外的画面而心潮澎湃，他一手抓着燕来臣的手，激昂如当选劳模那天他当众演讲，开始发表自己的杀人计划。一切都朝着燕来臣的规划走。他感叹道，妹夫，我是这么打算的。等今晚刘岚睡在我身边的时候，我借着酒劲，爬上她的身，把东西塞进去，使劲，用力，循环往复，跟不断开枪射击似的，射到死。好不好？燕来臣边听边晃悠身体，沉浸在美梦达成的魅惑中，仿佛已看到血流进了厨房，流到他棉鞋底下，踩着发黏呢。他问，嫂子什么时候回？迟敏隔着眼镜片，会心一笑，对他少女怀春一般吐露说，今晚的事，可以办得慢着点儿。

迟敏努力稳住自己的被害人。燕来臣急不可耐，隔几分钟便探身到窗前，去检索街灯下冒出来的脸孔。朝下看，有被风吹起的白纸钱，不年不节的，想不通这东西从哪儿来。等到十点半，他骂出口来，阴沉着面对夜晚，沉默中脸被风刮得生疼。

突然在楼道里响起女人的鞋跟声。直接带去办事得了，我就在厨房里待着，等完事帮你料理料理。燕来臣兴奋地说。他踉踉跄跄从迟敏身边经过，弯腰在餐桌最里头的凳子上坐下，正如他刚出狱时回家，被儿子架好的那个扛枪狙击的位置。现在是一模一样的景，一模一样的枪口。

我去开门。

迟敏走得一样摇晃。人在门框上挂了一会儿，脚没迈出去。

去办事呀，我又不偷看。燕来臣在他身后催促，甚至还快走过去，往外踹了迟敏一脚。这一脚是关键性的动作，将为日后迟敏在庭上替自己辩护提供难以料想的转折。虽然在当时，迟敏连疼痛也麻木了，什么都没去想。他一脚踏出去，另一脚绊在拉门轨道的凹槽上，磕绊后身体到达的位置，正是黑暗中的沙发后背，那里有在缝隙间藏住的猎枪。呼吸透露着蠢蠢欲动，枪的存在刺了迟敏一下，让他在当时毫无疑问选择了最易到手的回答：我要防卫我自己。除此之外，一切都是无尽的循环。只有这一个，可以助他在疑问的河流中泅水而生，不至于陷入下一级更深、更黑的人性黑洞。

迟敏摘去猎枪上头的帆布，将它扛到肩上。隔着玻璃推门，正如当年装修工人所实验的，迟敏眼中那头等待的猛兽也仅仅是一块不规则的黑影。看不见他的牙、爪、渗血的眼和喷薄着腥气的嘴，只看见枪口之下，黑影是团活物，正用细微的动作变化，激励他扣扳机的决心。风吹得像要刮走屋顶，如果上面还和他幼时住的房子一样布满蓬草，一夜过去，一定就没有顶了，连父亲的脸也会吹成渣。迟敏诧异于这迟早来讨的宿命债，心中悲壮，父亲汉奸罪成立的那一日，子弹穿过他的头，迟敏没有来得及看，现在自己手中同样握有枪支，将去击毙一个罪人，带来的结果很可能是，自己和父亲死于同一种死法。他脸上有温热的泪在滚，牙疼般哼着动静：

小白菜呀叶儿黄啊，
三五岁啊没了娘啊；
跟着爹爹还好过啊，

就怕爹爹娶后娘啊。
娶了后娘三年整啊，
生了弟妹比我强啊；
弟妹吃面我喝汤啊，
捧着面碗泪汪汪啊。

这是他最早进入家族核心的方式，迟敏至今记得，当第一枚硬币投进他碗中时，发出来的清脆的声响。弟弟妹妹彼此抢夺，二妈妈欣慰地看着三个子女的反应，示意他，就继续唱吧。那一刻他已经是小白菜了，不论他们是否有一个母亲，姊妹弟兄里都得有人吃面，有人喝汤。在扣动扳机的前一刻，迟敏对同一时间正在平房炕上蜷缩，朝电视机上的黑白花目不转睛的迟桂香，遥遥念着，妹啊，你能来监狱看哥一眼，像哭妈那样哭哥一回，就够还报了。

他把眼泪都抹去了，粗嗓子叫，大燕，你出来一下。

当夜，燕来臣从玻璃门后走出，风终于狂飙突进地卷入室内，窗户激烈开合着，不停制造动荡的音响。燕来臣下意识回头，他困惑地看着突然的天意，一动不动。迟敏想这真是注定啊，偏偏在这一刻风吹开窗户，你回头去看，我省下瞄准的功夫，几乎就是盲打。迟敏手上关掉保险，还没准备，两人突然都被一团激荡的热气灼伤了。那热气像小型烟花在室内不受控制地燃放，炫目到让人一霎失明。人身上被砂弹带过的位置无一不脱皮裂口，露出嫩红的内部组织。迟敏先爬起来，在烟雾未散的时刻赶到燕来臣面前，发现对方还在动，被射中的地方像戴上最光荣的红花，盛大而艳红，夸张地坠着。燕来臣正捂住那朵花，表情认真，无法接受，迟敏却在三步远的地方站下来。他举枪一共两次，一回为杀燕来臣，二回则说不清楚。

又照准补了一枪，燕来臣没能合眼。迟敏把头转过去，赶在每一个被从梦中轰醒的邻居到来前，坐进家中沙发熟悉的凹陷中，想要点根烟。视线里有东西在轻微移动，将迟敏的注意力吸引过去，他看清那只是死透了的燕来臣，头完全扛不动地耷拉了。他终于不必再恐惧于对视。迟敏深吸一口气，剥开红塔山软软的塑料皮，在砂弹激起的白雾和香烟点燃的紫气中，真正体会到所谓淡若云烟是什么。在它先前的一级台阶叫作，想什么就有什么。现在他正是如此，感觉自己不过是浮游在云雾缭绕的午夜里，风一吹，目的地更容易到。唯一会叫他感到下坠的，是将在十二点整冲破房门的兴城民警，他们会由计划中的逮捕一名强奸犯，变成出乎意料收获一名杀人犯。迟敏能想象得到他们因激动而怀着怎样的客气，问询自己姓甚名谁，也许他们会不给他戴手铐和面罩，让他能像走亲戚一样走出家属楼。刘岚和迟玉会惊讶的，厂里同事们也会。桂香和燕好燕凤则要恨他，可他们早晚会明白一切。迟敏突然有点儿困了，往后靠，闭上了眼睛。几分钟后他就和刚死的人一样，头迅速耷拉下去。

大寺终年无雪

1

常姨用手心拍走了灰，自己矜持地坐到其他椅子上，让那把干净的给我。坐下来，我们先是没有内容地笑了一会儿，一楼大厅有股灰尘的味道，挂在头顶的几台电视机上正显示同一个节目画面：采访附近村里的孤寡老人，特写他们得到的粮油。没人开口，环境便像医院，有了肃清的背景。常姨说，我老家就在那。我说，好些年不回去了吧。她说，回去没意义，不是上坟，一般不回去。其实坟也该迁了。

常姨是母亲的老部下，淡眉小眼，人精瘦，脸也抽着两腮，显出硬朗的颧骨。头发上面枯黄，下面灰白，像很多这个年纪的女人一样，烫染总是灾难，又架不住不烫染，最后只能默默收成一束，绑在脑后，将前额拔出高耸的空白。在我记忆里，她出现的大多场合都是走廊，每次关门前、开门后，她便从自己办公室里抱一摞乱七八糟的稿子迎上来，有时和母亲与我坐同一班电梯，讲正事前先夸人，从母亲到我，再回到母亲，却在电梯重新开门，进来一大群人后缄口，像正坐在滑不溜秋的秘密上头，差点摔下来。现在母亲已不在这幢大楼里工作，常姨留下，工作没有大的变动，也是这里没剩下什么复杂的工作，人人都在想办法要回拖欠的工资，因为拖欠，他们不敢离职。我看这大楼里上班时间没什么人走动，保安和我们一样，悠闲地瞧着一楼窗外路过的行人。外面热闹得多了，是些老头老太太，走一步停一步地聊闲天。常姨的神态和他们有些像，那是过去在母亲办公室里，她拖延着不出去，被母亲安排给窗台上的三角梅浇水时，才能出现的表情。母亲养什么花草都不像样，只有三角梅养得久，一排窗台上有三盆是它，在南向的玻璃窗上倒映出紫红色的花影。常姨浇完水用角落的簸箕把枯干了的花叶扫走，干枯了的三角梅更好看，透过阳光叶脉清晰可见。她拿一片比较完整的递给在沙发上发愣的我，说可以当书签儿。常姨知道我爱看书，知道爱看书的孩子管起来省事，自己就把自己管住了。当时的我远比现在乖巧，但仍然不记得把那书签随手扔到了什么地方，只记得常姨磨蹭在母亲办公桌前，翻来覆去问我最近又在看什么。她女儿那时刚上小学，也爱看书，常姨对从文件上偶尔抬头的母亲抿嘴说，她不懂得推荐。

这是我去南方上学后第一回再见到常姨。她从母亲那要到我的联系方式，因为知道我在学校里写了几篇文章，也组织了所谓心理社团，算是会说道。她最近很需要个会说道的人来帮忙，尤其是岁数小的，这样能和她女儿更好地沟通道理。我没见过常姨的女儿，听说过多次，我上高中时她在念初中，到我大学时她便上了同一所高中，那里的情况氛围我都是熟悉的。我不熟悉的，是这女孩的性格。没去南方前听说她已经逃过几次学了，心里不觉得怎么样，一来自己也逃，二来逃学被抓只证明人缘不够好，或安排不够密，没其他可说的。常姨当时常打电话来，多在晚上，我在自己房间看书的时候，能从母亲突然调低的电视音量中，听清同时压低了声音的谈话声。大概常姨就是从那时起长出白发，这次见了面，她一句多余的话都没有，上来就抓我的手，力气有点重。她说，帮帮你妹妹。我说，谈不上帮忙，不就是聊天？她说，医院也给聊过天了，聊不好。我说，我也经过青春期，知道那股劲儿。全世界忙什么的都有，就没人忙一下我。挺需要关注的。她说，没人不关注她，真的，你帮帮常姨，让人少关注她点儿，我就这个诉求。我把被抓疼了的手从她手里抽出来，笑笑，她很各色？她说，真是各色，学校班主任也说，带这么多年学生了，没见过傻子也见过疯子。话是不好听，咱能听明白。我上次去开家长会，她班主任把手就往讲桌上一拍，说，你家孩子不正常。我脸也红了，问怎么不正常？她告诉我，李故一上课就哭。不是念课文的时候，不是有人跟她说话的时候，就是自己在那流眼泪，讲数学公式也不耽误她流眼泪。我说，小林黛玉。多愁善感也是有的，林黛玉哭鼻子的时候大概也这岁数。您这么一说，我倒理解多了。记得我上初中的时候，中午从不跟别人一起吃饭，也不回家，我们学校偏僻，往西走有广场也有江，我就每天一个人走在大中午快烤化了的沥青路上，向着江边走。到江边折返回来，一路自己跟自己说话儿。说的都是自己想的小说情节，您看，现在不也就用上了。都是培养。常姨突然把脸转过去，半张脸上，泛白的薄唇在抖，抖了半天，脸转回来，看我的眼神儿跟先前有差别。我想说点儿什么，她开口说，姨的心叫你稳住了。她从裤兜里掏出手绢，在文过下眼线的眼睛上点起来，眼泪在青色的背景下浑浊得像污水。她呕出一口长叹，说，这么些人，就你说得像。李故跟我学过几乎一模一样的场景，你走的那条道儿，有一阵她也天天走。常姨把手臂伸出去一只，手指伸张在最末端，那距离远得仿佛是在遥远的西部。我说，那就没事。不过是抒发压力的一种方式，高中生累，歇一口气能被甩出几十名，这是她给自己按摩神经呢。她说，李故没有排名了。我说，一次考不好，不用着急。高中考试也多，且有机会。她说，老师说不给我们排名了，李故不在乎。我问，是不是老师对您女儿有些看法？她说，同学也有。我说，这也是青春期典型的交际障碍，长大了都能相处得开。关键是去接纳别人。她总有玩得好的朋友吧？或者，谈得来的？也可以找他们帮忙打开她的内心世界。常姨说，没有脸找。我眼看着她脸上刚才那丝笑意突然隐匿下去，仿佛皱纹是完美的战壕，她得在年龄里躲一躲，才有胆色直言不讳。由此我才知道自己不经意点出了这次谈话的重心，想说些不疼不痒的话来收场，毕竟常姨又去掏她的手绢了。这一次，她眼泪阵势更大。但同时掏出来的还有一张相片，递给我，就是李故本人。常姨的语气不似当年递一片三角梅，我也不敢抛之脑后，事实上那是一张只见一眼就能记牢的脸。常姨和我告别时，像过节塞钱一样，给我塞好她女儿的照片，说，有时间你去看看她。大寺，109路坐到终点。她说的地方，小城里几乎人人上过香。

李故没比大寺难找。她倒是不知道我会去找她，早上下了点儿小雪，我是在雪停后快中午到的，寺里香客不多，和照片上相似的女孩子，抱着扫把在院子里一下下地刷着。我看她在那儿，便没着急过去，站在寺门口售票亭旁，看一门之隔的槛外的乞丐。大寺门口一年四季都有乞丐，冬天许是尤其多，开车来找不准地方，只要看看街道上，哪个方向乞丐开始密集，哪儿就一定对。进寺前我的手已经掏进口袋。如果不是这一举动吸引来附近三四个乞丐扔了瘸腿小跑过来，掏出的钱本是要给眼前这个的。乞丐如今仍在槛外靠着墙，看我，心说这回就我一人儿了，发发善心吧。我转回头，像突然被人敲了一棍子，心硬如铁地往身后袅袅青烟里走。初七，中年妇女举着高耸的香烛正闭目念诵什么，在她身旁，有师傅模样的黄袍僧人念些更囫囵不清的内容，我能捕捉到一些是：消业，慈悲，南无。女孩儿则在青烟与念诵之中，顺着石阶扫下来了。我故意躲开她，去找寺里的吸烟区，酝酿一会儿要说的话。捏着手里越抽越短的白纸棍儿，眼前都是过去的事。

李故的相片其实我不仅不需要带着，也不需要看。她的形象在未见之前就已经由事迹有了勾勒，多一笔少一笔都不对，我自己心里有她的相。侧过身去，还能看着她，一个一米六不到的小影子，穿黑色长款羽绒服，脚下是黑布棉鞋，鞋少见，孩子们更少穿。她梳干净的短头发，是那种能看出是女孩子的短。没戴口罩，嘴抿得很紧。双脸通红，从眼睛里透出来，她不怎么怕冻。我仿佛已看到一个少女出家的样子，怕是真的，晃了下脑袋。我把烟头扔在雪地里，她往这边看时，我迎了上去。李故偏头，看看地上，说，你最好还是带走它。我说，烟头？没什么垃圾桶。她说，这是寺，人人心里都该有拾捡垃圾的念头，必要时，自己就是垃圾桶。我只好捡了，揣进口袋，算是打开话匣，请她在院中长椅上坐一会儿，意思是请教。李故把扫把放在脚下，我刚想问，她说，进香的？我说，不是很信。看你这么小的岁数，很信？李故没直接表示什么，左手钻进右手袖筒里，上身荡秋千一样前后晃起来，像跷跷板上单薄的杆。我注意到她没戴这个年纪的女孩子脸上少有幸免的瓶子底儿，眼睛因而明亮，看来少年得道，能明白不少禅机。她似笑非笑地看了我一眼，说，我妈为什么找你？你看着年纪也不大。我说，你都知道了，那我不酝酿了。她说，不用酝酿，大家都挺忙的。我还有三个院子的雪没扫，等一会儿太阳大起来，都成泥了。寺里得干净。我说，不急。本来无一物嘛，扫就不通了。李故没有再说什么，也没有走，脸上依然流露着难以捉摸的笑容。我不知道是什么让她陪我干坐了一会儿，那一会儿，雪又开始下，大寺屋顶的红瓦上，一点积成一片时，她站了起来，朝我双手合十。我试着回礼，她顾着拿扫把，也没看。

2

大寺的佛是动过的，准确说，七零八碎过。事情发生在解放前，炮火连天之际，僧人们无心礼佛，想着把佛像保全下来，就是最大的功业了。奈何佛像巨大，搬运惹人注意，忙活几个日夜没有成果。最后僧人们请来专做此工的石匠，看出佛像身上有隐藏的关节，可像人骨般分解拆卸，于是将汉白玉大佛依次解成碎块，随土掩埋了。后来大寺改为革命公墓，再后来革命公墓拆迁，碎佛在土间被找到。当年掩埋碎佛的圆智法师被景象触动，在杂草丛生的院子里，用脚丈量，信徒们依着隐约的方位开始挖掘。被找到的大佛残缺不全，主体仍在，修复组装一番之后，便是至今在供奉的。我说到这儿，身旁往嘴里塞橘瓣的父亲唔了一声。我看着他把嘴里的东西消化下去，喉结一动一动。父亲光着上身，皮肤很白，像常在澡堂泡着的人，但我知道，他一辈子也不会喜欢澡堂这种地方，因他时常会脸红，结巴，不知所云。父亲对我的表述深信不疑，尽管他比我在这城市里多住了半辈子，但在很多方面，他仍然保持孩童似的接受。因为他对历史感兴趣，我才好容易想到这个话题，否则我们一旦独处在这个家里时，只能像合租的房客，他的书房和我的卧室，是分界清晰的山河泾渭。可这些年他总是希望我回家。我和母亲每周至少三通电话，但是和父亲没在电话里说过一句，他觉得我从没喜欢过他。其实这感觉不能说不准确，人对至亲总归是有深沉的感情的，爱或感激，都有成分在里面。喜欢一事则是唯心选择。后来我便不说喜欢了，只说爱着父亲，毕竟他已知道我在回避什么。

他咂摸了半天嘴里的味道，说，这么回事儿啊。我说，从我妈拿回来的书上看的。地方县志，应该不会假。他点点头，说，那假不了。就是心理上有点别扭，想不出来佛碎了什么样。我说，“破四旧”您还不知道吗？他说，我没赶上。那时候岁数小，再说不感兴趣。现在才有点感触，看盗墓小说里写的那些文物被破坏的事，挺难过。现在父亲经常通过手机阅读小说，有时我从他房门前过，能看见飘在床上的一点蓝光，房间没开灯，他和他的白肚子在床上平躺着，圆滚滚的手指划着显示屏。在更久以前，我将父母的书柜当作冒险获取来的宝藏，虽然不清楚为什么，但知道一旦被父母看见我读了他们的书，双方总是会尴尬的。我知道《乌鸦》《大浴女》属于母亲，也知道《帝京》《废都》“三言二拍”属于父亲。母亲爱折页脚，写短评，父亲则无论什么书，看了也和没看一样，书上只有时间留下的旧书感，没有主人的气味儿。我伸手向果篮，拿的是芒果，对着垃圾桶一下下剥。他说，不用对准，弄到地上我正好拖地。可我还是对得很准，比之前更注意，他却已经去拿拖把了。厨房里有关火的声音，从我上初中开始，都是父亲在下厨房。母亲在外杀伐攻占，他则更多在厨房和书房里，后者有他电脑游戏中的万里疆土。他走出来说，你妈来电话说开会，回来得七八点了。要不咱俩先吃？我说，不太饿。要是饿了你就先吃。他看看左右，不知看什么，还点着头，像回味自己的意识，说，我也不太饿，那等等她吧。我轻松许多，他也是，他知道说了合适的话，可是有点伤感，拖把在脚底下放着，眼见我吃完芒果的地方仍然干干净净，还是拖了一遍。他最后说，行吧。这让我不能再说行吧，我想他既然觉得我比他好一点儿，我就应该好一点儿。于是又吃了一个芒果。

快九点母亲回来了，没喝酒，脚步清楚。听她到我卧室门口来，便把书合上，回头看她夹在门缝里的脸。她轻声说，你常姨夸，说你姑娘人挺有意思的。我说，这是谁夸谁？她说，常姨女儿夸你的，你常姨学话。我说，其实她女儿也没有太各色。我们没聊几句，她忙着给寺里扫雪，寺里是雇了她还是什么的？母亲说，没人雇她。她才十七，哪儿敢雇她？寺里其实一直不让她来，都当个新闻看。我说，常姨也是病急乱投医，我帮不上什么忙。母亲说，当妈的就这样，总得抓挠一下。你不能懂。母亲出去以后，我站到房间窗口，拉开窗帘，外头天色黑沉，没半点光。知道可能是下雪了，因为风声很大，行人声音又少，像被风雪卷去了什么地方。年已经过去，但正月里香客都不会断，来来往往，明日大寺里若不及时清扫，像她说的，要化泥了。想到女孩儿，想到她的评语，有意思又是什么意思，然后开始明白今夜这场大雪是注定要来的。也许我可以真正帮到她的，就这一点儿小意思。

开始她和我只是默默地扫雪，用寺里僧人手上的扫把时，虔诚地表示，想在正月里给佛祖扫扫院子，积点功德。有其他香客看见，纷纷捋起貂皮的袖口，也要扫把来扫，僧人手里的扫把却不够了。我一面扫，一面和她慢慢拉近距离，快靠近时，觉得有点儿像上学时雪天的早晨，和同班同学一起扫雪的情景，大家不说什么，看见便笑一下。大雄宝殿前已干净了，我们绕到后殿，觉得一时扫不完，直起腰跺了跺脚。李故不知从哪儿拿了一顶毛线帽子给我，递在面前说，和尚最多的就是帽子，这个你先戴。我说，还人家吧，多冷我都不戴帽子的。她说，犟。不过我也不爱戴，脑袋箍得慌。我转过头，看她嘴唇冻得有些紫，还有不少雪没扫，下半天也许还要下雪，活儿不着急干，劝她进屋里陪我到处转转。我们便一同进了身后的宝殿，见一个中年妇女正监督儿子给文殊菩萨磕头。我们站在角落里背风，她一再回头看那个妇女，说，都不知道怎么想的。我劝她，人各有志。方法是偏了点儿，和你也一样。我听常姨说，从去年开始你就半天半天地逃课来这儿，这学期更是根本没怎么去了。学校要开除，常姨回回说好话赔笑脸，都是因为你的偏。她没直接回答，反问我，你什么时候学会抽烟的，大学吗？我说，这和你的事儿没什么关系。李故笑了，我的事儿还和你没有关系呢，你不也劲儿劲儿地问。我说，高中毕业那天，第一次抽烟。胆子很小，避开所有人，到了超市声音也不大，排练一样地说，可以给我一包娇子吗？老板但凡多说一句我都不买了，可他什么也没说，除了提醒我要不要拿个打火机。她说，你拿了吗？我说，拿了。然后一直往江边走，穿过广场，到了江边没人游泳没人烧烤的地方，蹲在草丛里点的。她说，感觉怎么样？我说，不知道，抽了一口烟就灭了，后来怎么也点不着。江边风大。殿里只剩下妇女在文殊像前嘟囔的声音，她闭着眼睛看不到殿里还有谁，倒是她儿子发现了我们，警觉地往前走了两步，又警觉地退回去，双手插兜，穿的是我高中的校服裤子，城里就这么一所重点。李故望着被他踩出来的两行泥印，不知心里在想什么。我说，妹妹，其实我上高中时碰上过和你很像的女孩儿。魏子心，你听没听过，没听过就证明你在学校里真被孤立了。她说，失踪的那个？我说，失踪有八年了，有一天她突然就没来，先是说病假，后来说家里有事儿，再后来由家里找到学校，找到我。我怎么会知道呢，没人知道她到底去哪儿了。沉默了一阵，再看脚底下，阳光在青砖上落得强烈了一些，和佛像的宝光彼此辉映，门口有不断的后来者倒头便拜，扑在蒲团上，念诵多了起来。我知道李故很快会撇下我去拿扫把，距离雪化成泥的时间越来越近，这在她眼里已是刻不容缓。我却浑身再没力气了，确认她还会使用现代通信后，留下自己的联系方式，表示距离我回南方，时间也还长，有的见。往山门外走，主动和僧人们合十行礼，他们埋首过去的头上有不同毛线的暗沉颜色。有一个头上空着，我也忘了告诉他帽子放到哪儿了。

我坐在公交车上，去见常姨，很不想去，又做不到无视手机传来的条条短信，它们都长了女人的舌头牙齿，不顾形象地哭咬着。距离我上一次去见李故，过去三天，三天里常姨每天都有报告进展般的短信发来，我认为心理医生和班主任都比我更需要收集判断这些短信，他们才是能和李故的生活直接产生交集的人。我的出现对一个十七岁的女孩子来说又能意味着什么，这问题早已解答过了，当年魏子心如何回答我的，我还记得。就在那个高中旁边的小区花园里，在手推婴儿车的女人和失业的男人中间，我们的谈话交织着下象棋时喊打喊杀的声音和那些老迈的咳嗽。魏子心对我伸出她藏在袖管里的手，那是我第一次看到，她告诉我因为是菜刀砍的，才能这么整齐。那只左手上，食指和中指已经不能再称为“指”，给我看完她很快又藏回去，仿佛它们格外怕冻。魏子心用她藏在袖管里的手抱住我的后背，小小的身体压上去说，她母亲不在家很久了，她和继父每日相处都战战兢兢，可那些手指并不能证明虐待，她没有他对她不好的证据。她说了，我耳边却好像没人说过话。魏子心耐心瞧着那些陌生人，他们来来去去，看我们一眼，眼光很快避开，又拽来身边人去看，去指点。我问她，你动手的时候想什么了？不疼吗？魏子心说，是动了手才知道疼的。然后用那只好手去拨电话，才知道拨电话那么难，根本按不下去。按了好几次，话机上都是血，你可以想象一下。疼得我等不及了，揣好自己两根指头，出门去找我后爸。可楼下保安把我拦住了，说等等他先打个电话。我转头说，别讲了，你太傻。她说，讲给你听很好。我最近晚上睡觉前总想一件事，想以后你写书，我画画，我给你画封面。你到底想去北京还是上海？我说，我想和你待在一起。她说，我想咱们跟那些人一样，过日子。我笑起来，过日子？魏子心也哈哈大笑，知道这个词儿有点不合适。可还是接着说，接着向往，一定要过日子。买菜烧饭带孩子，一个不落。我凭什么总是被落下？她说完这句，听我突然变了个语气说，你往那边去点儿。她一时没听懂，可我和她立马就分开了，这时候魏子心还试图拨弄我的刘海儿，它们因为紧张左右分家，像汉奸头上的。父亲在隔了很远的地方看见我，我也看见他，他手里提着饭盒。我早上告诉过他中午在外面吃，他不信，他总是有自己的逻辑。有时他的逻辑能走出另一条路，一条我既走不通，也难转头的路。

车到站后，我走了一条街去大楼里找人，在门口保安眼皮底下跺净棉鞋沾上的雪。常姨见我到了，起身迎了几步。还是在大厅，不同的是这一次在电梯门口有些人在争执，话说得很快，手上推推搡搡。在劝阻她们的是一位看来脸熟的中年人。中年人是记者，常姨她们认识，在拉我坐下时避免不了地隔空点头一番，算是照面。我听清楚了部分争执，听到吃药也没用，听到他没有经济能力这些话，也就不想再听了。常姨把脖子向前一探，很快贴到我耳朵边上，悄声说，你觉得吵不吵？嫌吵咱们去外边儿。我摇摇头，知道她不能把我带去楼上办公室的理由——让现在的领导看见她和以前领导的女儿走得这么近，没有必要。何况我觉得应该快刀斩乱麻，假期毕竟也短。对李故一事的建议在我心里已很清楚，这个孩子有佛缘也好，有心理缺陷也罢，总归不适合素质教育。再好的规则，也有被淘汰出局的人，相比之下，后者适合的规则普罗大众也许根本想不到，别说理解了。可常姨在听了我的话之后，表情并无明显的变化，反对或认可都看不到，只显示出仿佛石化般的耐心，就像我前面说的那些，都只是真理的铺垫，却想不到沉默竟是真理。她等了一会儿，清楚等不到了，整个人陷在椅子里发怔。李故曾说我是有意思的人，常姨便一度以为我能走进她女儿的内心，从而把她拽出来。现在看来，我们只是臭味相投，且她把我也拽进去了。

3

那天中午发生过的事，其实我有好些年不再想了，也并不预备告诉李故，尽管她在寺庙空灵的环境中，无数次以那双仿佛镜面的眼睛拷问我。我很后悔那天在宝殿里告诉她魏子心这个人，让她察觉背后有所谓隐情，我后来的闭口不谈是为了让隐情更隐。为掩盖这些感觉，我没再去大寺找她。年过去后，在放假给人带来的时间被窃感中，十五很快就到了。那是回到南方之前最后一次家庭聚会，我喝了一点桌上的白酒，回到自己卧室就躺下了，果不其然做了许多梦。梦境之一是回到小时候，父亲从龙沙公园买回家的鲤鱼气球，又飘到房顶上了。之二是高中外面的居民小区里，我和一个当年在班上从没说过话的男孩子讨论魏子心的事。他说，她就是太贱，明明事情有很多办法。我靠在他的肩膀上附和，你说得对。之三是大寺着火，我也在其中，逃跑之时被绊了一跤，绊脚的正是佛像本来白玉的手臂，不知怎么被烧出许多油脂来，我不停单脚站立，用一只脚刮蹭腿上的油，继而三番两次地摔。也许还有之四、之五，实在记不起来。醒来是清晨六点半，北方天还黑着，窗外有老鸦在叫。拿起手机看，正好有一个电话进来。我有开静音的习惯，此刻除了偶然得不能再偶然的拨打界面，环境安静得全无声息，无法判断谁醒着。我接了，李故说，你回去了？我说，还没有，刚醒。这个时间你们是早读还是？她说，你说的是早课，四点已经过了。刚刚开静，出来打电话给你。我问，什么是开静？她说，我想跟你说的是，明年我会参加高考，随便上个大学，再考虑报考佛学院。也可能不会再留在寺院修行，可能会去任何一个地方。我说，千万别让我知道，很久以后的某天，你也失踪了。她说，也许我妈会让你知道，到时候我嘱咐她吧。

我在一个小时后坐上109路，十五过去，大寺香客锐减。连先前路上乞讨的一批人，都仿佛吃够油水，懒洋洋地抬碗，眼神不追人。有个和尚跪在殿中蒲团上，背影很清瘦，天还寒冷，他却穿单衣，后背直接对着大开的殿门。李故捧着的应是他身上的棉衣，站在一旁，正默默观看他念经时，手指摩挲的珠串。我和李故退出来，她说，等你一会儿了。我说，昨天下雪，109路师傅不敢开快。马路上都能打冰球了。她说，你回身看看殿后边，看看各个院。两点大家陆续起床，扫得热火朝天。香客们少了，寺里人就得干得更起劲，不让一点儿雪化在佛祖院子里。现在你看，多干净。我说，像没下过雪。她笑了说，你什么时候走呀？我说，没几天了。今天可能也是最后一回来这儿看你。上次我找常姨谈过，表示对你支持。可能没说服她，但我想让她听听其他立场上的人说的话，也有好处。你说考大学，考佛学院，我都觉得不错。但不支持你浪迹天涯，等走出这儿你就会明白，换地方不能重新开始，世上能重新开始的事儿除了打游戏，还是打游戏。李故说，你喜欢打游戏吧？这时那个和尚念完了经，额头上渗满汗珠，一出殿门被李故看见，立刻被罩上了棉衣。李故罩他的动作就像一个刚做母亲的人，笨手笨脚用襁褓去罩孩子，和尚半大喘不上气。

他对我们行了个礼，抬头时一双漂亮的眼睛显出虚弱，眼睛被沉重的眼皮盖下来，人转身去了。等他离开，我默默看了李故一阵，轻声说，是我爸。五十岁的人了还在每天打游戏。李故走回来，在我面前说，咱俩继续讲。可她不知道我已经讲完些什么，见我只是看着她，突然敌意地仰起下颌，问，怎么了？你兜来转去到底想支持我什么？你说吧。我咧开嘴，动了动念头，没出声，然后按她说的，去后殿看看。

灰砖上只剩零星铜钱大小的水痕，草坪上的积雪也都被扫去，真是难得。可屋顶分明还有，尤其在檐脚，堆着整块白颜色的雪，像一个恶作剧摇摇欲坠，随时准备降落在清洁的砖地上。我一人坐在台阶上，想自己刚才脱口而出的话，想上天那些脱口而出的话，后者就隐匿在它赐给凡人的梦境里。看见李故冷脸跟过来，她用了很长的时间，才在我上面的台阶坐下，我因为累，没扭回头看她。她说，你是不是觉得我肤浅了？我说，肤浅什么呢？归根结底，人和神的关系总没有人和人的近密。你这样倒还能说得通，否则年纪这么小，真以为是哪路神仙转世在身了。她说，这么说在你眼里还是肤浅了。我问，他知道你的心思吗？常姨曾和我提出过一些假设，假设有社会上的人看上了李故，李故因为叛逆心，随了对方。去寺庙只是一种掩护方式，为了见面，他们还应该有更多种掩护方式，常姨一度建议我在大寺附近多走走。可我在山门之外，只看到拉客的黑车或者成群的乞丐，和李故谈到时，她则告诉我多看正面。我问，什么是正面？她闭目无言，沉默得像一个小小的泥人，双手合十，字和字吐得坚定又满，说，是佛祖。此刻，我毫不怀疑她的佛祖了，不过和当时我所理解的仍有偏差，在少女的心扉里，那个佛祖有血有肉，会出汗会哆嗦，也会言不由衷。她说，他什么都知道，但他有戒律，或者说，信仰。上初三那年，有一天，我不知道自己该往哪儿去了，就出门去坐公交车，我经常随便选一辆看见的，坐到终点站，在窗子里看那些我没去过的地方，看过好像就是去过了，又好像去得还不够，所以我会再坐回到出发的地方，重新开始。她大概是变换了坐姿，我尽管看不到，从声音的方位上听得出，她嘴巴的位置离我的脑后更近了，声音也更激动。李故带着美好的口吻说，然后我就坐到了大寺。我是在一天里第二趟来时才看见他的。那阵我在读冯至，他有句诗算是把我迷住了。我见到他匆匆过去，布鞋踏在一尘不染的灰砖上，跟着念了出来：我们准备着深深地领受/那些意想不到的奇迹，/在漫长的岁月里忽然有/彗星的出现，狂风乍起。她话音停了，我于是回头去看，李故头上白绒绒的耳包贴得很紧，往下是颧骨两侧粉红的色彩，那是彗星过后，在人眼中的视觉存留。

她说，我需要他，其实跟他需要修行，没有两样。我说，为什么是他呢？她说，不知道你有没有这种感觉：我们会在某一时刻特别需要一个人，可能是母亲，可能是父亲，可能是很好很好的朋友。他们都应该出现在需要他们出现的时候，才能让我们感到珍贵，心生感激。可在不需要他们出场的时候，就都不对了。比如你不想在三岁的时候就拥有跟你谈论生活多么操蛋的老朋友，不想在渴望自由的年纪有一个管东管西的老母亲，比如，你已经习惯不去想象你有父亲，可还是会在影集上看到他，会在家长会上听老师点名说，叫你爸来。再比如有一天你母亲突然哭得稀里哗啦，然后求你，去趟内蒙古吧。妈不敢去，你替我去那边儿的亲戚家问问，打听打听，为的什么他再也不回来了，啊？我说，常姨倒没跟我说过这些。李故发出冷笑，她哪会说。但凡她能说会道一点，那人也不会穿了裤子就走人。你心里明白，我妈长得很丑，别说现在顺眼点了，越丑的人越不怕老。她年轻时的模样我在照片上看过，惨不忍睹，没人会要。只有那个人，来东北做生意赔了钱，喝酒，闹心，由人介绍认识了我母亲。他们当然要发生关系，当然要结婚。我母亲是这样说的，不这样说，我不成私生子了。说完，李故哼出一些旋律，寺庙鸦雀无声，是正流行的《东风破》。我说，别去想了。她拍拍屁股起身。我也想走，鉴于这可能是最后一面，很怕留遗憾。我过去，把她冰凉的手指握在一起，攒到手心里，说她的爱情应该得到尊重，可既然留在佛门净地，就该好好想想，这段感情能否真正得个归宿，如果不能，要为自己多打算。她低头讲，我说过可能不会留在寺里，也说过可能谁也找不到我。他现在想尽办法躲开我，我却还只得缠着他，缠着这里的一切。你不在其中，不可能真正明白，要把心里的雪扫净有多难。我说，妹妹，可别又学妙玉了。

这站是终点，已经是下午，我一个人在站牌下面坐着，等车来。脚下扒拉着昨夜的雪，才意识到这街道多脏，雪也难以避免化成泥水，只要被人踩几脚，就灰了。车摇晃着抵达，我踏上109路高高的台阶，投了两个币，坐在倒数第二排的位置，把窗户关严，眼睛向外。要下雪的天空是红色的，这会儿颜色又上来了，暗示着今夜一场重雪，明早有李故他们忙的。车快发动时，几个妇女赶着上去了，纷纷刷响自己的公交卡，走过时身上带着浓重的焚香味儿，其中有张脸，是常姨的。我诧异着去点头，可她根本没看见我，在庙里看见没有，我不知道。常姨戴着灰色的头巾，坐在老孕病残座上，有些佝偻。我一直望着她的后脑勺，那些严重受损的头发，随着面孔的转向改变位置，最多的时候是面向车门。那张脸倒映在车窗里，一动不动，嘴鱼一样微张着。我在她前面下车，想了想还是没去打个招呼，我想她的念头里不会有和人打招呼的一项了，此处不是办公楼，不是领导办公室，不是大寺。她只是一个盯梢过后的母亲，坐在一辆行驶中的公交车上，从终点站出发回家。

4

母亲又去参加饭局，外面正下雪的晚上，我和父亲各在一个房间里，安静度过彼此的时间，尽管明天早上，我要离开家，再回来又是一年以后。我拉开床头那个抽屉，过去存储信件用的文件夹还在，母亲后来也帮我整理几次，但她都不怎么觉得有意思。想到这些我不禁想笑，母亲是在名利场里游泳的人，反不在意女儿的小秘密了。倒是父亲，我始终不明白在当年他怎能捕捉得如此准确，如此狠。文件夹里魏子心的信件很显眼，与男孩的不同，她精心挑选过信纸，字也小巧秀气。刚一展页，那张脸孔便清晰跳脱出来，还是上学时的样子，眼睛像欧洲人，被双眼皮重压着，在黑密的睫毛里扑朔迷离，带一点精怪。我凝视着自己想象出来的脸，假装托在手上，假装亲吻，假装事隔多年我也能够流眼泪。信面上这样写，人生短暂，短暂得来不及学会珍惜，它便离去。所以人未必不可以任性的，莫不如就撒那么次野。喜欢什么，尽管去做好了。如果在极度喜欢或憎恶的情况下才可真正了解一个人，那么我是可以说了解你，因此鼓励你无论想做什么，有多么想当然，都尽管去做。明知我改不了你分毫，但希望你多少快乐。

原来大家那时都在用这样的文体交流，好像两个穿越过来的老人家，在小儿女的年纪里说人生苦短。想着她而今或许在遥远的地方，拥有许多亲密的关系，也一样能满足她当初同我许下的那些愿望，一样儿不差地过日子。我甚至在今夜里怀疑，这些年是否已经在什么地方碰见过她了，不然为什么眼前总有她后来可能的样子。魏子心今夜应该是走过了桥底的隧道，她应该穿长筒的黑靴子，踢踏而清脆地在桥下的黑暗中迎着驶来的车灯，叼着香烟，哆嗦地跳舞。她应该还是无法回家，应该还为我祈祷，也在眼前有我如今的画面。时间一跳，又见她忽然很扫兴地一扭头，眼中流露出成人的机敏，比我当年更及早地发现了我俩身后的变故。而后她便十分从容地与我解释我们分离的理由，随信附上她后来的新地址、下半生细致的人生规划和诸如此类种种的圆满。仿佛只有这样我们才能够体面地在任何回忆起对方的时候，都能坦言那是个久违的老朋友。

而这些年我在父亲眼里又是什么样子，我们始终没有交过心，也没有往回看。其实我应该早一点告诉他，那一整个补课的夏天，我和魏子心把学校周围的居民楼都钻了个遍，我们脱去校服，只穿自己的衣服，手拉手在很多人面前走过，学习议论菜价，争辩社会上大事的是非，像两个游客不时询问他们，路该往哪里拐。那时我们只想逃避得优雅一点儿。有时候她说着说着会哭，有时候我在她面前念作给她的诗，有时候我们必然寻找对方的拥抱。我一点儿也不好看，短发，单眼皮，矮个子，萝卜头，却能在她瞳孔里看见另一个自己：插着裤袋，牵女孩儿的手，露出很有教养的微笑。仿佛我们就住在那里，某一幢楼上，柔软的双人床上还干干净净摆着我俩的棉睡衣。魏子心会偷偷带出来她在夜市买的二十一双的矮跟鞋子，拔去所有亮片，剩下漆黑的布面，穿上踢踢踏踏，跟着我走。我们从居民楼的楼梯上一级级走下的时候，每一次，都假装我们住过了。有次忽然停下来，在某一层的楼梯窗口前，看见光秃的树干上露出新芽，而大雪还在层叠地不断向下盖。楼下有正向此走来的行人，牵着他们的小孩，小孩和我们穿一样的校服，准备回家吃大人做的饭。那一刻，我们打算就手拉手站在原地，背对那些即将上来并经过我们的人。我们还想看一会儿雪。我们只是没有更勇敢一点。

我在房间里，看时间过了十一点，隔壁卧室传来他的鼾声，之后是窗外晚归男女在放声歌唱一首属于他们的欢乐时代的、遥远的青春之歌。我开了窗子，徐徐放出香烟在室内的味道，身上越来越寒。女人还在唱着，由男人搀扶扭送到了我的楼下，他们开始按防盗门的密码了。我静静等着门锁被打开的声音，等到烟抽没了，雪也有停的迹象。可那个声音的到来和她踩着踢踏的脆响向我走近的时刻，却是异常缓慢。

瑞贝卡

1

瑞贝卡以一天至少一条的频率发朋友圈，连续发布了八年。到今年三月，她的朋友圈不再更新，又过了两个多月，六月十一号的下午一点半，她打开卧室的窗户，将最里层的纱窗拆下，爬上去，跟小时候荡秋千一样来回在悬空里荡腿。母亲刘芳丽在屋外喊她，吃饭了，别让我一遍遍叫你。她回一声来了，从湖海国际的七楼跳了下去。

湖海国际是市里新起的高层，邻近高铁站，位置偏僻，少有人来。周围道路倒是修得开阔，白天打这儿过，会产生如在都市的错觉，到了夜晚，则四面只有荒凉的土包，楼层里亮灯的人家也少，感觉同远处的矮楼比，这里更似一片坟。瑞贝卡和母亲几年前搬过来，以白菜价买下顶楼的复式，全西式装修，不看楼外只看屋内的话，会以为这家人不是经商就是从政。从螺旋楼梯走下来的瑞贝卡，举手投足都有为优裕养成的懒散。她喜欢自己这个社交圈里的名字，叫起来嘴里发脆，尤其是最后一个音，发轻声，努力练成外国电影里的腔调，人在镜子前眼神迷离，嘴唇轻启，叫自己，瑞贝卡。瑞贝卡，今天几个局儿啊你？她的手机日常发出癫痫似的呼唤，母亲都已习惯，隔会儿丁零零作响，来一声就预示将有一个筋疲力尽的夜晚。瑞贝卡习惯将手托在左侧脸颊上，眼神无可奈何，面对手机里的好啊、走着、别尿、往死喝这些话，手指轻柔地在脸上划，一直顺到锁骨。瑞贝卡在镜前化妆，眉毛挑得长长的，挡住鼻子和嘴巴，只露出眼睛的话，不大不小，满含怯懦的柔情。可她无法让别人只看自己的眼睛，当视线下移，人家会发现她的鼻子过长，按说鼻子长人中就应该短，可人中也长，下巴又尖细，这张脸只经得起放大，经不起端详。为掩盖她的瘦长脸，瑞贝卡每回自拍，都侧身，一手托住脸。久而久之，出门见人，酒过三巡时，她也这么托，手拄在吧台上，牙疼似的。

刘芳丽和女儿各自为政，白天都有活动，深夜两人才像回到洞穴休息的动物，结束一天的捕猎，胃装得满满当当，心装没装满当得看情况。母女关系发展至此，更像塑料姐妹花，照面哼哼哈，背后嚓嚓嚓，各回各屋，蒙上被子就能打上呼噜。瑞贝卡年轻，精力足，多数时候凌晨归来，还要将时间消磨在房间里一会儿，乱七八糟想些事情再睡。她总会在夜里想过多的事，一些在酒桌上即便也没少去倾诉，却终归没诉尽的事。今夜她给楠哥发了条信息，楠哥是她过去的男朋友，早在瑞贝卡还在排球队时，两人就认识。那时的瑞贝卡高中刚毕业，还没学会描眉画鬓，衣着都是绣着卡通的套头衫，一双长腿自运动短裤里露出，做蹦跳和追逐，每寸肌肉都坚实弹嫩，一流汗，几如艺术品，身体泛光。她扎个马尾辫，在夜晚空旷的球场上凌空一跃，把排球自掌心向对面击打，看球落地，发出叱咤的喊声。楠哥那时常从他念技校的地方，坐整晚的硬座，去队里看她。他来了，默默坐到无人的看台上，将给她预备好的矿泉水瓶盖拧松，点起一根烟，眼神迷离，追逐那颗蓝黄相间的小球，看它在瑞贝卡手里发出迷人的旋转，人不知疲倦。想起这些往事，瑞贝卡咽了咽泪，问楠哥，你睡没睡？想起就在刚才，他们一屋光膀子的老少爷们坐在一起，楠哥没给她留一个位置，他只是抚摸自己手里的酒瓶，偶尔发出操他妈的这种狂笑，像个周期性踩电门的人，得通过踩几次电门，让自己恢复精气神。瑞贝卡坐在很远的位置上瞧他，看出两人共同经历的八年光阴。那是漏了电的电门，不再令人心脏起搏，只偶尔麻酥酥地来一下子。她其实也能靠此存活，男人则不行。隔了快五分钟，楠哥回消息过来，说，往后这种局别叫我。什么叫分手？分手就是不他妈联系了。总这么将断未断的，除非你想跟我拜把子，我也不缺你一个弟兄。更何况，你这人不行。瑞贝卡问，我哪儿不行？楠哥说，你别问了行不行。

翌日起床，瑞贝卡两眼通红，是熬了一宿。刘芳丽将牛奶面包摆在桌上，两人面对面，安静地各拿各的吐司片，往上头抹果酱。刘芳丽说，寻思寻思，啥时候去上班。瑞贝卡说，不寻思。我在家也能帮你卖，出门更好卖，为啥非得上班呢？刘芳丽说，得有份正经工作。要不别人问我，我都不知道咋说。瑞贝卡心生厌倦，刘芳丽给她找的班是去旅行社带团，市里就那几条线路，都是忽悠留守老人的，出门带个夕阳团，她再往朋友圈晒也没大意思。不回答母亲，她摩挲着手上盘旋成蛇一样的金戒指，将蛇头移至当中，刘芳丽端详她，发现女儿不知何时身上挂了越来越多的金银，稍有动作便提溜算褂[1]，想我这姑娘兴许能嫁好。她也没钱，身上哪来这些穿戴？还是有人给她花钱。问她，你这戒指，是纯金的不？瑞贝卡瞥她一眼，咋的，安利卖不出去了，手头紧，开始寻思姑娘了？刘芳丽说，放屁。你的就是我的，我的就是你的，一荣俱荣的事。瑞贝卡点头，是，一损也俱损。我也给你忽悠完两茬了，够意思了。我小学群里说，再忽悠，就给我踢出去。往后只能线下，各个去给你击破。对了，最近赵卉有点松口，说想要套蛋白粉，你想着给我拿。刘芳丽朝女儿狡黠一笑，说，还得是我姑娘。扫荡完小学，你扫荡初中。高中，大学，一个都别饶了。给妈挣钱，咱娘俩日子都好过。我这样为谁？为给你攒嫁妆。话到此打住。吃完半袋桃李面包，刘芳丽把桌子收拾好，不去过问女儿这一天的安排，连目睹她哭肿了的眼睛，也只稍微一怔，感觉不在自己处理范畴之内，装没看见过去了。下午瑞贝卡在客厅看国产偶像剧，刘芳丽打七八个电话，跟同伴研究股

1 方言，指事物庞杂不清或累赘过多。

市大盘。夜幕降临，传来两人各自在屋里脱衣服试衣服的折腾声。瑞贝卡约了两个小姐妹，说，走啊，上金约翰钓鱼去。

在金约翰钓鱼的瑞贝卡，眼珠随波逐流，也没忘了业务，不时埋头按手机，给人感觉需要她的事不少，这女人分身乏术，连喝杯酒的工夫都靠硬挤。小姐妹每看到一个可心的，就在她手心里抠一下，这是她们的暗号，抠一下是左边，两下是右边，三下是在你身后。瑞贝卡手心寂寞，今晚她和小姐妹的掌心都只有被冷落的潮汗，酒吧里气温高，她露了一会儿肩膀头，寂寞是光溜溜的。

她其实跟母亲把情况说得有所保留，小学群已然把她踢出去了。两天前瑞贝卡在群里积极发动讨论，来让久已冷落的人际关系一茬茬回暖，等暖和差不多了，讨论的人从她一个，变成三个、七八个，众口喧哗时，她再将话题绕回自己身上，以欲说还休的语气，表达自己境况的不容易。几个没去外地、留在老家的男同学试探着问她，怎么个不容易法？瑞贝卡回一个坚强的微笑表情，不出声了。她一一记住他们谁是谁，私下加好友，上来先是一句话，哥，你小时候给我印象老深刻了。瑞贝卡的微信头像仍是托腮状，一张脸白净、无争，眼里有光，柔弱与顽强并存，穿LV毛衣，戴宝格丽戒指，十指做了淡粉色的美甲，虽不让人惊艳，看这状态，也让人相信起码心态从容，更让人合计，这还有啥过不好的？男生们给她回复说，他们也记得她。瑞贝卡在屏幕后扑哧一笑，心想，你们能记得我啥？上学时过平安夜，我书桌膛里一个苹果都没有，就听别的女生书桌膛里塑料纸哗啦哗啦响了，也是，我那时候心智未开，要不也不能这么多年和你们一个都不联系，情况都给耽误了。瑞贝卡娓娓道来，不知道咋的，我对你始终有种特别的信任。哥你别误会，我今天就想掏心窝子说两句。男生们跟她从学业的迷茫聊到就业的失意，有些想不开早成家的，还没忍住跟她抱怨了两句嫂子，说跟你嫂子，可是委屈我这个人儿了。瑞贝卡耐心倾听，适时发出感慨，哥你过得也不易，咋不早让我知道。妹儿别的帮不上你，帮你宽心行。聊到最后，发展出私人感情的男生有三个：一个是她当年暗恋过的后桌；一个是班里打架的头子；一个中途辍学，如今儿子快四岁，正犯愁入托的事。看火候差不多了，瑞贝卡向他们各自吐口说，哥啊，人归根结底得为自己想。辍学的回她，妹儿，你说哥咋为自己想。瑞贝卡说，身体才是第一位的。虽说现在年轻，事一多，一年比一年见老，男的还老得快呢。我不赚你钱，单纯为你好，推荐你款保健品，日常吃两口，别的不敢保，提升免疫力没说的。哥你可能不了解，人这免疫力一提升，啥啥都提升。对方没回复，正在输入的状态在对话框上持续了一段又消失，瑞贝卡先等到了打架头子的回复，对方单刀直入说，咱俩好吧，我晚上来找你。她看了气不忿儿地将手机扣过去。又等了一会儿，等辍学的终于回复了，瑞贝卡同时回复两个人，先给报了价格，原价五百六，收你三百八，够你吃半个月的。手指再在暗恋过的男生的名字上盘旋良久，心里打了个问号。辍学的掂量来掂量去，说，妹儿，你可能不了解情况。你哥现在是五保户。你要诚心，就借哥点儿，往后我拿你当亲妹妹处。咱先可你侄子念书的事儿来，等他稳定了，我指定跟你提升。她一口气将两个不着调的对话删除，有点厌倦和不屑，决心专心对付暗恋过的那个，把对话再铺垫得好一点儿。暗恋过的男生如今在市粮食局工作，公务员，和上学时一样脸上卡眼镜，虽没大出息，也还值得去幻想。瑞贝卡深吸口气，打算再叫一声哥，发现对方已将她删除，信息发出的同时，红色感叹号一齐弹出，路全被堵死。没过两分钟，就看到小学群将她移出群聊的通知，他们再怎么议论她的，她不能再知道。

2

我刚回家那阵儿，疫情还没成为全面的谈资，约莫过了快一礼拜，从网络上蔓延出的紧张气氛不知不觉传递到当年的春晚舞台上，几个名嘴一人捧一台本，配合悲壮的音乐，在本该阖家欢乐的时刻念出紧急的讯号，号召十四亿人都在家窝着，您安全了，十四亿人安全了，疫情就被击垮了。我来回订了几遍机票，反复改时间，到底没回去，人在老家踏实住下来，眼瞅到开春。我妈忍耐我，从刚开始娘俩还有客情，到后来撕破脸皮破罐子破摔，再到最后她眼里有我没我一个样，重新接纳彼此，双方又成了彼此生活里的常住人口，想吵架也费劲。我妈每天中午从单位回趟家，给我带食堂盒饭回来，两人埋头吃，吃两口抬头看新闻。等下午快四点，我再从冰箱里拿出肉菜，一顿快炒，瞅着蒸米饭的点儿，差不多能同步好。她一进门，就端菜上桌。不为了我每晚能做这顿饭，疫不疫情的，怀疑她该撵还得撵我走。

我妈朝九晚五上班，偶尔还加班，她的班不能停，宣传口的工作，正是忙得脚不沾地的时候，白天我总一人在家，小区出入又费劲，人就跟久不浇水的植物一样，看着发蔫。好在还有现代通信，好在同在老家过年的小姐们儿都还回不去，四人建了个群，天天没事逗闷子玩，分享各自得来的消息，紧着制造恐慌气氛。制造制造着，就开始有人带头骂街，骂街骂成了词语接龙，没憋好屁，屁也不是，是你大爷，爷爷想起妈妈的话……最后一人一条语音唱起《鲁冰花》，也都给憋得精神不老好的。跟谁也不说话的时候，我一人站在房间窗口，打开窗纱，放冷风灌进来，假装走在外头的雪地上，那雪地白白净净，都不落脚印子了，道上没人，谁也不往外乱走瞎嘚瑟。我点上烟，思考这场劫难里普通人的命运离合，感觉有好些故事可以写，可情绪顶在嗓子眼，怎么也落不下笔。这时候还能下笔成文的人，有更坚忍的能量，大多时候，我是感觉积蓄满胸，海水滔滔，潮来潮往，想等它回落，更想等它干涸。想等干涸了再挽高裤脚，去沙上拾贻贝，遥望远处海水的起线，人心平气和，才能顺带遥望一段海难后的历史。

熬着熬着，春天过完，夏天都到了，我还是没走成。本来嘛，在哪儿写稿都是一样的，何况南方没有能牵绊我的东西，房子是自己的，空着就空着，时间就不一样了，如果我走了，在我妈这儿空一段儿，就会让彼此两间心房都空一段儿，人生难得有这么个母女终日相伴的机会。过去不是她逮不着我，就是我逮不着她，这回好了，都给圈进了笼子里。她不再提撵我的事了，有点虚情假意又弄假成真的意思，甚至还幻想起来，要是我就此不走，娘俩日子也能过得挺舒心，是不姑娘？她是舒心了，我一天又给她做饭，又给她收拾屋子，晚上还陪她看个综艺，时常去公园里戴口罩跟她散一个多小时的步，听她忆往昔、怀过去，就是不展望未来，她还能不舒心？小城日子本就缓慢，加上疫情，感觉后置了一个时代也不为过，时间在此静止，又罩上一层让人迷醉的薄膜，透出童话般的安详，叫人想和动物一样冬眠过去，直到刺眼的阳光射进地洞，再摇晃着醒来。很多时候，我也恍惚，久没有如此大段的独处了，心思空落，前路反而变得不存在，人被戛然而止在一个省略号里，身前、身后都是无言的小点，离远瞧，像不见端点的直线。

谁也想不到，眼瞅我们这边陲之地，病毒的爪子已渐渐腾空，不抓人了，还有死人的消息传来。瑞贝卡跳楼那天的中午，我刚吹净落在纱窗底下的烟灰，听我妈进门了，准备去接她手上带回的盒饭。我妈两手空空，眼也空空，鞋都忘了脱，一屁股坐在厅里沙发上，直勾勾看我。我心说是因为抽烟的事儿吧，放味的时间不够，现在回屋嚼口香糖也来不及了，她还紧着挥手，让我离她近一点儿。我靠近她膝盖边上，人蹲下去，想隔出点安全距离，却被我妈一手将脑袋按在腿上，摩挲我的短头发。她弯下腰紧紧抱着我，身上有外边的寒气，抱紧我，像抱紧一块海绵，猛着压榨我的骨骼，都能听出响儿了。我大气不敢出，也根本倒不上一口气。

我妈问我，到底啥是抑郁症。你跟我说实话，你有抑郁症没有？我心放下些，跟她并排坐好。这病咋解释呢，身边也有朋友中招的，一旦中了招，就基本和我们不联系了，偶尔发信息去问问，对方也久不搭言，生怕我们视其为累赘，倒是可怜见儿的。我寻思中午吃啥，有点饿了，她也没带饭回来，现在外卖又不送，还得去热昨晚的剩菜，剩饭添水熬粥，凑合吃口，又是一顿。我妈还不放心，又问我一遍。我问她，中午吃粥行不？热昨晚剩的刀鱼，你爱吃鸡蛋酱，给你炸一个。她看我一会儿，嘴角酿出笑意，轻声说，你是不能了。把你扔罗布泊都能给自己做出三菜一汤，有个骆驼，你都得想法给卸块儿了。行，你这样妈放心。

炸好鸡蛋酱出来，我把盘子在客厅桌上放下，看见她正偷摸擦眼泪。我妈拧开电视，也不看，光听声，筷子横在粥碗上，没有动。我闻出味儿不对劲，四下一寻摸，果然在桌底下看见了烟灰缸，淡紫色的烟雾还袅袅从里头冒，是刚抽完半根儿。我拿手在她眼前晃了晃，咋了，老丁，你得抑郁症了？我妈抬头不语，眼里有苍凉和恍惚，又滴答下两行眼泪，说她上午跑了趟医院。我说，确诊了？啥时候抑郁的，咋不和我说。我妈攥着我的手，扭头问我，还记得你大芳姨不？我记得，有这么一人，和我妈是初中同学，两人在她三十岁那几年关系挺好，偶尔来家吃饭，来就带一堆东西，上面都画安利的标。我妈说，你大芳姨遭难了。我说，咋整的，是不从武汉回来的，被隔离了？我妈说，不是得新冠，是得抑郁症，她姑娘李小瑞得抑郁症了，就上午十点多，从七楼跳下去了。我怔了一下子，问她，李小瑞，高中是念一中的不？我对这名字有印象。前两月我们高中群有个叫李小瑞的，开始还在群里聊得热火朝天的，唠半截没影子了，说她过得不好，我也没问。是一人儿不？我妈说，对，她姑娘听说是在一中念的。整半天我跟她妈是同学，你跟李小瑞是同学，这关系处深了。

要不是前一阵李小瑞被我们踢出群，我对她印象还真不深。把她踢出去以后，我们那四人群里的一个，叫猴子的，在大群里说，李小瑞半年前管她借了二百，至今没还。猴子说完轮到赵卉补充，是，她还管我借五百，也没动静了。我私下里问赵卉，这么多年没联系，说借你就借？别人我不管，赵卉和我打六岁就玩在一起，人厚道，说说话就乐，挺大个姑娘就差没扎俩大辫子，走路还和小孩一样儿，蹦跳爱晃悠，心思相当简单。我看不得人欺负她，打小如此，我欺负行，别人但凡说她一句不是，我都得跟人论论，要不是我俩同性，早定了终身了。赵卉蔫不搭的，跟我说，李小瑞磨了她好几天，说家里就指着卖产品活，好说歹说，说看在老同学分上，赞助她五百块钱，等她这边有货了，立马发快递。产品是某种蛋白粉，这粉我吃过，还是大芳姨上次来家带的，放水里一搅和，有点奶香，味道近似豆奶。保不保健不好说，倒是挺扛饿。我跟赵卉说，这事你别管了，我去问李小瑞要，欠钱不还，到哪儿她都不占理。现在听说李小瑞从七楼跳下去，反让我觉得理亏了几分。听我妈继续说，李小瑞居然还活着，只是全身各处骨折，肺也有挫伤，正在重症监护室抢救，这姑娘看不出人样了。我跟着一起沉默，对着电视里循环往复的疫情消息，头一遭感到灾难的迫近，虽说不是全人类的灾，却好似比全球发生的这场浩劫，还更动心魄，因它就在周边，发生在熟人堆里。我妈反复纳闷，抑郁症怎么个要命法？我无法再回答她，搅着碗里的粥，小口小口往嘴里灌，一些事情也小股小股往心里钻。我记得李小瑞在群里叫瑞贝卡，高中时，大家都叫她瑞贝卡，有时她花枝招展在走廊里一过，瑞贝卡瑞贝卡的声音就跟条尾巴似的，在她身后飘。现在想起这些事，会同时想起她的脸，我妈说她已经看不出人样了，我还想象不出来。只记得上次帮赵卉要账时，瑞贝卡接电话的语气，春雨一样柔。她几乎也成功说服我，借她五百块。当时我咬紧牙关，对镜子拧眉，狠叨叨告诉她，同学处一回，不是用来坑的。瑞贝卡沉默一阵没放下电话，我先给挂了，挂断后和赵卉报信说，瞅着，她再不还你，我去她家堵门。

到了晚上，我妈下班回来坐在厅里数钱，我看着了，挺厚一沓。看她把钱塞进信封里，思来想去，又抽出去大半沓，和我眼神对峙，是正犹豫不决。我点点头，问她拿多少。她跟我商量着，拿五百吧。本来想拿两千的，还是算了。我说，因为啥算了，你和大芳姨关系好，不得多拿点。她说，好啥好，你看这两年，我还和她走动吗？我说，她也坑你了？我妈说，没少坑。就现在咱家还一堆安利的产品，谁用啊。我看看表，七点过半，我妈这是要去医院送钱，这个时间我也没啥事，想跟着一块去。但五百块钱算两人的，就有点寒碜，我也大了挣钱了，感觉应该添一点儿。我和我妈心里都打一样的算盘，这娘俩平时人性不好，坑蒙拐骗的，就可自己人祸祸，还不如那个网上瞧见的陌生人呢，捐款也就捐了，当给自己积德。这算啥，给自己扣冤大头的帽子，冤死了算。我去洗了把脸，套上外衣，跟在我妈后头穿鞋，娘俩心照不宣，兜里带多少钱谁也没说个准数。我俩太知道彼此了，啥妈啥姑娘，道理再明白，该心软心软。

提前打了电话，到地方时大芳姨站在院门口，离远和我们挥手。她那手挥不动，挥一下捂一下嘴巴，跟随时都要栽倒似的，令我俩紧着加快步伐，好上前搀她一把。大芳姨将烫过的卷毛盘在脑后，一脸疲惫，眼袋深重，看着是几夜都没睡好了，嘴角向下耷拉，和我妈瞅着不像同辈人。我妈和她抱了一会儿，才想起来介绍我说，这我姑娘。一回家说起这事，你猜咋的，俩孩子是同学。我寻思一块带她过来看看。大芳姨摘了一侧的口罩，嘴憋成圆锥体，努动着要去号啕，我妈又给她按进怀里，悄没声地往大芳姨的上衣口袋塞进准备好的信封。大芳姨一手捂着口袋，头低着，说感谢的话就不说了，没心思。但不是心里不记着，等姑娘转危为安，她请大家伙吃饭。我和我妈跟着她蹒跚的步伐，往医院深处走去。发热门诊堵了一堆的人，好些都是老头老太太，口罩上的眼睛里闪着机警的光，真是怕死。我后悔没在医院门口买束花啥的，看望病人，看望这么年轻的病人，手里该有比塞了钱的信封更贴心的准备，但那时我心里空落落的，穿过一扇又一扇门，耳边哼唧和号哭的动静逐渐清晰，感觉此地除了生死，一概都成模糊。什么花儿啊朵儿啊，可去它的吧。

3

上午坐公交车的时候，瑞贝卡觉得自己可能是看见刘芳丽了。刘芳丽从百货大楼上车，坐两站到解放门下去，司机把门关早了，她还气急败坏拍了两下，回头怒视前方，嘴里嘟囔些不好听的。瑞贝卡听见骂人了，更确认是母亲，将墨镜架在头发上，从车窗往下看，见刘芳丽踩着鞋跟袅袅婷婷往前走了几步，站定，和远处一个人挥手。那男的瞅步伐看，岁数不小了，扣了顶鸭舌帽，看不清长相，身上穿件懈松了的Polo衫，皮肤黢黑，骨瘦如柴。他从商店门口的小马扎上站起来，忙着迎刘芳丽，接她手里的挎包，掖到自己胳膊底下。再往后伸脖子瞧，已瞧不太真切，车越开越远，她也不想深究，更多是在盘算着自己今天的穿戴有没有被即将见面的姐妹儿艳压的风险。瑞贝卡抬手抹抹脸上的油，看着快到站了。和吕眉约见的咖啡店招牌已在眼前，她掀门帘走进去。吕眉先到了，笑吟吟给她一个飞眼。瑞贝卡在她身边坐下，眼光瞥见吕眉短裤底下的大白腿，肉是松软的，和自己的腿差不多。想到当年她们毕业一起进排球队的时光，一切都是绷紧的，不仅是腿，还有脸上的肉，还有心里一口气儿。吕眉撑着下巴端详她，香烟夹在另一只手上，烟雾缥缈中，话未开言，已有半分醉。

吕眉上学时候成绩还不赶瑞贝卡，瑞贝卡起码能顺顺当当毕业，吕眉能毕业则主要靠老师们心慈手软和她父母的锲而不舍，父母就差给姑娘跪下了，劝当时将头发挑染成红蓝交织的吕眉，把时间多少留点给书本，哪怕一天留半个点儿呢，留个早自习成不成？吕眉个小，有点丰满，爱穿露肚脐的衣服，耳钉小学毕业就给打上了，身上还有几个钉和若干文身。

在一起洗澡时给瑞贝卡展示过，瑞贝卡用手去碰，吕眉就咯吱咯吱笑，笑容有媚态，盯得瑞贝卡恍然收回手，吕眉却又将瑞贝卡的手一把攥住，指引她去摸。两人站在更衣室雾气弥蒙的镜子前，赤裸着身体，像两朵含苞待放的花儿，一朵已快开了，一朵还懵懂春天为何物。是吕眉在当年给瑞贝卡上了一堂堂的启蒙课，把那些在生理卫生课上老师讲得一知半解的内容，掰开了，揉碎了，灌输进瑞贝卡十六岁的脑袋瓜，让她头一回意识到，自己的女性身份，不仅是区别于异性的特征，还可以是弓矢，是迷阵。吕眉问，这阵儿忙啥业务呢？瑞贝卡不置可否笑笑，吸吸管里的饮料。吕眉说，你和楠哥分手也有日子了，还没想明白这道理呢？归根结底，女人还得靠自己。瑞贝卡说，我明白。吕眉说，你不明白。手里得有这个，才能买得起这个。说完，将一个簇新的LV包放在腿上，搁好了，挨个面儿展示一遍，仿佛商场里的导购，盯着瑞贝卡眼里的光束说，我这可是真的。瑞贝卡说，看着像真的。吕眉说，不行跟我干，咱俩去广州进货，做代购呗。有点起步资金就行，渠道我都全。瑞贝卡说，等我再调整调整状态，我看咋也得明年。吕眉说，所以说，给你充足的时间考虑和筹钱。你心里装着这事。我跟你说，换别人我还不带呢，自己吃独食不香啊。瑞贝卡点点头，行，我装着。别说我了，你咋样？吕眉说，勾上个大爷。瑞贝卡说，大爷多大啊？吕眉说，到今年八月正好五十，狮子座。性格挺好，手里也宽绰，离了，身边没孩子。见人办事，都看我眼神儿说话。瑞贝卡做个拱手的动作，佩服，还得是你。吕眉说，还在驯化阶段，保留点小脾气。男人全没脾气也不行。晚上你干啥去？瑞贝卡说，晚上没局儿。吕眉挤眉弄眼道，咱四个去金约翰喝两把呗。我带上他，让他再带上个小兄弟，给你牵牵线。瑞贝卡有点儿不自在了，跟她说，牵啥啊，我都没准备。吕眉扫视她全身，说，下午咱俩shopping去，给你置一身儿。买完咱俩再去做个发型，我这头发俩月没保养了，你这也干黄的，缺营养。

她们到金约翰是九点半，还得再过半个点儿，场子才能热起来，那时最中央的舞池会打开全部的灯和音乐，发出地颤，将一干被寂寞和茫然驱逐至此的灵魂震出银河系。瑞贝卡和吕眉懒洋洋往里走，脸上没任何表情，在进门的吧台前伫立一阵儿，眼神冷淡地扫视，仿佛这是她俩家的买卖——进门先确认，今天哪儿有生人来，又有没有老朋友。调酒的杰克臊眉耷眼，两手拄在台子上，趁现在没客人，陪两人聊会儿。今天是自己过来玩，还是带朋友？吕眉将笑未笑地递过去眼神，说，你还问上了。杰克给她俩一人调了一杯金汤力，说他请。瑞贝卡摇晃杯子，仿佛检验试剂的研究员，拿余光打量杰克的表情，后者立刻露出讪讪的神色。杰克说，放心大胆喝，我跑得了和尚跑不了庙。担这心，多余。吕眉拧着屁股在高脚凳上坐下，问杰克上次那小面包还有没有，就上次烤出焦边儿的面包片，挺好吃的，来一筐，她饿了。肚里没食，等会儿喝酒人该难受了。说完又指示瑞贝卡点点儿什么，今天不用寻思省钱，钱等老吴过来结。这时候不宰他，更待何时。吕眉果然像她说的，半筐面包片进肚后，喝酒跟解渴似的，金汤力就是个前奏，小甜点，等一打啤酒上来了，立刻百威在手天下我有，"吨吨吨"滑下喉咙，不带抹嘴的。瑞贝卡了解自己的状态，她得喝慢酒，打持久战。许多次等吕眉他们都喝得五迷三道了，再回身看她，发现瑞贝卡还抱着酒瓶，一点点给自己斟酒，以喝白酒的速度和礼仪喝啤酒，脸微微露红晕，看着不会醉。两人推杯换盏，直喝到舞池开场，几个穿着清凉的小姑娘踩在高台上，向底下虚空的暗处，扭摆腰肢，活力四射。动作多激烈，脸蛋就有多冷漠，跟刚走完维密的超模似的，毕竟天天旋转跳跃闭着眼，自己也迷糊，此刻为何要在这儿，重复扭动胯胯轴。看久了，恍惚觉得这酒吧是个乾坤道场，瑞贝卡眼睛细眯，扑哧一乐，心想，她们可真像跳大神儿的啊。

拍吕眉后背一下的那人让瑞贝卡有点恍神，一个说六十都有人信的男人坐在了吕眉守护已久的空座上，手里抓着个黑皮包，用皮包向远处扇风，扇进一个二十出头的小伙子。小伙在瑞贝卡旁边的空座坐下，听吕眉介绍说，这是我家老吴，上午跟你说了。这是张元吧？我记得是叫张元。说完头歪到老吴的肩膀上，似乎喝了这么久，到有个肩膀靠的时刻，才知道应该醉，也就醉倒，身体蛇一样柔软地绕着老吴干瘦的黑胳膊，弯曲成某种弧度，紧贴下来。老吴对瑞贝卡伸出手，笑时露出黑黄的牙齿，五官凌厉，脸太干瘦了，不做表情还好，做了表情看着饱经风霜的。瑞贝卡刚和老吴握过手，手没闲下，又握上身边张元的。张元的手心有点汗津津，不知道是不是第一次来酒吧，和瑞贝卡的手短暂交逢一会儿，就像到亲戚家做客的孩子一样，叫完人，结束了自己身上的任务，头扭过去看跳舞了。瑞贝卡小声问吕眉，这么腼腆呢？吕眉把话传给老吴，老吴骂了句操，然后咯咯乐，越过吕眉的后背跟她说，小妹儿，你带带他。孩子没处过对象。但一直跟我反映，想处一个。人各方面条件都行，你是小眉的姐妹儿，差的我不敢给你塞。瑞贝卡一听这话，就知道吕眉回家是怎么和老吴学起她的了——不是啥正道儿上的人，能带孩子。瑞贝卡给张元倒杯酒，杯子滑过去，用两根手指掐住，说，边喝边看，一会儿再给你看渴了。张元听出话里的意思，紫红色的光点在他脸上来回闪过，人有窘态。瑞贝卡仔细端详，张元算得上清秀。在他喝酒时，回头跟吕眉耳语说，感谢姐妹，感谢老吴。这回这个长得一点儿不像楠哥，挺好挺好。

瑞贝卡和张元一晚也没说几句话，干聊不起来，只有猛给自己倒酒。今天刻意喝得急，不知道为啥，谁也没有催她喝。张元看她有点醉了，才憋出句话，问瑞贝卡，是不是先别喝了，他没车，一会儿老吴他们回去了，他送她也不方便。瑞贝卡对他摆手笑笑，独自走去洗手间。灯光昏暗，洗手间里都是烟味儿和尿骚味儿，一地的水渍。她站在洗手台前，镜子里脸已脱妆，一层油光，借由镜面的反射，眼前光影灿烂，门外音乐隐约传来，环境如一场立体声环绕的旧梦，她甚至听得见闹中取静的呼吸声，来自她单薄的胸腔。瑞贝卡将双手撑在水池上，不想去辨认，是水龙头没拧紧，还是哪儿流出来的水，一点一滴在白瓷上浇打。她对着镜子里的陌生人，露出妩媚至极的一个笑，像镜面后自有双验收她表现的眼睛，楠哥的眼睛，看了一阵儿，终于为她的风情所获，招了手，无可奈何说，唉，那你就过来吧。她按住自己的脸，忽然被人在身后抱住腰，力道不重，但缠绕是确实的。老吴说，妹妹，醉了啊。瑞贝卡问，吕眉呢？老吴说，在吧台上睡着了。我来看看你，张元家里有事，先走了。你说你身材多好，咋保持的，回头也教教吕眉。和你一比，她真就比不上。瑞贝卡挣开他，人不走直线，被老吴拽起来，手掌有意无意向上游动，触及她的胸。瑞贝卡酒醒一些，转头看他，说，你要脸不？老吴说，不是故意的，别多心啊妹妹。瑞贝卡在通往洗手间的走廊上摇晃几步后，人又滑下来，背靠着墙。老吴凑过去，蹲下，从口袋里掏出烟，递她一根，来，解解乏。瑞贝卡抽上说，老吴，问你个事儿。你认识一个叫刘芳丽的女的不？老吴说，不认识。她谁啊？瑞贝卡摇摇头，说，没事，我可能看错了。今天第一面见你，觉得你像一人，现在不觉得了。吕眉这命，说好也不好，家里宠惯，但自己能作，你比她大那么些，能包容包容点，别寻思扯犊子。刚才的事，当咱俩都喝多了，我不给她学，但你记住，别再犯我手里。话说完，老吴眯缝眼睛抽烟，半晌没搭话。瑞贝卡和他四目相对，眼神闪过，此刻她头脑还不太清楚，再看下去，把他当成钓上的"凯子"，再忍不住嫣然一笑的话，刚才的话就白说了。

吕眉让瑞贝卡跟他们一台车走，瑞贝卡招手打上台空车，飞快钻进去，跟在车窗外骂她的姐妹儿送出飞吻，挥手自己先走了。大道宽阔，街上基本都是亮了绿色空车牌的出租车，游魂似的，慢腾腾往前挪。瑞贝卡人仰在后座上，掏手机发朋友圈，加上白天和吕眉喝咖啡、买衣服时发的两张自拍合照，现在是第三条。她写道：从今以后，走马观花，一心向前，别无所求。无配图，写完后将手机塞进包，仍一手托腮，看窗外天上孤悬的月牙儿。深夜路面升起雾气，车灯迎面照来，在红雾里穿刺，总是一闪即过。司机问她，接下来怎么走，雾大，他有点不记道儿了。瑞贝卡笑着说，向前，你向前。司机没应声，给她绕了快十分钟的道儿。瑞贝卡始终看月亮，看马路，看红雾，看自己在荒芜里兜旋着的肉身，随辆车东西南北跑，永无休止之意，感觉地球也在听她的。一心向前转，她想吟诗，世界啊，是车轮滚滚，是寰宇茫茫。

4

病房里总共三张床，一张床上的病人吊着腿，一张床上的病人前胸贴磁片，李小瑞的床位最靠里，走近看，她又吊腿，又在被子外的锁骨下方贴上了磁片。我妈上午来看过，此刻不想再看一回了，和大芳姨两个在走廊上说话，门关着，时而能听见断续的哭泣声，有几声还是我妈的。我站在李小瑞的床尾，不太敢近前，只盯着床尾名牌上的字，李小瑞。是李小瑞啊。我慢慢去对照，视线百转千回，移到她一张脸上。半面严重挫伤，乍看红黑一片，是摩擦留下的伤口，纹路细小，密密麻麻。我憋住一口气，想起微信里李小瑞的头像，她总托腮，几乎捂着半面脸，不知道捂着的是不是挫伤的这半面，那她可好好捂着吧，别让人瞧见了。心里说完这些，我坐到她还完好的半边脸前，莫名想去攥攥她的手。也只是想想，把信封塞进她被子里，压好了。病房很静，其余床都昏睡着，李小瑞尚在昏迷，除了胸口微弱的起伏，人纹丝不动。

走出医院，我妈提议从公园里穿回家，夜晚到来，公园里行人稀少，园子里古木参天，剪影似的枝丫，全都倒映在街灯昏蒙的地面上。我妈牵着我的手，慢悠悠往前踏步，说起她和大芳姨二十来年的交往，以及为什么她们如今不再有深交。主要是几件事造成的。第一件发生得早，十五年前，大芳姨闹离婚，我妈劝她自己的日子既然没过好，就悉心栽培孩子。大芳姨没听她的，在外面又找了男人，这也无可厚非，开始新生活嘛。可她三天两头换男人，三天两头把男人往家带，我妈自此对她的印象开始走了下坡路，但也还停留于细微的龃龉。

第二件是五年前，大芳姨以要换房子为由，向我妈借了五千块钱。借时好话说尽，借条双手奉上，让人感觉很有保证。保证完后，便像无事发生，房子买了，在朋友圈里展示几轮装修的进度。这还不叫我妈生气，气着她的是，又过了半年，半年里大芳姨闭口不谈还钱，隔三岔五在朋友圈里晒去各地旅游的照片、下馆子的照片、买高档化妆品的照片。我妈看着一回，气闷一回，去要一回，大芳姨最后回复她，你还差那五千块了？此事到今天也没了结。按理说第二件事后，她已看清昔日好友的人品，不会再有第三件事的发生了。可架不住我妈好面子，人也健忘。两人断了两年联系后，三年前，大芳姨突然给我妈打电话说，明天回市里，想见见她，想得厉害。我妈随口说，见吧，我请你吃饭。第二天刚到饭店，我妈就被大芳姨揽进她热情的拥抱里，一直没太醒过神儿。两人进包间，陆续有十二个自称大芳姨朋友的人跟进了包间。我妈在席上目瞪口呆，看每一个进屋的人都和自己赔个笑脸，大芳姨又都跟着在自己的胳膊上留下个温热的贴身，笑吟吟的，席间不断张罗说，大家放开吃，我姐妹儿豪气。说啥都不干啊，今天非要请。

听她说完我忍不住乐，在我印象里，我妈不会去在乎这些事，从来都大手一挥，眼里只有事业和一个我，其余的人情往来，很少听她提。现在听她说起这些时语气的愤愤不平，倒让我安慰一些，在她的人生里，竟也留下过友情的遗尘。感觉人真实了许多，比我所能了解到的真实还更深入些，走到明亮些的马路上时，我看到她脸上的表情，是一种捉摸不透的失落。除了去攥紧她的手，想不到更好的安慰，别管怎么说，今夜我们母女还能挽手过马路，那对母女呢，得熬守在医院里，徘徊在生死线。将心比心，就什么都能想开了。

仔细想想，我和李小瑞的人生有许多相同的部分。比如我的父母也是在我升初中时离婚，比如我和李小瑞都是瘦长脸，比如我们都曾在共同的高中度过无忧无虑的少女时代，像同生于一截树干上，直到树梢才发生枝条的抽离、发散，最终伸展去了两个完全不同的贴近天空的方向。回到家，我和我妈都累了，不到九点各回各屋，我坐在书桌前看会电脑，发现就在今夜，我爸在遥远的新疆，给我发了条消息，询问老家疫情的状况。我们平时不打电话，除了每到除夕夜的一个拜年电话，整整一年，我们不熟悉彼此的声音，也叫不准彼此是否仍活生生存在于世。我还记得他从家里收拾东西离开的那天，因为发烧，我在家休息，没去上学。上午他回来了，我歪在床上没睁眼睛，感觉有双冰凉的大手放在额头上，知道是他，心里腻烦。我只想一个人躺着，用沉默来对抗不得不与他同处一室的一段时间。不知从什么时候起，他与我妈的战争，已无声浸透了家中每一个角落，最后在我心底积攒，像不断去泼洒一种药水，发出无尽又莫测的种种反应，我无数次看见，因父亲的冷漠和粗暴而激发出的化学反应，有时是紫色的烟雾，有时是不流动的浑浊胶体。它们在我心里终于堆积成一个垃圾场，臭不可闻，也无从打理。我自己都不愿去瞧一眼那上头积攒的东西，相信只有时间能抚平，又或者只有时间能继续蒙骗。给他回了一条：家里都好，市里也好，疫情可控，无须牵挂。发完后盯着自己打出的十六个字，妥妥的公文体，但已说尽了情况，没说尽的，是一些心里话。爸，乌鲁木齐安全吧？你最近怎么样？业务肯定受影响了，现在都不好跑合同，忍一忍，难关总会过去的。保重身体，想你的女儿。这些话打不出来，更不要说说出口。我爸回复了，他更简洁，说，很好。很好就是很好的意思，我品着这两个字，内心逐渐微妙，仿佛是往垃圾场里又倾倒进去的新东西，正腾腾冒热气。

我爸离开这个家后，一次也没回来过。再有他的消息，是去我姥家的时候，我姥喝了两杯酒，在饭桌上没留神说出来的。说我爸又结婚了，生了个儿子，如今定居在新疆。她说这些的时候，我妈还拦她，我才明白，她们早都知情了，只瞒我一个。她们怕什么呢？要到很久以后，我才会对这件事有所反应。那是我成年后在南方上大学的第一天，我看见和我同龄的室友被父母送回寝室，她的一对年龄相差极大的父母，神情殷切地站在门口，尤其是那个老父亲，头发半白，眼里却有母牛般的柔情。这一幕似一根发射已久的利箭，穿越岁月和南北，终于将我击中。多年后我对父亲的长相已不可避免地模糊了，倒是我室友父亲的样子，还总能记得。这些感受在我去医院见完瑞贝卡之后，被揉成复杂的毛线球，越滚越大，势如破竹，几欲压垮人的体面。

第二天赵卉找我出来，我俩约在咖啡店见，叫了壶水果茶，一下午续了三次，喝了满肚子的水。我说，再这么待下去，感觉又待习惯了，哪也不想去，啥也不想知道。赵卉说，不行就待下去。南方有啥好。我咂摸嘴唇说，那头时间过得快，每天接触的事多。不是感觉社会多需要你啊，是你和社会之间取得了联系，不像咱们这儿，无限封闭。赵卉说，封闭好。封闭了安全，也不让外边的糟粕进来。我说，闭关锁国，是不？你是在老家待惯了。不过我是没想到，咱这儿还能出这个病，没啥生活压力啊，咋就抑郁了。赵卉说，李小瑞上学时就抑郁。我醒了下神儿。我没印象，许是因为我在上学时和李小瑞打交道太少，只记住一些表面。赵卉人随和，和谁都能聊两句，记得有时在课间，也能瞧见她和李小瑞两人挎胳膊，一块儿亲亲热热去上个厕所。我问，她到底因为啥？赵卉说，因为她爸不要她吧。记得当时是因为这个，现在因为啥，不好说。我说，昨天从医院回来，心里不知道为什么，总挂着她，有点宿缘似的。赵卉和我一起走了段路，到路口去打车。她先把我送上车，说，她那五百，就别往回要了。她不想去医院，这五百块当给拿钱了吧。你觉得还需要添点不？我说，就这样吧。她把车门给我带上，远远地在原地摆手，嘴上做出拜拜的口型。我在后视镜里看到了，一并看到高中时赵卉的模样，心说她还没变。

市里不大，地方和地方都挨着，几条街道清楚明白，除了少见的外地人，本地人想迷路是费劲的事。我仰在出租车后座上，动了一下午嘴皮子，有点乏，视线打窗外一闪而过，看到个熟悉的人影。就在我们昨天和大芳姨分别的医院门口不远，有个卖小吃的摊位，大芳姨正一人坐在那儿，埋头对付一碗面条一类的东西。离我家不算太远了，我叫司机靠边停。正是黄昏，还没到最热那几天，晚上凉爽，天空无云，显得一切那么静。我向大芳姨走去，她抬头看见我，眼睛细眯了半天，兴许有点老花了，我俩离得很近时，她才站起来，说，姑娘，是你啊。我说，姨。我路过这儿，看着你了，打个招呼。她说，你有心。孩子，你有心啊。我问，小瑞这会儿怎么样了？大芳姨拿起桌上一张纸巾，擦去嘴角的辣椒油，说，我不知道。她说这四个字时，有恍惚的神态，只看字面，会觉得这妈当得不负责任。可一见着对面这张脸，也无法不去理解她，根本是打从李小瑞自七楼跳下去那一刻，到现在，她每分每秒都活在迷乱里，闹不清楚是怎么一回事。她困惑至极。我在她对面的长椅上坐下，对大芳姨说，小瑞会好的。她命大，老话不说吗，大难不死，必有后福。老天爷舍不得让她再遭罪了，往后会一天比一天见好。大芳姨盯着我说，老话不能信。你姨之前就是啥事都太放心了。你姨信啥？信车到山前必有路。现在看，有啥路啊？车到山前，直接就撞上去了，没处哭去。说完她又用同一张纸巾去抹眼睛，越抹越辣，眼泪越掉越多。我还说，会好的。她说，我和你妈都老了，整不明白现在的年轻人。这两天晚上，我天天陪床，看我姑娘，想得脑仁儿疼，也没想明白。我又说一遍会好的，从兜里掏出包面巾纸，给她在手里替换了。大芳姨吸了下鼻子，拆开面纸，再将鼻子里的东西擤出来，向远处落在公园里的红太阳眺望一阵，说，孩子，大芳姨想拜托你件事。我想起她之前跟我妈那些不快的往事，有点怯，没应声。她自顾自道，到今天才发现，我连孩子身边一个朋友都不认识。不知道她每天都干啥，去哪儿，见什么人。我现在很想知道，花多少钱都行，闹明白它。我说，那行，姨我帮你打听打听。我们同学有跟她熟的，不保准能问出来多细啊，能知道一点儿。她说，我记得我姑娘爱发朋友圈。每天都发，总看她捧个手机，自己在那按。我说，那就好好看她朋友圈，兴许能发现端倪。她说，看不到，一条线。你能看到不？我说，能看是能看。那我看看，然后给你截图发过去？大芳姨哆嗦一下子，说，啊，行。她又转头去看太阳了，那里如今只剩一片金灿灿的光，光之上，是即将来临的黑夜。她又要面对一个无解的黑夜了，面对黑夜中无法给予她回答的女儿。大芳姨从椅子上站起，拍拍我的肩膀，孩子，托付你了。你要是不忙，再帮姨解读解读她的朋友圈，姨文化不行，脑子也钝了。我答应她，看她戴好口罩，往医院里走。我也准备走，小摊上老板喊我说，没给钱呢。大芳姨走远了，我只好把钱给了，想到当年在饭桌上茫然着挨宰的我妈，说不出什么滋味，酸甜交织，一如眼前这碗大芳姨吃剩了底的麻辣烫。芝麻酱冷在了菜叶上，全凝成水泥一样浑浊的颗粒。

5

空气中有夏夜特有的青草香，水面上一点潮气，混合人汗的味道，都扑进她鼻子里。瑞贝卡坐在劳动湖边的长凳上，偶尔拍下腿上落的蚊子。湖边灯光不算亮，好在打眼前来往的人不多，来一个人她盯一个人看，相信不会把楠哥错过去的。想起他，想起两人过往多少回来这约会啊。这个人工湖，是小城里为数不多能带来浪漫感受的地方，一入夜，凉风习习，水面为灯光映照，都有些泛银色。楠哥就和现在一样，她含笑注视着终于出现的他，却发现楠哥双手插着裤兜，远远地过来，端详她像端详个不认识的人。他直截了当说，来了。啥事说吧。瑞贝卡深吸口气，重复一遍她晚上在电话里和他说的话，除了他，她想不到第二个能帮自己的人。只要他帮她这个忙，就当是还了前八年她对他的好，往后清清楚楚，两人能各走各的路。这对楠哥来说也是件好事，她说，你可以想一想。楠哥很快想好，坐到椅子另一头，在两人间留了一个人的空儿。他问，是不把钱借你了，就真的再也不找我？行，也不说借了，这钱给你，算我赠予你。瑞贝卡扭头看他，你就不问问我拿钱去干啥。楠哥点上烟说，爱干啥干啥。瑞贝卡说，等过一阵，我去广州上货，往后自己做买卖。钱一旦回来，给你拿一万。他说，做买卖？瑞贝卡说，做买卖，当老板。这不缺点儿起步资金嘛，才跟你张口。哎，你是不觉得，离了你我什么都干不了？楠哥摇摇头，这事准成吗？瑞贝卡说，干好就准成。放心，这一万我许你了，一定给。算我赠予你。楠哥说，别干啥违法乱纪的事，再给自己折进去。瑞贝卡说，关心我啊。楠哥猛把烟头踩灭，说，又整这出。钱你赶紧拿着，遵守诺言，说不见就不见了。我不图你还我一万，拿这五千，就想买个清净。有借有还的，不给我自己找麻烦吗？瑞贝卡收了他的信封，抬头看他说，我问你个事。你现在是不跟谁处上了，身边有人了，才这么躲我。楠哥说，李小瑞啊李小瑞，你再多废一句话，就把钱还我，好不好？你记着，这是咱们最后一次见面。大路朝天，各走半边，拜拜，我走了。

瑞贝卡和吕眉最近见得频，吕眉总会叫上老吴，老吴又总会叫上张元，四人没事搓个麻将，有说有笑的，看着俨然是两家子朋友，张元无疑和瑞贝卡是一对。有回打着麻将，老吴出去打电话，吕眉去上厕所，就他俩在屋里，瑞贝卡将牌往麻将机的洗牌槽里划拉，不小心掉了一张到地上，正掉到张元脚边。张元捡起，扣在自己手里，问她，知道掉的是哪张牌不？咱俩可以猜猜。瑞贝卡说，你都看着了。张元说他没看，他猜是八条，该瑞贝卡说了。她说是七条。猜对了怎么算？张元说，猜对了，等一会儿散了，你陪我去吃点饭。猜错了，我陪你去吃点饭。瑞贝卡笑笑没言声。张元最开始在酒吧里给她留下的印象，随着接触加深，逐渐发生不小的变化。他似乎慢热，得和熟悉的人在一起，才有话，有个笑模样。他们终日厮混，已经是熟人了，他也知道瑞贝卡大概是什么性格，喜欢什么明星，家住哪个小区，有时局散了，送过她几回。瑞贝卡将张元手里的牌翻过来，却是张二饼。两人相对着笑，不知不觉，手勾到一起。张元倒是和楠哥不一样，哪儿哪儿不一样，除了老吴，没见他有什么哥们儿，举手投足也不像爱玩爱混的样子，基本属于安静内敛的类型。瑞贝卡对他动心，主要也想收心了，想在事业上打拼出一番成绩，同时在后院给自己置个安稳的窝。张元家条件一般，人不算聪明，和瑞贝卡一样高中毕业，如今在他爸开的药店里上班，也穿白大褂往柜台里一站。本就清秀，加上一件白大褂，说话轻声慢语，有几分大夫的样子，甭管肚子里是不是真有墨水，这么个男朋友往外一带，起码不丢面子。瑞贝卡和张元处上了，处了两个多礼拜，谁也没往出说，想等感情再踏实点的，可还是被吕眉和老吴瞧出来，他俩也不傻，再聚会，有时太晚，就开两间房在外边住。半夜里，张元洗完澡盘腿在床上看电视里的球赛，瑞贝卡依偎他一侧的胳膊，也跟着看，听见隔壁老吴他们的房间，传来大劲儿折腾的声响，掺杂吕眉尖叫般的嗓音，两人脸红心热，却像两个小学生,尴尬无法行事。这些时候,瑞贝卡都哄张元进被子里,进被子里就好了。赤膊的张元又白又瘦,她摩挲他散发着洗发露香味的头发,将自己慢慢沉浸于沙滩一样绵软的旋涡里,又像处于深海,呼吸都被压抑住。张元睡着时一声不响,借着窗帘缝里的月光,瑞贝卡支起身子,看一会儿他的睡相,偶尔会想到楠哥,想到十六岁时自己献身给他的那个时刻,两人如搏斗般在床上纠缠,脱光了的她最后满屋子乱跑,楠哥急得直喊,你跑啥。他们真是打少年时就一块儿过来的一双人,他留给她的最后一句话却是,大路朝天,各走半边。瑞贝卡最后想到楠哥吸烟时的脸,张元不吸烟,一张脸总是在他人燃起的烟雾里麻木地吊着,像一座石像,百毒不侵。他不会和她开怀大笑,陷入任何状态下的癫狂。想到这儿,瑞贝卡又抬手摸了摸张元,然后依偎在他转过去的后背上,嗅他身上更多的味道。

到吕眉过生日那天,老吴下了血本,将三人请到海鲜酒楼的包厢里,点了一桌子小海鲜,还从家揣瓶茅台过来,等服务员走后,盖章一样盖在玻璃转盘上。吕眉和瑞贝卡围着一圈上齐的菜,从各个角度拍照,拍好加个滤镜,调整下亮度,发到朋友圈里,配文说,感谢爱我的姐妹和朋友们,感谢爱人,时光恩赐,万物如新。后面两句词儿是瑞贝卡憋出来的,吕眉觉得不错,也拿来用上。席间两男两女交织坐在一起,先喝一打啤的,再挨个品尝老吴带的茅台。老吴撸起袖子,表演深水炸弹，小酒盅沉进大酒杯里，咕噜噜冒出一股小气泡，三人看老吴用牙齿咬住杯沿，慢慢仰脖，往嘴里送。瑞贝卡拍了个小视频，隔会儿发第二条朋友圈说，受够了过去的日子和自己。学我吴哥，吞咽生活的苦难。喝着喝着，吕眉突然哭了，老吴搂着她，脸探得低低的，一口一个小宝贝，两人旁若无人腻歪着，说只有他俩能听清的话。瑞贝卡不断递去眼神，表示她也挺关心的，实则努力酝酿，看自己能不能也配合这气氛，眼周晕出一片红，也让身边的张元跟她柔情两句，或者用他的方式，沉默地将她抱住。张元不知道问两人中的谁，没事吧？老吴抬头嗯啊一句，没事，一会儿就好，我知道她。瑞贝卡在桌下按张元的手，想跟他说，咱俩先走吧。这话就得你提，那是我姐妹儿，她哭了，我提走不合适。你咋还不提？话越憋越难受。到后来，四人闷坐到十一点半，吕眉和老吴都喝高了，张罗去住店。瑞贝卡干脆地答应，整个晚上，张元都没跟她有句热乎话，等就剩他俩，估计才会好。她和张元牵手跟在两人身后，老吴在柜台前买单，吕眉晃悠着向他们走来，张元搀她一把，瑞贝卡忍不住叨咕说，哭啥呀你。哭得我怪心疼的，一晚上提心吊胆。吕眉看着兴奋，甩开张元架她的手，一下扑进姐妹儿怀里，嘴里酒气冲鼻，眼里光芒乱闪，说，别挑我理，等到酒店的，到酒店你俩都不许回屋啊，咱四个到我屋里，还有节目，斗地主。

老吴进屋就栽在床上，吕眉也进了卫生间，抱马桶狂吐。

听着鼾声和呕吐声，瑞贝卡和张元面面相觑，不知道该留下还是回去。还斗啥地主啊斗地主，眼前这俩就是活祖宗。老吴还好说，吕眉身边得有人伺候，一会儿吐不好人再呛着，连个能打电话叫120的都没有。瑞贝卡没言声，她今天后面喝得也挺多，人摇摇欲坠，感觉这酒店路面不平，用脚刮两下地板，地板是平的，也没铺地毯，可就感觉在爬山，上丘陵，一步步走进沙漠的深处，扑面都是风和尘。张元果然在抱她了，她醉眼迷离，说，老公，你去哪儿？张元说，我哪儿也不去，你醉了。瑞贝卡使劲闭下眼睛，之后睁开几次，逐渐微弱，眼前亦真亦幻，如梦中泡影。觉得身边躺了熟悉的人，这人的呼吸和体温，能带给她某种慰藉，一下子号啕开。和吕眉哀戚的哭泣不同，她是真的号出声，像个跳水运动员，长跑助力后，终于跃进温暖的池塘，死活不愿意出来。哭声逐渐低沉，张元的声音在她耳边周旋一阵，也像来自水下，听不真，乌突突的。瑞贝卡抱着他的腰说，让吕眉睡觉嘛。咱们回去，我也困了。张元说，你睡，我陪着。瑞贝卡试图去摸他衣服下的皮肤，手被按住了，张元又说句什么，大概是叫她乖一点。瑞贝卡说，我什么都听你的。她果真不再动，只往那个温热的身体上靠去，双腿高蜷，回归婴儿姿态，感到踏实，周围都替换成了子宫里的羊水，身心重新发育一回，嘴角还抿着笑，渐渐睡着了。到清晨，她因口渴醒来，醒来时眼前出现的脸，却是老吴。老吴还在睡着，呼吸均匀，隔几下打一个冲锋号般的呼噜，瑞贝卡太困惑了，看看身上，衣服还好好地穿着。张元呢？吕眉呢？她走下床，卫生间也没有人。刷卡进隔壁房间里，从门口往近看，床上只躺着吕眉，两条白胳膊露在被子外头，还有她丰满的上半身。张元不见了。她恍惚着四处去找，走进自己屋里的卫生间，垃圾桶里有个用过了的安全套。是谁的？她久久打量那个物件儿，像凶杀过后，第一个走进犯罪现场的人，犹豫要不要去报案。

6

我对朋友圈这个平台一直挺看不懂的。一句话说吧，我不怎么发，想让人知道的事平时说话也就聊了，不想让人知道的事跟朋友我也不说，何况朋友圈里，还不都是朋友。自打见过大芳姨，记下她对我那些嘱咐，我对瑞贝卡的朋友圈有了全新的认识，不仅如此，我对朋友圈的社交功能都有了新认识。有这样的感受：那个之前我不想去了解的世界，未必不值得了解，而是我从未当过此中的居民，不曾享有此中的福利，受过此中的恩惠。我是局外人，不能懂得，但瑞贝卡和很多与她相近的人，都曾在这个由碎片构建的世界里，发现自己生活中别样的生机。这种生机在现实里没有滤镜的加持，没有背景音乐，人们迎来送往，不会有关注一眼的想法。它们只是躺在网页上，被人的手指勾滑出来，然后被停留几秒钟，这样才符合现代人的习惯。信息太多了，信息在传飞刀，信息压垮人的承受能力，这一台台由血液和细胞组装的CPU，正逐渐退化到只能处理窄而小的事物。在瑞贝卡的朋友圈里，隔三岔五发出的自拍，像最原始的动画，连缀在一起，中间有卡壳的部分，但能从中看到跳跃和变化，它们全力诉说一条真相：这人是在往前走的。瑞贝卡的愿望也大概在此——世界变，我也变，我和世界一起变，你们和我常相见。

赵卉和我一起在我卧室的小床上躺着，参详瑞贝卡的朋友圈。赵卉平时发得也不多，她不会去精挑细选发什么内容，她的朋友圈里有时会掺和进几条砍价的广告、打卡的记录，总之不认真经营，也不在乎别人能从中解读出什么。事实上她这样才是高手，东一榔头西一棒子的，从几条信息里，判断不出这人的脾气秉性，看不看一个样，纯纯没意思。赵卉一门心思在地下卖她的女装，从青云市场上货，过两条马路转移到永安市场，顺台阶走下去，将货物堆积到店里，挨个挂上架。每日的行动轨迹都很固定，固定又忙碌，她不知道能在朋友圈里展示啥，展示她今天上了一批莫代尔半袖？赵卉跟我说，两千来条，你看不过来。她孜孜不倦发了八年，这种毅力，不是谁都有的。我说，这八年，咱俩都干啥了。赵卉说，我离了一次婚，你黄了两个对象。我从卖手机转行卖衣服，你从北到南，扎稳了脚跟。咱两家这些年老人都挺太平，中间有几次小病，次次虚惊一场，没住上医院。我俩在床上躺了半天，快中午了，我妈也没回来，和赵卉随便做了点炒饭，两人各自挥舞几下铁勺，吃饱了，虚无着眼神，看对方跟照镜子似的，表情跟着呼应。白日依山尽，我念叨出一句诗。赵卉说，长河落日圆。我记得下半句不是这个，爱啥是啥吧，她对得也挺齐。

给我妈打电话问了，她下午得去趟外县，晚上不定几点回来，让我自己做饭。因为疫情，赵卉的地下女装店关门快俩月了，她其实很焦虑，但平时不爱说。赵卉一直问我，在医院看到李小瑞时，她是什么状态。我形容了下，形容不好，大芳姨在网上发了水滴筹，上面有两张李小瑞躺在病床上的照片，给赵卉看了，她看完背转过去，我给她递纸巾。赵卉很少哭，我一时有点手足无措，想到也许是李小瑞的事刺激了她心里积压的其余事情。这一阵子，各处都是低气压，能哭出来比憋在心里好。她跟我说，想去医院看看李小瑞。我俩坐在床沿上，盯着面前的窗口，风吹纱帘，纱帘外是一个淡粉色的世界，处处透柔光。赵卉沉默一会儿，把手搁在我的手背上，她掌心厚实，又软，上面纹路淡而杂。听见她问我，李芫，你想过去死吗？我说，没想过。赵卉说，刚才咱们一起看的李小瑞的朋友圈，她今年最后发的几条，我看出来，她已经想去死了。我说，我咋没看出来。有啥端倪？赵卉说，发的话少了，配图开始不带人了，都是风景和局部。李小瑞是不想跟谁交代什么了，她发朋友圈给自己看。我说，有道理。赵卉说，她最后发的那条，一片漆黑，画面里有点红色，有点绿色，你能猜出是什么不？我说，记得配文是，独自等待天明。好像还说算了，说就这样了？她说，就是那张。你抽烟，还猜不出来？我说，在天未明时，不开灯，坐在屋里点根烟，是会出现那样的红点。绿的是啥？赵卉说，酒瓶子。搁窗口上，反光。我摇头说，我看像钟点儿。夜光闹钟什么的，看不清具体数字，不知道她那宿几点睡的。赵卉说，总而言之，就那点亮色了。说完嘻嘻一笑，她总这么突然地笑，过去我从未往深想，因为她的笑容好看，就和小孩那种无意义的笑脸一样，感觉分析无用。只是在此刻，她说完这些，然后去笑，又去盯着窗口很长很长时间，好像我真就是她一个影子，影子和她并排而坐，什么也搞不明白，她也无须做解释。

之后的整个下午，我俩各自捧部手机，默默观赏瑞贝卡八年间的生活历历。找出瑞贝卡自杀原因这件事，从一开始的随口答应，成了消磨两个寂寞人生活的最好方案。赵卉和我像两个侦探，偶尔还去纸上记下认为重要的线索、可能重要的名字和脸。我想起《公民凯恩》那部电影，也有人在凯恩死后走访他一生中所有的重要关系，试图解出“玫瑰花蕾”的谜团。和瑞贝卡的事也不一样，瑞贝卡不仅死因是个谜（她还在抢救，准确说该是寻死的原因是个谜），她的生活关系一样是谜。凯恩是拥有帝国和城堡的大人物，他的一切关系都不得不展示在镁光灯下了，相对容易去发现。瑞贝卡展示个人生活的舞台，则只有手机里的朋友圈。我突然感慨，幸好她有这么个习惯。不知道赵卉有没有想到这一层，像我俩这样性格的人，一旦轻生，才是死就死了。没有前因，前因从来只被锁在一张嘴巴里，而死亡，又让它永远闭上。

天慢慢黑下来，赵卉放下手机，闭眼养了会儿神。我提议说要么出去吃个饭，吃完早点回去休息，要么咱俩一块在家看电视，晚了你在我这住。窗户仍开着，小区广场里跳舞的曲儿一首首放起来，和着隔三岔五的呼朋唤友声。夏夜正是烧烤的季节，隐约有肉香，感觉就着这室外烧烤的味儿，也能下酒喝上五六瓶。赵卉起来穿袜子，穿鞋，说，找个好玩的地儿吧。我回家就一人儿，也没意思，我看你也没意思。我们一起下楼，往小区外走了一阵，来到街道上，看着两侧那些尚有毅力营业的商家，每家的霓虹招牌都亮得落落寡欢。我撞她肩膀一下，用她能心领神会的语气，模仿瑞贝卡朋友圈里一句话说，走啊，上金约翰钓鱼去。赵卉嘻嘻笑，和我一并招手打上车，车向我俩平日都很少去的方向开。路越渐开阔，车远离了居民楼和老头老太太，直奔狼嚎一条街。

金约翰里一片萧条，灯都没怎么开。门口有人给我俩测了体温，赵卉问人家，现在是营业了吗？那人点点头，以生怕我俩跑了的眼神说，进去就行，进去有人招呼你俩。我俩顺着黑漆漆的走廊往里走，直走到唯一有点亮光的吧台前，一个染了头黄毛的小伙兀自玩手机，里头传来搏杀的电子音，他看我俩一眼，眼神很费琢磨。我跟赵卉小声说，来早了，哪有鱼，鱼塘干了。显然我俩平时都没怎么来过这类地方，找了个卡台坐下，眼神也好，动作也好，无不透出拘束，最多的表情是新鲜，看啥啥新鲜。赵卉说，点果汁喝吧。我招呼黄毛过来，他径直在我俩对面的沙发上坐下，也不像个点单的样子，像是我俩的老熟人，下巴打节奏问，第一次来？开瓶酒不？我俩齐刷刷摇头，我按住赵卉的手背，说，平时几点上人啊？黄毛说，平时这个点就行了。这不疫情嘛，好些人还不知道咱们这营业了，暂时有点冷清。估计再有一个点吧，能热起来。他起身去给我俩榨果汁了，顺手还叫人放上些音乐给我俩听，指着正当中空旷的池子说，你俩愿意摇，摇吧。我和赵卉一动不动，等果汁来。我说，李小瑞就每晚上来这儿？她说，对，咱可以问问那个黄毛。黄毛将两杯西瓜汁拿来了，我叫住他，问，瑞贝卡有日子没来了啊？他看我半天，再次坐下，却变了气度，双腿叉开，手交织着放在一起，弯下腰，显出阴沉的架势。他摇晃下自己的黄头发说，你俩知道她搁哪儿呢？

我说，知道。黄毛说，是她朋友？这时又进来一个人，夹手包，指头捏着烟，眼睛满屋子搜索。黄毛紧着招呼他，吴哥。吴哥站着没动，等黄毛屁颠屁颠过去找他，两人的身形若隐若现在酒吧的暗处，像电影里黑帮交易场景。我和赵卉对下眼神，当发现黄毛不断用手指向我俩的位置，吴哥又不断发出我操的感叹音时，面前两杯西瓜汁顿时鲜艳异常，在透明的高杯里，像两杯血浆。赵卉在手里拿了一会儿，没喝，说，咱俩把钱放桌上，撤吧。我俩刚准备起身，吴哥和黄毛已经走来，吴哥把手包放在台子上，左右打量我俩，神情欲言又止。黄毛替他发言，两位妹妹，她在我们这儿欠了一笔账。你们知道她在哪儿的话呢，就告诉我们。吴哥挡了下手，说，找着也不打算为难她。她欠这哥们的多，我主要是想托她找个人。我说，我能知道你俩谁是谁吗？吴哥说，我叫吴强。他，这儿调酒的，杰克张。我们和瑞贝卡，之前关系都不错。赵卉抿嘴笑了笑。杰克问，你笑啥？赵卉抬头看我，意思是说我吗，杰克张和吴哥面面相觑，两人心里也打鼓，不知道我俩能不能帮上他们，如果帮不上，又能使点什么办法，让我们必须把话撂下来。我拖着赵卉走，杰克张还想拦，我甩下一句话，他也好，吴哥也好，顿时不再拦得住。我那句是，关系不错，你俩不知道她跳楼了？

7

瑞贝卡躺在床上，仰望天花板，没穿衣服，用被子掩着身体，不断用手机自拍的取景框给自己照镜子，照出楚楚可怜，也照出遇人不淑。她发现自己此刻挺漂亮的,卸妆后的脸因长久哭泣,鼻头眼眶都红,反而有风情。时近午夜,她今晚没有局儿,刘芳丽也还没回来,她试着想睡,却怎么也睡不着。从厨房拎来四瓶啤酒,用剪刀掀开瓶盖,都放在床头,备着。瑞贝卡默默流整晚的眼泪,想不到能和谁诉说。对人不能太好,喂狗不能太饱。这是她字斟句酌后发的朋友圈,配上此刻的自拍,自拍里,她用一只手挡着下巴和裸露过多的锁骨。手上金戒指很突出,在那样突出的金色上,是无血色的脸和委屈下耷的嘴唇、红肿的蒜头鼻、眼泪巴巴的双眸、委屈呈八字的眉形。在瑞贝卡预期得到的回复中,应有楠哥、张元和吕眉,这三者可能都来不及点赞,便会拨进焦急的电话。她压住一口气,练习一会儿接电话时要发出的类似重感冒的鼻音和无精打采一声喂。边等边喝酒,不知等了多久,耳边渐渐由空寂传出声音来。是一些温柔的呼唤。她不知不觉沉入梦中,谁在叫她?一点也听不清楚。等睁开眼睛,发现自己死死咬着瓶嘴,牙齿有如钳子,箍着玻璃冷滑的质感,而面前的刘芳丽就像从狗嘴里抢骨头一样,晃悠着手臂,抢她嘴里的酒瓶。

刘芳丽侧身看她,手一刻不停,不是摩挲瑞贝卡的头发就是摩挲脸。她看起来也没少喝,断续地说话。姑娘,姑娘,你醒醒,看看妈,看妈像多大岁数的?瑞贝卡被她用手接着头,有点昏沉,全身都不稳。她摇晃来摇晃去,终于被刘芳丽按死在怀里,娘俩共憋一口气,憋好了,放出来,一同放出重唱般的号哭。我妈怎么了,她怎么也哭起来?她多大岁数,不比我大两轮多吗?瑞贝卡和母亲对视,发现后者的确不像五十多的人,浓妆艳抹,皮肤底子还行,经得住这么祸祸,腰身嘛,手上一握,也还能握出线条。瑞贝卡笑了,说,妈,你最近有情况。刘芳丽含笑不语。瑞贝卡说,这回这人稳当不,对你好不?刘芳丽点点头,和瑞贝卡并排坐着,视线转移到女儿房间的地板上,那里空落,能装下人混乱的思绪。刘芳丽转脸看向瑞贝卡,问了句没意思又隐含深意的话,你是我姑娘不?瑞贝卡说她是。刘芳丽说,是我姑娘,帮帮你妈。你妈现在手里差笔钱,不用多,有五千就行。你帮妈堵上这个窟窿,有个三天我就还你。好不好?上阵父子兵,这种时候你当姑娘的不能差事。瑞贝卡说,你要钱干吗?刘芳丽说,有个朋友,要用钱。很好很好的朋友,要是发展稳定,能发展成自家人。到时候,他的都是我的,他的都是你的。瑞贝卡没说话,感觉刘芳丽在亲吻她的脸,一下下,轻柔美好,哼起小时候哄瑞贝卡睡觉时的调子:在那遥远的小山村,小呀小山村,我那亲爱的妈妈,已白发鬓鬓……瑞贝卡吸了下鼻子,示意刘芳丽住嘴吧,不管是亲吻,还是唱歌,都打住吧。跟她说,三天后必须还。我这钱也有用处,我预备拿它安身立命。是我妈,你别坑我。啊?妈啊。

等瑞贝卡早上醒来,再看手机里的提醒,几乎遭到当头棒喝。只有吕眉给她点了赞,一晚上收获三个赞,除了吕眉,还有两个平时和她一块凑酒局的小姐妹。其中一个小姐妹评论说，姐，你露得有点多。加上一个捂嘴笑的表情符号。瑞贝卡想出屋找找刘芳丽在哪儿，主要想问她，昨晚是不是趁她喝多，拿她钱了。瑞贝卡隐约记得，她连钱放在哪个抽屉哪本书底下都指导了刘芳丽好一阵。刘芳丽少有这么耐心过，竖耳朵细听她的话。拿到钱的刘芳丽将信封迅速往怀里一揣，还问她，吃点啥不？妈给你做一口，你吃了再睡。瑞贝卡现在觉得肚子里很空，从昨天中午到现在，好像什么也没吃，卧室门外这个家就和她肚子里一样空。刘芳丽已经出去了，这么早。瑞贝卡把电视打开，脚搁在茶几上，掏出手机，想叫份外卖，手机上却进来一个陌生的号码。瑞贝卡说，你好，哪位？对方是老吴。他第一次不通过吕眉找到她。老吴说，小眉不见了。吕眉从前天晚上就没回来，就是吕眉过完生日，第二天的晚上。老吴回到他们一起生活的出租屋，发现吕眉的东西大部分都不见了，地上还有若干扯下没用的垃圾袋，浴室里则有水，她洗了澡出去的。瑞贝卡回味老吴的描述，将电视音量调小，冷笑起来。老吴声音很急，瑞贝卡越笑他越急，他想知道这到底是怎么回事，是不是她们小姐妹之间串通好了的、祸祸他的恶作剧？瑞贝卡告诉他，不是和我串通的，是和张元。你几天没联系上张元了？你有几天，我就有几天。他俩双双失踪了，现在你心里有数没？老吴没回答，低低骂了声操，电话里传来按压打火机的响儿。抽上烟的老吴感觉明白不少，心中仍有疑点。最大的疑点是瑞贝卡，她此时这副气定神闲的状态，怎么做到的？他问她，你啥时候知道的。瑞贝卡说，本来，你不打这个电话，我也不想和你说。既然你打了，那我也想说痛快。咱俩找地方见面吧，捋捋这事。老吴和她约好在解放门附近一个饭店见，顺道吃中午饭。放下电话，瑞贝卡也冲了个澡，像即将去机场赶赴一架未知航班，出门前，感慨地回望。空落落的家，桌上有几碟没捡的剩菜，刘芳丽脱了没洗的衣服搭在沙发腿上。她真希望等她再回到这扇门里时，一切能是她六岁那年第一天放学回来后的场景。下午四点来钟，刘芳丽在厨房里做饭，父亲在鱼缸前喂食，还有她没过世的奶奶，在瑞贝卡一进门时，不住嘴地叫她大孙儿，给她接过书包。

老吴说的饭店是家烧烤，瑞贝卡到的时候，烤盘已经热上，肉也都上齐了。老吴正用筷子夹着块牛油，在烤盘上旋转，牛油块儿的边缘正变成透明的薄层。瑞贝卡在他对面坐，问，点酒没呢？老吴示意她看脚下，一箱，今天是准备踩箱喝了，中午酒，按说没这么整的。但今天明摆着就不一样，谁也不必有避讳，都是脑瓜顶上绿油油，不整点绿瓶子配套喝一顿，又何以解忧。老吴往烤盘上一片片放肉，瑞贝卡面无表情，看血红的肉片逐渐变色，像自己的心也在上头煎着，两人配合挺好，一个放肉，一个翻面，肉好了两筷子夹完，蘸上碾成碎粒的蘸料，在嘴里默默无声地嚼，仿佛被迫拼桌的陌生人，又仿佛过没意思了的两口子。服务员过来给他们换烤盘，看炭火烧的情况，两人各自往远扯出些距离，躲避翻腾上来的火星。

老吴忽然开口说，岁数越小越坑人。瑞贝卡说，人不行说人不行，扯岁数干啥。老吴跟她说，我刚认识吕眉的时候，没想和她认真往下走。我寻思她也不能认真，岁数搁那摆着，又漂亮，手里虽说不趁，也不缺，爹妈照应着。我能给她啥？多少个晚上我起夜，在镜子前问我自己，吴强啊吴强，你旁边睡的是谁？瑞贝卡说，吴哥，陷进去了。老吴说，陷了。当我回家看到什么都没有了，脑袋像被人照头给了一棒子，美梦破灭，生活回到原点。瑞贝卡举杯说，都一样。大梦醒来，发现身边空落落的，是吧。吴哥碰了杯，说，同是天涯沦落人。他俩有今天其实我也不意外，就是比我预想中早了点儿。瑞贝卡说，这么说，你也侦查出来了。老吴说，还用侦查啊。妹妹，我总和吕眉坐一块，张元眼睛往哪儿瞟，我一清二楚。瑞贝卡说，我傻。根本看不出，以为像张元这种性格，不喜欢爱玩爱闹的。还一直约束自己，哪承想人家嫌我不够野。老吴说，喜欢你这样的。我一直嫌吕眉不老实，看不住。瑞贝卡手里酒杯横着，不知道该往哪儿碰了。老吴碰了碰她的手腕，她看他一眼，故意冷嗓子，说，别寻思能在我这儿找什么平衡。老吴笑了问，什么是平衡？既然今天咱俩都出来了，就是双方都往前踏了一步。给他俩还至于留脸吗？你要觉得，跟我，你自己没脸，那我没话说。可你顾虑的到底是啥？妹妹啊，你都喝红脸了。让我探探，嗯，脸热了。喝吧，人生不尽兴，酒杯不要停。给谁活不是活。

洗完澡，瑞贝卡裹着浴巾站到床边，背对老吴，往床上坐。她想掀开被子，钻进去，老吴已在被子里等着她，拽她的手，跟提个动物崽子一样，提好了往身下压。她配合地发出呻吟，想在脑海里找出些能与情绪响应的画面，然而那里只是一段接一段的空白。瑞贝卡恍然觉得，自己在失去记忆。老吴按着她的身体，睁大眼睛，他们眼神一旦对视，双方都困惑不解，这是干吗呢，这是祸祸人呢，祸祸谁了，祸祸自己吧。老吴让瑞贝卡坐到他身上，他兜住她，像兜住一个小孩子，毕竟瑞贝卡更瘦弱些，与老吴干瘦的身体在搭配上是一致的，不像和吕眉做，老吴总在极美时刻有泄气的自卑，吕眉白皙丰满的身体简直像一个勾走他衰魂的鬼差，让他不断在她鲜明的瞳仁里看到自己的形象——一个半老的农民，绝望又期望地，耕着眼前永无可能收获的土地。老吴在瑞贝卡耳边说，我操你妈。瑞贝卡后背沁出了汗，摸着老吴的背，一样凉滑，她闭上眼睛，接受老吴的辱骂，心知肚明，他连心里骂的人都不是她。这样多好啊，他们都不那么享受这件事，可又仍然在做，在做的时刻，像老天爷在替他俩清算，彼此想得很一致，要那对狗男女也看到，也感受到，他俩被侮辱的被损害的一切。在老吴身上腾飞时，瑞贝卡瞥一眼窗帘没拉严实的外头，对面一幢楼里，窗户黑洞洞的，不知是否有人在瞄准他俩，准时观看这出成人戏。

她想象张元就住对面，想了会儿不解气，那张渴望中的脸孔又变成楠哥的。啊，老吴在咬她了。楠哥咬没咬过她？瑞贝卡苦思。老吴瘫在她身旁时，眼泪不约而至，瑞贝卡感觉它们从眼角倾斜时的速度那么快，谁又能发现呢，何况此时此地。快乐和痛苦原是说不清道不明的伴随，她唯有抚摸老吴苍老至极的脸，像抚摸自己死去后的肉身。柔情等同废料，可眼下又堵塞在心，萦绕不散。

8

晚上赵卉打电话跟我说，杰克跟踪她来着。我俩打上车前脚走，老吴和杰克开车在后边跟，车先到赵卉家停下，最后再去我家。我告诉赵卉，他俩是分头行动，老吴也跟着我。等下了车，到小区门口，已近晚上九点，月朗星稀，老吴在没怎么亮灯的小区里从身后喊我，给我吓一激灵。老吴抽根烟，见我盯着，给我也递了一根儿，说，看你面相就能抽。赵卉哈哈笑起来，说她倒是没和杰克说上话，一发现后头有人跟着，就左闪右闪给他甩丢了，也是杰克盯梢的本事没有老吴强，岁数大，就是有经验。他还跟你说啥了？说想明天去探望瑞贝卡。回答赵卉的时候，我俩的念头几乎是一致的——我们也去看看她吧。过往不算相熟，可这两天看完她八年的朋友圈，觉得她像个失散了八年的亲人，八年中没人知道她所思所想，有此机缘我们知道了，又在她生命可能消逝的微妙时刻，忽然想去补全，补全那些人生中遗留没上的课。和老吴说好了，后天上午十点，第一医院门口见。赵卉说，你猜他俩什么关系？我说，猜和咱俩差不多。赵卉啧啧嘴，不可能，指定男女那点儿事。我说，这个不排除。我的意思是，他知道这事后心里的感受，和我们差不多。我们都想不到李小瑞会跳楼，她可是发了两千多条朋友圈的人啊，这样的人多舍不得断开和生活的联结。可她还是断开了，那感觉就像，你眼睁睁瞧着条鱼，蹦跶上岸，在岸上拍打两条鳍。它清楚自己跳错了方向，还是跳了。要知道搁以前，她是海里游得最欢的。

当天我妈回来得晚，我一直给她等门，她进屋后一脸倦容，本想和她说说李小瑞那些事，也没找到机会。我回自己屋，打开桌上的台灯，继续翻李小瑞的朋友圈。其实下午我和赵卉已经看得差不多了，只是到了后期，随天光渐暗，人的精神不能集中，没看太仔细。看到今年最后那几条，其中竟有关于我的——她转发了我上刊的一篇文章，配了一个大拇哥表情符号。我赶紧再往前找，想证明一件事，即她同样转发过其他人类似的消息，否则难以自我解释，难道我们之间还有什么交情吗？除了上一次，我替赵卉讨债，向她打过那个不算友好的电话外，我俩该是陌路得不能再陌路，毕竟上学时也没有过深相处。可我怎么也找不到别的了。再看日期，她转发那条消息，正是在我打电话过后的第二天。这人出于什么心理，我一时想不明白。眼前唯一记起来的，是她跳楼前，我们最后一次见面。也是打电话之后的事了。春节前我陪母亲去百脑汇买U盘，买完往停车场走，看见李小瑞穿着身小白貂，昂首挺胸，神色冷峻，走在她前边的男人还伸手替她打开一台破大众的车门。我和李小瑞擦肩而过，两人各自站住，我瞧了她一眼，她很快转过头去，直到进车门，头都低着。我多希望回忆至此，回忆不出更多的，但印象又如此清楚，因为我妈在，我没张口跟她提要账的事，只以寒碜人的眼神目送她一阵，那眼神，她一定看见了。可她当时怎么也没走到我面前，和我好好论一论，或者就装作脸皮厚的样子一笑而过。低着头的李小瑞，两手插在白貂的口袋里，在我印象中，一如古代宫女，战战兢兢，纹丝不敢乱。我想，她其实是知道别人如何在背后看待她的，可她也不辩解，她也不气壮。

我真想面对面去问她，你好，是李小瑞吗？李小瑞说，是。我捏扁空掉的啤酒罐，丢到脚下的垃圾桶里。在我做一系列动作时，她都含笑看着，像看一个由始至终在她膝下成长的孩子。我又去问她了，这么晚，你还不睡？这一问，她才觉出时间，马上皱紧眉头，左右看看发现叫不到人，只有平视着我，眉间慢慢晕开，像摘掉了硕大的秤砣，人形也因轻盈而飘散。我说，李小瑞，相会即是有缘。你给我讲讲，为的什么跳了楼？你妈想知道，我们都想知道。李小瑞说，你们永远不会知道。怎么回答呢，一道问题不会只对应着一个答案，要是搁你们，有这么多答案在身，而且都指向死亡这一个选择，还有不跳的？我说，我就不会。她说，假设你爸不要你了。我说，不通过，他早不要我了，我们娘俩活得更好。她说，假设你被挚爱抛弃了。我说，他抛弃我，他就不是我挚爱。挚爱也会改变，人哪有不变的。她还说，假设你在这世上只有一个好朋友，而她也背叛了你。我说，朋友和背叛，两者有关系吗？不是朋友，该背叛也背叛你啊，朋友背叛我，她损失可大了，又当小人，又失了我。我怎么着？我赚了。我从此赚了一双慧眼，看清纷纷扰扰。李小瑞笑了笑，说，事儿没经在你头上，你不用傲。这句话敲打我额头的一声，加上我同时又捏紧半空的啤酒罐的一声，两下重叠，在静夜里，像有人敲打三更的锣，催梦惊醒。我突然睁开眼，见书桌上台灯仍亮着，高瓦数的白灯泡照得人眼皮都发烫了，可在梦中，还是一片暗。李小瑞还是瑞贝卡，如置烟雾之中，看不清具体远近，只闻其声，倒是近在耳边。李小瑞还说了些什么？她到底有没有回答我，回答她母亲？究竟什么才是最后一根放到骆驼背上的稻草，让她猛然压折腰，非得摔个粉身碎骨，将自己消陨不可，才能连带消去那份重量？我试图再入梦，去寻觅答案，却听见隔壁房间一串电话响，看看表，是凌晨两点过半。又听见我妈中止了呼噜声，她起身接电话说，马上过去，你先处理，十分钟，我开车去。时空再度安静，我一动不动，等她来敲我的门。屋里还亮灯，母亲知道我没睡，会敲门的。等她敲门，一旦确认，我会套好牛仔裤，披件清晨出门要穿的、挡风凉的长外套。如果需要，我也会穿一身黑。我耐心听着母亲在洗手台前放水，没隔多久，果然等来敲门声。

到医院，已是凌晨三点。走廊上没人，瑞贝卡之前躺卧的病床上也空荡荡，新来的病人要明天才能住进去，如今床位紧张，有些病人甚至等不了过夜，就要往刚死过人的床上爬。也是，人都住这儿了，本就是跟生死搏斗，死了，无非是斗输，在一些心理问题上反而简单许多。瑞贝卡眼下被放在负一楼的太平间里，我们送大芳姨过去，一路上，没几个楼层，她不知道摔了多少回，两眼直勾勾的，近似失明状态，倒也不哭。我妈和另外两个姨始终劝着她，声音小小地说，想哭就哭吧，都是有儿女的人了，谁不理解谁？你哭，你哭啊大芳儿，我给你擦眼泪。纸巾一直没用上，因为大芳姨没有眼泪。到太平间门口，也不进去，大芳姨示意我们说，她想在走廊上坐一会儿。

我妈和两个姨分头去办手续，嘱咐我看好大芳姨。临走我妈攥着我的手，紧紧地贴我耳边说，姑娘，不怕啊，一会儿我就回来。她知道我没见过太多生死，隔壁冒绿光的太平间对我来说很陌生，长这么大，她和家人一直小心护着我，火葬场都没让我跟去过一回。但眼下大芳姨身边又怎么离得开人，我让她放心，和大芳姨在同一把椅子上坐着，努力让自己把视线一直专注在她身上，这样才不会害怕，我们活人和活人在一起，就该离得近一点儿。大芳姨愣了很久的神儿，几次向太平间方向望去，我很怕她说，让我陪她一起进去看一眼。但她看了几次，也没起身的意思。大芳姨叹了很长一口气，眼皮耷拉下来，我以为她要睡着了。果然，她将头慢慢靠近我肩膀，在上面搁住。我说，姨啊，想干什么就跟我说，没事的。你想进去看吗？她说，不去，看够了，在你们都还没赶到的时候，我一人守着她，已经看够了。我现在是胡思乱想。我问她乱想什么，大芳姨嘴努动着，眼泪晕出来一些，说，往后就剩我一人儿了。迟疑了下，我将手伸过去，抱住她另一侧的肩膀，收容大芳姨到我的怀里。这个举动无关善心，出于我也是个女儿的本能。大芳姨亦然，我看到她闭上眼睛了，让泪水平静滑下来，脸还往我身上拱，猛着拱，我想她是把我当成了李小瑞。我说，姨啊，跟你说件宽心的事吧。她没动弹，但听着。我说，这几天，我好好研究了下小瑞的朋友圈。她朋友圈里发的，都是开心的事儿啊，偶尔有小烦恼。但归根结底，她很爱你。

说完，又是一段沉默，大芳姨慢慢将头抬起，和我对着脸，视线却飘到我脑后的地方。我生出一些恐惧，眼前的她似乎比隔壁那屋子里躺着的更瘆人，因眼前这张活人脸上出现的内容，困惑甚于生死，那是许多个谜的复合，只能如此形容，自那以后，大芳姨当晚的脸还时常出现在我生活里的一些时刻中，与那些时刻相关的，是人生的灰色地带，悲不是悲，喜不成喜。她不知道在跟谁说话。二十六岁，她点点头，又继续道，二十六，我五十二了。五十二年，我没想过死。我干啥呢？我蒸米饭呢。小瑞喜欢吃干爽的米饭，水大了她就不吃，一锅饭一口不动，纯祸祸人。我牙不好，爱吃点软乎的，她怎么顶我的？她说，那你直接吃粥得了，还假装蒸啥米饭。假装，她说话就这么损。那天我给她蒸的米饭，水又大了，可我在心里说，她必须给我吃。我憋着气呢，叫她一声不来，叫她二声不来，她屋门是我踹开的。踹开发现屋里没人，我还以为她进厕所了，去厕所找，哪儿哪儿都没人。我又想，她出去野了，不管她，让她死。可我明明记得她答应了一声，说来了。我坐在沙发上生气，听见底下有人喊，跳楼了。那一刻我预感啊，就是她，就是我姑娘，因为她屋里窗户是开着的，风把窗帘吹得老高。我拍拍大芳姨的肩膀，想让她再度归于我的怀抱，大芳姨的脖子却硬挺着，眼睛向面前的墙壁，凝视，如枪子儿，她狠瞪着。我说，姨你咋了？她说，姨没咋的。姨跟你念叨念叨。当时我赶紧下楼，跑到一半，又回家来一趟。为啥回家？我想我可没带钥匙啊。

我再说不出一句话，一个字。让她念叨吧，爱跟谁念叨跟谁念叨，爱跟谁追问跟谁追问。李小瑞走了，火葬场人来得很快，天刚亮将人拉走，到下午就火化，火化也没去几个人，都是大芳姨的朋友，看到她发的朋友圈，自觉到火葬场集合。我本打算陪到最后，可等我妈她们又回到负一楼时，我起身往外走，跟我妈说，困了，回去躺会儿。她有点责怪我，毕竟我这么说，是当着大芳姨的面，可我理直气壮，少有那种定力和决心，不理会任何声音，挂上口罩跟身后有人拿枪顶我后脊梁似的，快步离开。天亮起来的时候，我还在回家路上，经过许多提着口袋预备到早市采买蔬菜早点的上岁数人，当我们眼神相遇，他们都发现我哭着，我都很想听他们叫我声，孩儿。

9

张元仿佛从未出现，瑞贝卡仿佛从未出现，她是这样觉得的，很多时候她抚摸自己在手机上的名字，瑞贝卡，这人仿佛是她，也不是。刘芳丽发现了她的异常，当夜晚来临，女儿房间仍然没动静。她不出门了，房间里没了往常这时候会传来的窸窸窣窣换衣服的声音。她连粉饼盒都不打开了。瑞贝卡的房间静悄悄，如死夜，刘芳丽不知道气急败坏了多少回，她踹门，她咒骂，而门里永远只传来女儿仿佛刚睡醒的喃音。刘芳丽泄气了，瑞贝卡似乎在耐心听着对方什么时候离开这个家，只有等刘芳丽离开，她才会出屋自由活动一阵儿，像寻觅时机外出猎食的动物，能证明的是，冰箱里随机减少着食物。

刘芳丽不是不去思考，但思考出的答案更让她泄气。她当然记得变化发生的那一天，瑞贝卡从外面回来时，她正怀揣羞涩的甜蜜坐在餐桌后，桌上摆满了女儿爱吃的菜。刘芳丽示意她去注意这一切，瑞贝卡僵硬地过来了，面对她坐下，脸上有浑浊的色彩，分不清是水是油，妆容惨不忍睹。刘芳丽还是想当然地判断着，姑娘在外面玩疯了。那天的瑞贝卡看来并无异常，身上散发着陌生沐浴露的芳香，发尾还是湿的。她平静地夹菜，喝杯里倒好的啤酒，不给刘芳丽一个郑重其事开口的机会。刘芳丽忍不住了，把杯子举起来，说，姑娘，妈今天开心。你祝福下妈妈吧。瑞贝卡看着她，眼珠困难地挪动，是还没醒过神儿，仍然举起杯，和母亲碰了下。刘芳丽说，上次管你拿那五千，给你打回卡里了。他是个守信用的人，妈以后跟他，你可以放心了。瑞贝卡问，这回是个什么人？刘芳丽说，搞装修的，自己有个装修队，在解放门那片儿住。比我小两岁，很会心疼人。我跟他说了，往后我得带我姑娘一块儿过，他同意。妈不走，让他入赘，屈不着你。瑞贝卡好一阵儿没说话，抬头和母亲四目相对，眼珠一点儿不知道转了。刘芳丽看见女儿下嘴唇在往下扯，露出细白的下牙，粉红的牙龈，似乎正准备发出某种尖叫，可她在忍了，除了忍不住的红眼圈。刘芳丽问，你在想什么？瑞贝卡嘴全张开，缓缓道，我想看看他的相片。刘芳丽拿起桌上的手机，翻了会儿，她已经完全感受到了女儿状态的不对劲，但将其视为女儿的抵触，像她离婚后第一次带男人回家的那晚，正撞上起夜去厕所的瑞贝卡，女儿当下的眼神和十二岁时在黑暗中出现的眼神一模一样，好像又多了些什么。刘芳丽一样咬紧牙关，跟自己说，我是妈，我不能被她拿住。她要看就看，看不看都无法改变我。

瑞贝卡接过手机，照片中老吴干瘦的黑胳膊绕过刘芳丽的脖子，他俩坐在公园里的花坛前。开的是梅花，是开春时照的了，他俩在一起也有时候了。瑞贝卡盯死老吴在照片上的胳膊，眼前闪过稀落的影像和一些还未及销毁的段落。老吴干瘦的黑胳膊搭在酒店的白床单外面，老吴干瘦的黑胳膊掠过她的胸，老吴干瘦的黑胳膊打开她淋浴的磨砂门，老吴干瘦的黑胳膊……瑞贝卡闭上眼睛。手机咣当落在一盘豆角炒肉里，刘芳丽凝视眼前的画面，抬手掀掉了桌子。

刘芳丽不记得是在她打到了哪一步的时候，瑞贝卡开始还手，开始反败为胜，占据上风。小时候她打过瑞贝卡太多回了，在瑞贝卡上学那几年，还时不时来次耳光，每到这些时候，瑞贝卡做出的抵抗无非是冷眼相对，摔门回屋。她几时回过手？刘芳丽的视线为头发遮住了，头绳迟滞在发尾的部分，头发就要完全散落开，而瑞贝卡正抓着母亲的衣领，用自己新做的美甲一下下在她化了妆的圆脸上划长道。她几下就把刘芳丽的脸抓花了。刘芳丽无从挣扎，她被女儿骑在身下，怒睁着一双眼仁发黄的眼睛，感受到脸上加重的刺痛，耳边有火车开动时的鸣笛音，轰隆得让人眩晕。在刘芳丽也试图往她脸上留下道子时，瑞贝卡最后一次提起刘芳丽的衣领，将她向后一摔，听见她后脑勺结实磕在地上的声音。下一秒，刘芳丽怒视的眼神忽然不见。她眼白上翻，眼皮又缓慢动两下，头歪过去，像睡着一样，平缓地躺倒。等后半夜人醒来时，屋里静悄悄的，刘芳丽以为瑞贝卡又出去了，一时破口大骂，满屋子乱转。刘芳丽打电话给老吴，商量要不要报警，或者去报电视台，诉说女儿的不孝。老吴劝她，想开吧，我是和你过日子，又不和你姑娘过。老吴的安慰，令刘芳丽归于平静，她默默坐在客厅，用手抚摸自己脸上的道子，摸到干涸的血痂，眼泪开始往下淌，越哭越能听见回音，等她哭累了，回音仍然在。刘芳丽假装听不到瑞贝卡房间里的活人动静，挂上口罩，换上裙子，等一切收拾妥当，在屋里站了站，故意想让女儿听见一个声音，从小到大，她都最知道该怎么惩罚瑞贝卡——不是打她，更不是骂她，她只需要抛弃她。刘芳丽将防盗门重重甩出一个响儿。走前故意一声不吭，走后故意给房里留下绝望的悬念，这一切，瑞贝卡缩在被子里，都一五一十接收到了。

孤立在红雾中，瑞贝卡抓着酒瓶，瑟瑟发抖，她出来找刘芳丽了。街上几乎没有行人，她从凌晨一点找到了凌晨三点，喝剩一个空瓶，就买上一个满瓶，如今手上已是第六瓶，世界不再真切。她在街上边走边喝边哭，找不到人来陪伴自己，事实恍如天启，天启又是最后的判决，她发现自己这么多年一个朋友也没有，一个爱人也没有，一个家人也没有。坐在关了门的商场门口，手机上最后一个群聊因她卖安利也已将她踢出。瑞贝卡似乎走了很长一段旅程，到终点只发现一个个孤零零的告示牌：此路不通。路到这儿就该断了，继续走下去，该是下辈子的事。对于今天认识到的一切，她仍然相信，一定有什么东西是老天补偿给她的，只是她还没有发现。瑞贝卡望着天上，月牙儿又成了满圆，小时候她一直担心，当月亮变得又窄又细的时候，居住在上面的嫦娥和玉兔是否还有容身之所，她们生活着的那座广寒宫是否还能存在，她唯恐它会坍塌，落下一地的墙砖，砸死那些神话里的美人和动物。只有满月的时候，她才最能感到踏实，其次就是被父亲和母亲各在左右拉着一只手的时候。那种记忆已经稀微，不似月亮，永远高悬，不为人力动摇，也就永留一份期望和幻想。瑞贝卡用手指点亮手机屏，看看朋友圈可有人回复自己。没有她渴望的事情发生。她又去打开手机联系人，找出一个号码来，岁月匆匆，人世无常，在那个与她同姓的名字下面，号码和月亮一样，还牢固地存在着。

瑞贝卡打给父亲，倾听电话里的声音。她听到一个女声，女声以无比清楚的吐字告诉她，这是一个空号。街上红雾更重了，借着微弱的路灯，瑞贝卡看见自己的魂魄正在马路上走着，魂儿从一幢居民楼后扭着腰肢，像逛商店街一样游荡在画有白线的车道上，坐在石阶上的另一个瑞贝卡大为震惊。没错，街上那个是自己，步履得意又舒展，在她旁若无人散步的头顶，是个绑在电线杆上、有些年头的广播喇叭，一遍遍扩音播放着：您好，您拨打的电话不在人间。瑞贝卡捂着嘴巴，这一幕的荒诞比周星驰的任何一部电影都让她大笑，让她癫狂。她晃悠起身，想去追赶自己的魂儿，周围的雾气随踏出的步子，正一点点外散，在更远的地方凝结成一些缓慢旋转的布景。布景一会儿围满成排球场上的网子，一会儿覆盖成酒店里的白床单，一会儿又尽是月球上的环形山。她越走越快，快到早已错过要找的也浑然不知。一时她忘记全部前因，全部后果，只耿耿于怀一件事儿。你是怎么到这个世界来的啊？瑞贝卡问自己，献上一个又一个揣测，向四面喊，垃圾堆捡的？石头里蹦的？充话费送的？刮彩票刮出来的？她矜持地笑了，凝视自己的足尖儿，以无限柔情道，是刮的。刮出来的，奖金五元。不，我妈当时刮出来的字儿更多，那天上面该是这么写，奖金瑞贝卡。她把酒瓶扔掉，说，我是奖金啊？还不如他妈五块钱呢。五块钱我买瓶可乐喝，呲呲冒气，咣咣打嗝，从里往外打出个大嗝，什么都给打通了，人能很痛快。可换来的是我，我是个啥？我是给人世添堵来的。这么宽的大马路啊，这么老大个月球儿，因为有了我，车也走不了，兔子也跑不了，嫦娥眼巴巴地瞧啊，她瞧我啥时候死。

夜班出租车司机发现了她。人被送到派出所，第二天早上刘芳丽来领。瑞贝卡睁开眼睛，第一眼看见的就是满脸血道子的母亲。那天回家后，当刘芳丽一言不发回到自己屋里，又再度打起窃窃私语含着抽泣的电话，并准备换衣服出门时，瑞贝卡关上了自己的屋门。刘芳丽以为瑞贝卡是因为羞愧。

只是这种羞愧持续的时间似乎久了点儿，而刘芳丽也并没在长久的等候中，等来那个她期盼着的道歉。时间一天天过去，刘芳丽开始怀念女儿过去曾在家里带给她的名为温馨的气氛，她并不知道，瑞贝卡的灵魂在那个晚上，就已经失踪了。

10

疫情稍有缓解，我启程回南方，此刻我在飞机上，靠窗坐，外面天气很好。天是蓝的，地是绿的，从上向下望，那些松散分开着的村镇如一个个电子元件，细密而微缩着，联结它们的是一条条细长的道路，整片平原宛如一个活人。我看到我家乡的血管，也看到它的骨肉，看到我们乘坐的小飞机是个逃逸中的细胞，正准备从头部逃亡到腰部，那里气候更温和，血管更密集，情况也更复杂。我脑子里始终转着一些单调的问题。今早我离家前，我妈坚持要我吃完六个饺子再走。吃四个是不行的，五个也不够好，必须是六个，六个饺子能让她更安心一些。把我送到长途汽车站之后，她要直接去上班，车内，我们口腔里飘散出一样的饺子馅的味道，为我，她也吃了六个。我妈对我说，如果我将来没给她发送出殡，我就造了大孽了。我知道她想到了大芳姨的事，也知道我这一走，留下她一个人，和瑞贝卡留下大芳姨一人在人世一样，都是狠心的抛弃。

我当然可以安慰我妈说，都是暂时的，老丁，你也自己学学做饭，过点独立生活，别老指望我。我原意说几句俏皮话，我妈却还是哭了。她壮实的穿正装的身体匍匐在方向盘上，猛然下压，车喇叭直响，我转头到另一边去，那一刻我觉得，我的内心是男性的。

瑞贝卡死了，我完全意识到，她的死亡对我来说不再是一件陌生人的新闻，而已是一桩震撼我生命的讣告。我打开电脑，试图在飞机上敲点字出来，但有好半天，都只是不断打开文档又关上。疫情期间，飞机没坐满，我和我边上的女人之间隔了个座位。她身上香水味儿挺重的，穿着打扮都不像她这个岁数的人，头发都是小卷儿，一直窥看我电脑屏幕上的内容，估计是当免费电视看了。我把电脑合上，很想转头和她对视一眼，但没这么做。我怕我这一转头，不知道会看到谁。这趟飞机上基本都是老乡，我们由一样的水土养育出来，气息相同，习惯仿佛。这片土地上的女人都很像。我怕我一眼看到另一个大芳姨，更怕看到成为妇女后的瑞贝卡。后来女人开始一根接一根吃她带上飞机的秋林红肠，气味儿盖过香水，无孔不入，即便我已经戴好口罩，挂上耳机，仍躲避不了气味儿。感觉冥冥中有这样的信息在向我传达：你会将这气味儿一直携带，走又能走多远，飞又能飞多远？女人碰我胳膊一下，问我，来一根不？我笑笑摆手。她也笑，一笑褶子就出来了，我也终于还是面对她那张陌生人的脸。挺漂亮的，虽然举止不够雅。女人一手拿着香肠，小口小口地咬下，露出的一双眼睛里既有孩子样的狡黠，也有为自己贪吃而产生的不好意思。

我提着一行李箱的牛肉、茄子、木耳，在人群里穿梭。下飞机后南方的潮热最先将我俘获，是又回归到另一个世界里了。回家，打开灯，肚子空落落的，屋里冷锅冷灶，我一一将带回的农副产品收拾好，看着躺在冰箱里的黑紫色茄子，没有半点食欲。给我妈报了平安，她一直等待我落地到家的消息，我还想和她多说两句，我妈却怪我耽误她看电视剧了。真好，我扑哧一乐，她总是知道怎么消解人生那些浅淡的愁绪。愁绪如灰尘，由拂尘轻轻一扫，大半也就消了，可别等它积下来。我在沙发上坐下，无牵无挂点起一根烟。赵卉的电话又进来，跟我说，那天你不是和老吴杰克张约好了，上午十点第一医院门口见吗？结果第二天你就订票，回南方了。你没去，可我去了。我沉默一会儿，这事不是被我忘了，是我不大想记起来，此刻随烟雾上升，倒也可以提。赵卉说，她和老吴杰克张碰了面，三人一块去住院部打听。老吴上来就问，瑞贝卡住哪屋？让护士给他好一顿白眼，以为他头一宿喝多了没睡醒，上医院找什么外国人。我笑了，说，他们都不知道她叫啥。赵卉也说，幸亏有我。说找李小瑞，可你猜怎么着，也没这个人。我说，赵卉，我没来得及跟你说。小瑞走了，就第二天走的，人没救过来。赵卉没言声，我有点困，侧身在沙发上躺下，把毛毯拉过来，盖在胸口，又掸了两下烟灰，踌躇着说，卉啊，卉？

她说她在听呢。我说，我还有句话。一直没和你聊到那个点。但你应该知道，我心里怎么想的。赵卉又用她儿童般的笑声试图安抚我，说，干啥这么深沉。我说，你还记得那天咱俩研究李小瑞的朋友圈，夕阳西下，我们单独在一起，什么话也没说的那个时刻吗？赵卉说记得。我说，我们心里，其实多少有点羡慕她能表达，是不是？赵卉说，是啊，那天我这么想，要是有一天我也想不开，走绝路了，谁能帮我也参详参详活着时的事？我说，我能啊。我是你的朋友圈。但你可别逼我，你这属于逼哑巴说话，造孽啊。我和赵卉后来还絮絮说了许多，谁先放下电话也说不好，总之，是长久伴随下来了。我就在沙发上睡下，睡前，高层屋外黑云翻卷，一场大雨蓄势落下，云层中偶然有明亮的闪电，不作响，一下下打着光。是正有霹雳降临，要一举击碎世上的空蒙。

疫情看来一时半会儿不会让人安心了，等夏天过去，又是一个秋冬，传闻病毒将卷土重来。几个晚上，我独自走在离家不远的钱塘江边，自摆地摊又重被允许之后，这里一到入夜，人头攒动，比商场还热闹。我没事就来走走逛逛，看别人卖的针头线脑、袜子衬衫，或干脆就在椅子上坐下，听戴墨镜的老头儿拉一段荒腔走板的二胡。那晚七点半刚过，我坐着听老头儿演奏马哮喘版本的《赛马》，手机上进来个齐齐哈尔的号码。接了，听出声音是大芳姨。我一下子又被拉回到和瑞贝卡相连的记忆中，更过分的是，那晚与大芳姨独处的不妙感受，也一道而来。大芳姨说，姑娘，姨给你打的是长途。我说，没事，我有套餐，给我打你不花钱。姨什么事？大芳姨舒缓了下，说，我给你妈打电话，怎么也打不通。你说你妈咋想的呢？我说，不知道。也许忙，没听见。话说到这里，我觉得自己已经够厚道了。又说不行你隔会儿再给她打，但她这阵的确是忙，要有什么重要事，不行我给你转达。我言下之意是，你可看点儿眼色吧。

老头儿的《赛马》拉得他累，听众也累，马更累。我走远了点，下桥，到远处亮着不多街灯的小公园，和众人隔出一片空间。说了几句后，大芳姨还没挂电话的意思，似乎她也跟我绕了很大一个圈。她说现在岁数大了，没指望了，身边也没人照看她，就想念老朋友，一人儿孤得慌。我不知道怎么能给她介绍几个朋友，总不能也劝她去金约翰钓鱼。话题不见结束，我有些烦躁，其实我本该对这样个妈妈辈的女人充满同情，只是每当我想到那一晚，大芳姨说起，上楼回去拿钥匙，我就，我就……我叹息一声说，姨啊，我要回家了。大芳姨说，姑娘，你先别挂。姨跟你说个事儿，你指定感兴趣。听你妈跟我说了，你是写小说的，需要素材。我说，是这样。她说，我后来找人把我姑娘手机密码给解开了，我算终于整明白她因为啥跳楼了。我说，就这事啊，不太想写。她说，你别着忙，你继续听。你说你也研究她朋友圈好长时间了，那你知道楠哥是谁吗？吕眉呢？张元呢？老吴呢？呸，老吴，唉。我说，姨，你好像比我都兴奋。大芳姨说，我姑娘人走都走了，要是她走呢，能帮上你点儿啥，我寻思她也愿意。姨也希望能帮上你。因为啥呢，不管我和你妈怎么相处，你是小辈儿，还是小瑞的朋友，姨对你印象不错，该咋是咋的。

我眼中那些葱郁的树木、柔弱脆嫩的枝条，在潮湿夏夜偶然吹起的夜风中，正发出轻微的簌动。远处有个小水潭，不泛一点涟漪，时而扑通一声，是四处可见的青蛙跳进去传来的响动。场景倒有禅意，有松尾芭蕉的意思了，耳边却是稍显聒噪的乡音。我有点儿起玩心，一会儿将电话拿到左手，一会儿放右手，一会儿搁在膝盖上，慢慢挪动着腿，试探它在哪一刻掉下来，再用手去接。大芳姨喂喂了好几次，直到我跟她说，姨啊，嘻嘻，不用了。她说，多好的故事，你是不知道。知道了，我跟你说，你得啪啪拍大腿。我想了想，行吧，那你给我讲。这些人名儿我都不熟悉，也不知他们和小瑞生前是什么关系。大芳姨没继续说话，隔会儿她说起话来，话题竟又回到起初，关于她现在活得多不易，多孤独，多么没依靠。我摸不着头脑，怀疑大芳姨是不是也受了刺激，间歇性失忆什么的，刚才还说到给我提供素材，兴致勃勃地讲了一通人名，现在就跟我俩的谈话是段录音，被谁掐走了当中一截似的。我提醒她，姨，故事不讲了？也行，你好好休息，保重自己。我这阵儿也忙，可能顾不上你。大芳姨突然说，你得保重你自己。虽说现在年轻，事一多，一年比一年见老，女的还老得快呢。姨不赚你钱，单纯为你好，推荐你款保健品，日常吃两口，别的不敢保，提升免疫力没说的。姑娘你可能不了解，人这免疫力一提升，啥啥都提升。我慢慢将手机再次拿远，手臂伸直，举高到头顶。我不会砸自己手机，我只是不想听她说了，更不想让她听见我再说出一个字儿。

家很近，就十分钟路程，我向相反方向走，打算南辕北辙，遛远道儿回去。我家楼后，是所新建的高中，私立，不好考，我书房的窗子正对着学校的操场，常能看见那些满浸青春气息的少男少女在绿茵操场上做整齐划一的体操，或跑步。无聊时，还能将自己装成狙击手，在高楼上对准那些楼间的隐蔽角落，找出老师们和监控都发现不了的秘密情愫。现在是晚上，我从校门前走过，看见一层层亮满了灯。快高考了啊。楼外停了不少家长的车，那些焦急或麻木的中年人神态也将我带回到自己的高中时代，我看见在夜色阑珊的校外，我妈，老丁，等候我的脸。我和这些父母一同站着，盯住每一个点灯熬油的教室窗子，一久站，又出神，灵魂仿佛也长出眼睛，像婴儿学步一样笨拙地试探，腾空。她还不太能掌握视野的控制，我在原地接收着，只觉一会儿看得何其远，一会儿又看得何其近。我看到这个点儿的我妈，正在客厅那台坏了三个灯泡的大灯下，看《海峡两岸》或《天网》或《一线》。看到我自己，夜色下很难观察到，但的确长出的一根鲜明的白头发。看到视线正对的那间教室里，某张课桌上，女孩儿架着的书本后头藏有一面小镜子，她托腮，她找角度，她痛恨每一个青春痘，她孜孜不倦研究男生传给她的小纸条上，每个字的撇捺和力度。我看了很久，腿站麻了，铃终于打响，学生们断续出来，我的魂儿又稳稳降落回肉身，人打了个寒战。女孩儿朝我走来，却穿过我的身体，在她身后，有人一早盼着她，有桌好菜在家等着她，还有双手在等着给她接书包。

水漫蓝桥

1

老板娘是个浪漫的人，别看穿戴不咋样，浪漫是骨子里的一段魂，要不她也不能在嗑瓜子儿的工夫里，就把店名给定下，蓝桥饭店。那阵子老板娘刚把老板给踹了，接下这个店，快五十的女人决定独闯下半生。我平时就在店里住，顺带负责打更，工资比别人一月多开二百。有回快夜里十二点，把第二天要用的料备好后，去拉卷帘门，听柜台里还有动静，是老板娘肩膀一耸一耸地埋头哭呢。她面前的小电视里放着个黑白外国片儿，我看了眼标题，魂断蓝桥。好奇去查了这个故事，男人因为女人沦落过风尘，和她没成眷属。至于老板娘落没落过风尘，以及因为啥她用擀面杖把老板在众目睽睽之下赶出了店门，老爷们儿不好去打听。我只知道一件事，就是她和我们这间开在犄角旮旯的东北菜小饭馆儿，命运自此一线，都将活得不易。

店小，加上我和老板娘一共五个人，另三位是做服务员的小庞、小孟和给我打下手的小军。小军半工半读，同时念大专，晚上没课了才过来。白天客人不比晚上多，我一人也能忙活开。偶尔小军提早走，只要活不多，我都睁一只眼闭一只眼，从后门让他穿戴好了撤退。这小子现在处对象呢，既然被他一口一个师傅叫着，就得有点师傅的样，该行方便给行方便。别看就比他大十来岁，小军对我基本跟对爹差不多，递烟勤着呢，好些次在我颠勺的时候，他也把烟塞我唇缝里，惹我挥手，别耳朵上，别着。烟灰撒锅里可是大事儿，这帮主顾没一个好伺候的，好些都是回头客，店既然小，生意就得瓷实。别说掉点烟灰了，就是落根头发丝儿，牌匾也得让人烧了又踩。从业十年，我心里有杆秤，干一行就爱一行吧，爱一行就敬一行，不说给理想敬杯酒，也得给自己的营生提一杯，不管咋说，这是眼下活命的道儿。今天上午小军没来，是个冷天，老板娘没使唤我，自个儿去把门前的雪扫干净了，回来把两手缩进左右两只套袖里，巴巴等人上门。第一单是对小两口儿要吃的鲶鱼炖茄子，快晌午了，男的穿个大红羽绒服，横眉愣目，一字一顿问老板娘，就要吃鲶鱼，有没有？老板娘旋风似的下单，旋风似的走人。走前把单子甩给我，我一清二楚，店里没备鲶鱼，她打车现去买了，意思是让我先可别的菜做。小两口儿亲亲热热往包厢里钻，一路嘀咕着，这顿一百能下来不？说实话够呛，三个菜，除了鲶鱼还有一个锅包肉，一个炝干豆腐。豆腐倒是没涨价，这玩意儿死便宜的，饭店不上利润。锅包肉可就两说了，猪肉赶俏的时候，价格紧追牛肉，里脊还不好留呢。我回厨房做这俩菜，都是快菜，一个靠炸，更主要靠溜汁，一个靠焖，掌握下火候就问题不大。锅包肉第二遍扔锅里复炸时，老板娘把个湿袋子扔进后厨，打开看，一大一小，两条鲶鱼活蹦乱跳。我这边招呼小孟端菜，那边给鲶鱼冲洗干净，鱼泡鱼籽留在别的盆里，再给鱼左右横切三刀入味儿。鲶鱼炖茄子，吃死老爷子，这菜点得让我都有点食欲了。给鱼大火收汁时，我走到后门，抽根烟张望，袅袅紫烟混合袅袅炊烟，都是人世间的热乎气儿。咳清腔子里的油烟，心想，今儿这雪，下得有鼻子有眼，看吧，到晚上还得有人要硬菜。

晚上小军来了，帮我对付过晚高峰，客人比雪片儿来得还密实，拢共十张桌，翻台就上人。东北几个叫得出的炖菜，一晚基本过了一遍。下料的时候，我不说话，让小军说我的步骤，这样学比记菜谱来得形象，当年我师傅就是这么带的我。在这做菜没那么讲究，跟小军也这么说，咱们培养的，主要是抓作料的手力，察火候的眼力，记步骤的脑力。除了几个老菜得尊重规矩，其余的感觉来了，可你自由发挥。做完九点来钟最后一个菜，小军要回去，这点儿一般不上人了。刚把外套给孩子披上，老板娘进厨房，亲自给递了张单子。我一扫，骂声操。她翻着白眼仁说，老杨，你看着办。我劝了，没劝住，客人硬要点。我说，咱不会做。老板娘看了看后厨要收摊的架势，说，没啥活了，给做一个吧。我不嫌利润小。我说，你是不嫌我岁数长。她走后，寻思寻思，我问小军，没人等你吧。他说没有。我决定让小军留一阵，这菜八百年没人点一回，可就算它千年没人点，点一回，也是为难厨子。这时我发现，小家伙根本没走的意思，他把围裙重给我扎上，一手抓一个鸡蛋，把淀粉袋预备好，拍在了桌案上。我让他先把鸡蛋打匀了，少放点盐，完后搁淀粉，打成浅色糊糊，颜色要均匀。找个地方，我坐着歇会，看他干。颠一天大勺，膀子得歇歇。

听着筷子碰盆的嗒嗒声，我有点起印象，约莫一个月前，也有人点了道折磨厨子的菜，也点在客人都基本走得差不离、饭馆没理由拒绝他这一单的节骨眼上。上次，是雪衣豆沙。店里没备现在大饭店里基本都有的电动打蛋器，还得凭人工，将蛋清打出云雾状，累得我边用劲边骂娘。等雪衣豆沙出锅，小孟来取。我把她支使到一边，坚持自己上给顾客，主要想看看，快关门了，是什么样的人物在大晚上死馋这口甜食。我预期是个胖老娘们儿。撩帘一看，却是个穿黑皮夹克的窄瘦背影。这人折磨厨子不算，还有点扰民，他桌上放了个戏匣子，咿咿呀呀响着早没人听的二人转。什么一更里三更里的，月牙儿出个没完。当时天还没今天这么冷，一凑近，闻见那人身上一股馊味儿，看头发都黏了，一缕缕地藏进他发黑的蓝衬衣领里。回身跟老板娘嘀咕，是花子吧？老板娘说，要不看他又点了个溜肉段，高低不接待。我俩一起看着那个背身坐、仿佛美食家缓慢动筷子的中年男人，谁也没说话，这么个场面，花子听戏，叫老菜，多少有点耐人琢磨。老板娘看我的眼神分明在怂恿，你上前攀攀话？我摇头，认人你比我强，下次这孙子来，就跟他说没有。本来菜单上也没这菜，现在几个饭店还给做雪衣豆沙啊。下次要再给我递这种单子，你直接扣我钱完了。这工费啥的，还不够治膀子的呢。老板娘说，行，我记住了，咱店里不会做雪衣豆沙。而后她颇为殷勤，居然给那花子去续了两回水，倒水时，眼神左右腾挪，就期待那人抬头看她一眼。那人也奇，整个店里，除了自他戏匣子放出的腔调，就只有他嘴里若有似无的咀嚼声，不说话不念语的。等溜肉段出锅，也是我给他端的，这人只吃两筷子，搁下就走。自己擦净了嘴，留下盘里剩下的几个胖乎乎的雪衣团儿，慢悠悠甩张五十到前柜。

在指导小军如何做一道酥黄菜的时候，我基本笃定，今晚的菜还是那个人点的。小军额头上沁出层白毛汗，炼糖，就得这么费功夫，不然哪能拔得了丝，切成菱形的鸡蛋饼块，又哪能在当中鼓起膨胀的小肚子，一咬一个嘎嘣脆。和雪衣豆沙一样，酥黄菜也属于红白喜事上的宴席菜，现在少有饭店会在菜单上明标出这俩菜了，会做的厨子少是一方面，主要是没有认真学习这道菜的动力。费时费事不说，也不上价，客人一多，这俩菜基本属于垫底上的，想吃它们，你需要的不仅是钞票，还需要运气。小军要端菜，我拦下他，问，学会了吗？小军说，会了。我说，记住，往后不碰上缘由，咱不给做这菜。厨子不是下人，不是让人欺负的。他说，师傅，记下了。我又说，如果往后你喜欢的姑娘爱吃，可以给做。小军傻呵呵笑，笑的时候，嘴唇上边那点刚长出的绒毛根根都鲜明。我说，回吧，明天看天气，还下雪你就晚点来。把腰间围裙解下，我从前门送小军，顺道给客人上这道酥黄菜。这个时候，老板娘在收拾最后走的一桌包厢客人剩下的桌面。小店里冷色的白炽灯，照在被人一脚雪一脚泥踩得鬼画符般的瓷砖地上，小军掀开的胶皮门帘上，油污浸透了每一寸。终于让我看清那人的脸了，他目不转睛，盯着我端上的菜。桌上还是搁着戏匣子，这回他没点溜肉段，要了瓶富裕老窖。我算明白老板娘为啥不顾惜我命长短了，这他妈还真算个主顾。菜上桌的同时，我被这人给叫住，他叫人的方式是，酒盅往下一磕。

这男的长得真他妈好看，这是我心里第一句话。丹凤眼，高鼻梁，薄嘴唇，下巴颏有模有样，带点尖弧度。我扭过头，想看看别处。每当遇到想不明白的事儿时，我就让自己看看别处。男人抓了抓落在眼前的脏头发，从兜里往外掏东西，掏半天，还是张皱五十。将钞票按住了，往前移给我。我说，爷们儿，什么意思。他说，辛苦钱，上回加这回，烧这俩菜不易。听嗓音，这人更受端详了，磁性男低音。就是他手势有点别扭，按着钱的那只手，小手指上翘，每个指头都葱白似的，干净细嫩。我说，不收啊，不行。顾客是上帝，老板娘要看见该埋汰我了。他将钱留在我这头，手缩回去，说，师傅，菜真好。我说，别人说好，我信。你好像不是来吃菜的，是来给我考试的。他说，还有别人给你考试不？有没有其他人，这阵子，点过这俩菜？我说，有你一个就难办。还想来个祖宗？他追问，你记忆力好不好？我左右俩眼珠子仿佛左右俩筷子，没客气，上前尝了一块他叫的酥黄菜，噼里啪啦在嘴里碎开，慢慢嚼着。意思是，店小，利薄，人辛劳，往后少登门吧。我希望能在职业生涯里少记住你这样的，祖宗们。

2

上午给美光把今年的取暖费交了，头天我跟老板娘打好招呼，说今天晚点去，小军会先去饭店开门，顶一阵。交完钱我顺道买菜，车停在前妻家楼下，拎了两兜柿子豆角，给送上去。美光在家，敲开门，没让我进。不进就不进吧，她睡眼迷离给我开门，头发该是新焗过，一股药水味儿。离上次见她得有快一个月了，有些话想找她说，昨天好容易通了个电话，问她家里热不热，她急着挂，只撇下句没钱。我来是想告诉她，钱交了，别过两天屋里突然热乎了，你不知道咋回事。今天再见到，再听到门缝里有隐约的男人呼噜声，忽然对自己的所作所为感觉没味儿。过了快十年，离了三年，三年里我一天也没从心里把她放下过。为什么放不下，因为总觉得亏欠，觉得美光是因为跟了我，才没把自己日子过好。现在她找了人了，按说我不该再来，心却憋闷得比平时不见更厉害。门里，美光披了件男式羽绒服,光脚踩在地上,哆哆嗦嗦接去两兜菜,对我说,上次拿的还没吃完,往后别带了。我扭过头,看向天光昏暗的楼道,再扭回来,说,干啥跟个连取暖费都不给你交的啊?她说,你少管。我说,行,我犯贱。再不登门了。她说,死不死啊你。我说,不唠了,回去跟人睡觉吧。刚走出几步,身后两兜菜被扔到门外。我原地点根烟,回头看了看,等烟抽没,再轻巧走回几步。菜还是得带走。

又回店里,这趟路不好开,早起天儿还出点太阳,这会先是下雨,后又飘雪,雨刮器坏了半扇,视线模糊不清,轮胎也常打滑,给我气得连按喇叭。店里卷帘门刚打开,小军一人儿坐在柜台后头,看老板娘的黑白小电视,他想跟我搭话聊会儿,我没心情,直接进后厨备料。快中午了,零星两桌客人来,都不是来正经吃饭的,菜没点两个,大绿棒子要得勤,就指望在我这小店儿里猫会儿冬。我和小军都在柜台后挤着,看电视里的福利彩票开奖,那些黑白的小球儿一个个,从轨道里滑出,它们没啥心事,球能有啥心事,管蹦跶就完了,不会想到有多少人家在指望它们,博把大的,好让自己的人生回春。客人勾肩搭背往外走,小庞就顾着按她那个破手机,半天叫不答应。也是,小丫头片子都不听我的,都是员工,谁管着谁。小军去挨屋收拾桌子了,剩我一人儿继续盯球,心想,要是我也能中五百万,高低给美光接回来。算了,不接,她是人家的了。要有五百万,老子找个更好的,先在市里买套楼,再自己开个小饭庄，等那些大姑娘来管我要微信号。这么美滋滋地想，眼前总闪过美光的脸。嫁我时，她也是个大姑娘，笑起来眼睛细眯，一条缝，骂我时，大眼睛扑闪，跟雷电霹雳似的，真惹人爱。雪下纷纷，雨落缠绵，中午好似黄昏，我不知道自己是在啥时候红的眼圈，好在没人看见。美光啊，凡是进我店的男女老少，不知道点个啥菜好的，我都能给做出一两道他们可心的。唯独对你，过十年了，也不知道你爱吃啥菜。真是我的失败。节目结束了，我一口嗑一颗老板娘留在盆里的奶油瓜子儿，看着客人走，看俩服务员走，看小军也走，擅自都给他们批了假了。一会儿就准备关门，等晚上的吧，晚上再开炊烟。有人在门口徘徊，我没理会，徘徊没用，进门儿也没用，今天老杨也拿一把，任谁不伺候了。

张廷秀啊啊啊，那人进屋就啊啊个没完。只见他把顶破帽子一摘，拿眼在小屋里扫一圈，自己找了位置坐，却是正对着我。手指敲在桌案上，说不准是敲打我点菜呢，还是敲打自己唱的节奏点儿。我也用眼扫全了他，还真想起来一句戏词儿，这叫二目细打量。祖宗又上门了。祖宗今天穿得比前两次还不如，毛衣领都开针了，皮夹克也破了两块，一块棉啊绒啊都没有，是件破单衣。手指上每个关节都红通通跟山楂果穿手上似的。脚踩二棉鞋，在一看就不合身的黑棉裤下紧着腾挪，是在桌底下也打着锣鼓点儿。我疑心，这人真是个花子。

师傅，劳烦你过来。他客客气气说话，我不能不应承。走到他桌前，与其相对坐下，把话说到头里。师傅我今天没心情，你也看见，店里没人，眼瞅要关门。你要是想再考我一把呢，赶紧，回家找点别的乐子玩。我做了个送客的手势，这人微微一笑，没回嘴。坐对面，又是白天，看得更清楚，他脸上一点儿不显脏，四十左右，浑身有股不知打哪来的文气。两手交叉一处搁桌上，一会儿又整整自己的领子，想起衣服不带扣，于是整整飞了线的毛领，眼睛清亮跟孩子似的，像想跟人要块糖。

师傅，我不点菜，也不用你受累。要瓶酒行不？想在你这坐一会儿。他说。我问，要啥酒。他说，二百以里的白酒吧，我想多坐会儿。我回柜上给他拿了瓶君妃，瓶上的美人像看着是昭君，英姿飒爽，红袄抱琴，我和他都瞧着溜了神，不知不觉，两盅各自给倒满。我提杯问他，能行啊，请我喝酒。他咬咬牙，行啊。我说，给你炒俩菜吧，回来下酒。他按住我的胳膊，别炒了，整点花生米，小凉菜。我端两碟小菜回桌，顺道给卷帘门全拉下来，屋里没点大灯，就他这张单桌上面，亮了棚顶一个灯泡。酒杯一磕，顿时生了交情。他还在那咿呀着，我听不清，但来点兴趣。问他，兄弟，你是唱戏的。他却只报了自己的名号，合着他这名就该传满神州似的。刘文臣，幸会。他来个倒装句，整得我一愣一愣，举杯和他碰下说，杨义，在下。

刘文臣缓缓夹起一颗花生米，嚼着说，一个霹雷一个闪，瓢泼大雪下得欢。我说，这都啥前儿了，还打雷。他说，差不多差不多，风雪扑面，天不好。我发现他虽然背对门坐，却总回头往门瞧，即使不回头，门外但凡有点动静，也竖耳朵细听。手握酒盅，盅面儿一直随手在颤。我问他是不是在等人。他说没有，我俩都没说话，他又重复了一遍，没有。突然抬头盯我说，师傅，这瓶要是喝不完，能存你们柜上不？我下回再来还能喝。我乐了，小店没这项服务。我知道他咋想的。别看眼前叫刘文臣的这个人，小词儿一套一套，此刻他兜里要能掏出超过三百块，都算我这些年白干服务业。再细端详他，记忆有点恍惚，一时惊觉，好像真在哪儿和他有过一面之缘。得是快十年前的事了，那时我刚从部队转业回来，在本市一个大酒楼里给人做学徒。也是冬天，酒楼年底聚会，我们这些干厨子服务员的，都有机会坐一桌儿，那时不兴看电影唱卡拉OK，请了一台戏班子在酒楼二层搞演出。我当时顾着追求当服务生的美光，上个菜，就紧着给她夹一筷，美光则和边上几个小姑娘叽叽喳喳，拍手笑不停。后来有一男一女唱一副架[1]上了台，男女各着一身蓝，比起前头那些唱神调的，唱丑角的偶尔还甩两句粉词儿，别有番风采。上台先亮相，女的水蛇腰，鹅蛋脸，眉间带蹙，那叫一个俏。而美光这些十八九的小姑娘，注意力都集中在男角上，我死瞪了台上一眼，那小子眉飞色舞，举个飞花边的小扇，左右腾挪，举手投足都是彩儿。为和

1　指表演二人转时一男一女的组合形式，也指其中一方对另一方的称呼。

美光套近乎，我也问她，这啥戏，一点不招笑。咋都目不转睛，迷上了？美光说，闭嘴。我说，不闭，我文化浅，你给讲讲。她大致讲了一回，我没太记住，只顾着瞧她上下合启的红唇与银牙，还有那双随讲述偶尔泛出杏红色的眼圈。听她说起这出戏，男的结局掉河里淹死了，两人到底没成。傻玩意儿。我没忍住鼓个巴掌，惹美光当时给我这顿踢。

知道你是谁了，也知道你为啥落魄了。我心里说。不老艺术家吗？给他斟了回酒。落魄了，应该。他跟我始终客气，大哥，我自己来。我拦住他挡酒的手，意思是今天就给他这瓶造干净了，还想存柜上，是瞧不起我的量啊。那是。刘文臣再度回了头，门帘纹丝不动。我说，痛快点吧，愿意唠啥你就唠。估计你也没啥朋友。他被我说中，臊眉耷眼一笑。这是我第一回见他笑，别说，笑起来，真有点儿过去名伶的意思，怎么形容呢，凄苦。就跟他昨天还在周扒皮家做长工似的，今天刚得解放，时时处处都把自己放得低。大哥，我是在等个人。他说，但我不知道，能不能等来。我说，等的是我店里主顾？是的话，帮你留意就得了呗。看你这支支吾吾的。刘文臣说他不确定，好些年没音信了，来我这儿等，纯属碰大运。

我怀疑这人和老板娘同病相怜，我给这病起了个名，浪漫病。这病犯在小军身上，属于正常年纪正常毛病，就怕犯在这些四十啷当岁的人里头，老房子着火，不烧完不算。问他，是等女的吧？他点头，等我瑞莲妹妹。我说，名儿挺老派啊。你名儿也是。都是艺名？他说，瑞莲是戏名。师傅，其实我问过你。我说，你问我啥了？他抿口酒，辣得五官拘在一处，好半天闪动舌头，说，我问过你，雪衣豆沙，酥黄菜，最近还有没有人点过。我说，真没有，那女的也是厨子？他笑出排白牙，还拘束地挡挡嘴，德行。刘文臣给我斟回一杯，说，等的是我一副架。当年在剧团，我俩约会，下馆子，她就得意这俩甜的，女同志嘛。好些饭店不爱做，但还没有不给做的。这些年，是好多店都不给做了。有几次我提出加钱，给做一回呗。后厨师傅举个大勺，上桌就要抡我。我心里也有数了，想吃它们，需要的不仅是钱，还得是份儿运气。师傅，你是这一年里，给我做这俩菜的第一个厨子。我感谢你，谢你给我留了念想。人能找着个等的地方，也是种幸运。我起了兴趣，凭点俩菜就敢找人，敢死等，浪漫病晚期啊。我这也不是治病的地方。问他，还有什么凭证？他手指落桌面，轻点两下，哼出句，九曲十八弯，等在蓝桥啊——。

3

现在什么营生？我问刘文臣。他指指自己鼻梁上一块还没洗净的红彩印儿，说，十五进戏校，十八进剧团，给人唱下装。总往地方上跑，忙的时候一天赶三场，村里老人多，听正戏的多。后来我一副架走了，剩我自己，只能唱小帽，偶尔打打板儿。再往后，剧团里也吃不下饭了，开始跑洗浴中心，跑俱乐部。现在这些地方也不要唱戏的了，观众不听，他们想听我唱流行歌曲，唱粉词儿。学过，不喜欢，上台不会浪，眼下吃饭就艰难点儿。昨晚上，给唱的《上北楼》，师傅要还活着，听我唱这个，能再给气死一回。我拆他台说，爱听啥就给唱啥呗。学学我，客人点啥我做啥。之前你不也给我出过难题，再烦再累，也给你做了。跑江湖的，腰板不用溜直。江湖江湖，将将糊口，别说你还是做戏的。刘文臣嚼完一口花生米，又把杯里干了。他说，我不是这么想道理。现在大家都在祸祸它，老人护不住，年轻人可劲祸祸，祸祸轻贱了，再嫌弃它。事情不是这个道理。你说呢，师傅。我爱它，我不忍心。不信你考我一出，看我丢没丢手艺。店里咋一直没上人。过去我在哪儿唱，哪儿的生意红火，就是出白活儿，跟其他出殡的人家唱对棚，也没让主家丢过脸。师傅，我来一出吧，当答谢你，给你热热场子，会有人听了进来吃饭的。

我越听越糊涂，祸祸谁了，他爱谁啊。我拦住刘文臣，别着忙，今天下午就咱俩，上人得等晚上了。乐意唱，一会儿等我听没意思了，自己搁这儿哼哼去。作为东北人，我对二人转始终没啥兴趣，不是男的抹红脸蛋装傻子，就是女的直眉愣眼装婊子。像刘文臣说的正戏，估计我妈活着还能是他一个听众，我一点不指望凭他能招人进门消费。他让一步，说，师傅，我重点还是等人。唱一嗓子，万一她路过听见了呢。师傅，打第一回过你这儿，站在马路对面，我当时眼泪就掉了，就跟看见当年我俩唱过戏的台子似的。打听一下，这名儿谁起的呢。是老板娘？浪漫。蓝桥，是我俩当年唱响了的一出老戏，我来魏奎元，她去蓝瑞莲。那阵我们总一块儿，随团里，坐长途汽车，到外地演出。人家在当地等得急，我们没时间换服装，去之前都换好穿在里面，外披大棉袄。她家反对她唱，要是知道和我好，更不能放她出门了。在人前，只能小心着去关心她。戏服单薄啊，车上心疼她冷，就偷摸伸进袖子攥个手吧。现在我都能想起来，她小手冰凉在我手心里留着的感觉，真想人皮能给脱了，也罩她身上暖和暖和。她气管不好，唱久了好咳嗽，一到台上，找个机会，我总暗地里掐她一下，让她歇会儿，我把词儿给多唱点，她不就能轻松了？一到台上，她就没理智了，我们都全情投入，终成眷属没少唱，相思之苦没少唱，我巴望蓝桥能少唱两回，这戏苦到家了，结尾也没成全人。偏偏她爱这戏，观众也爱点，总唱总唱，唱成谶语了。后来我想，有些戏做多了，你的命就被戏的命给改了。结多大缘分，留多大遗憾。她和我闹了别扭，几天没来团里，到我想通了，想她想得不行了，人家退团，结婚了。嫁了个干工程的，没少挨揍。再后来，不见我了，音信皆无。

他低下头，看着桌沿儿，盅里的酒有些没倒好，洒出去了，他用手将它们抹平，抹干。刘文臣抬眼，他眼珠已全成通红，像两只红彩的玻璃珠。我上前够了下他的肩膀，拍拍，意思是好些事都时过境迁了。他说得对，人和人之间，尤其讲究缘分。我说，你觉得就能在这儿等着她？他说，我们好的时候，约定过，唱一辈子蓝桥。我说，兴许她改了行了。不改行，兴许也改了口味。人家不爱吃这俩菜了。他一杯接一杯喝，一瓶酒已经下一半，他整个人的状态也有所改变，不再怯生生，低眉顺目，而是美滋滋的，似乎还身处在众星捧月的舞台上，眉间跳跃俏皮和得意。

我说啥你都跟我对着唱，是吧。他笑笑。我说，得帮你看清现实。他说，用你啊。一个厨子，做的也是不上台面的菜，和我唱不上台面的戏一样，高哪儿去了。我将酒瓶和两个酒盅挪开，门帘被人掀动，小军顶着一脑袋雪，先钻进来，后面跟着个戴白耳包的小姑娘。两人有说有笑，在门口停下，不往里走。小军叫我，师傅。我没看他俩，手向后摆了摆。刘文臣脸上倏然出现的期待，随之消失。他面无表情看着站在面前的我，没半点惧色。

你说谁不上台面？我看着他。小军过来劝，喝多了这是，坐下坐下，一个花子，师傅你跟他较劲。我看了眼小军，余光里刚进门的女孩儿神色像鹌鹑一样，头直向毛衣领里缩。我猜小军在背后没少跟她说我脾气不好，现在她得到了印证。夜晚要来了，窗外开始出现街灯的光亮。小军估计是想趁这会儿还没上人，带小女朋友来个暖和地方，两人避避风，好说话。刘文臣含笑看我怒，看我消气，再看我坐回原位。这些年在外伺候人，他估计也没少挨揍。此刻他却像个对人情摸透看破、把这出戏唱过千万回的角儿，手拿把掐，眼里甚至有怜悯我的意思。

我跟小军说，去，找个包厢，可一个点儿相处。现在四点，五点咱俩后厨集合。这一小时，前面发生啥，你都不要过来。刘文臣说，师傅，我想坐到关张。我说，五点你必须走。五点老板娘要来，见你一人儿霸占一桌，赶你不说，也得呲儿我。你不要脸，我得要。他慢悠悠移回酒盅，视线追踪远去的一双小情人，抿酒，兀自唱戏文：咱二人青梅竹马情不断，两小无猜心相连。多年不见盼相见，天赐良缘在今天。我摩挲把脸皮，劝他，走吧，你等不着。日子还长，换个人喜欢，死等没好结果。他说，魏奎元等到三更天。我说，我们十点半就关。他说，没事，我在门口守。我起身搡他一把，贱不贱啊你。他梗着个脖儿瞅我，脸上还是笑嘻嘻的。我说，贱到家了。知道你咋贱的不？他说，不知道。我说，人家指不定都和别人过上了，挨揍咋的啊，乐意挨揍，受冻咋的啊，乐意住冷屋子。现在想起过去时候的好了，过去他妈干啥了。这会儿来精神，知道你这叫啥吗？叫一桌好菜，生生靠凉。门帘又动了，刘文臣僵坐着，感觉他心神稳了一些，喝酒速度更慢。我撇撇嘴，起身，招呼客人。一个大爷带四个大妈，风风火火进店，张口问，有没有热乎菜？那能没有吗，我用手挡着酒气，扯嗓子叫小军，叫三遍不来。刘文臣小声提醒我，孩子听话，前面发生啥，他都不过来。我把他攀过来的手推开，跟客人说，稍等，我们刚开门，给老板娘去个电话，稍等啊。电话里老板娘也喝高了，说话颠三倒四，一会儿跟我说就到，一会儿跟我说，明天怎么怎么的，一会儿还问我，有没有对象。问完哈哈乐，电话里有男有女，也跟着嘲笑我。好在电话刚挂，小孟就带着小庞到了。把客人交给俩姑娘，我挨个站包房口喊，不敢进去，只能喊。军啊，提前上岗吧军。喊完一圈没动静，回厨房看后门开着缝，知道是小军带姑娘蹽了。

灶火拧开，熟悉的油吱啦响让我找回过日子的主心骨，前头动静听不着了，此刻周围只有肉和蔬菜、酱和豆油。一张张送进来的菜单子，是我同外界唯一的联系。没有小军帮手，我很快浸在了油与火的世界，机械而专注地忙菜品。之后几个钟头里，我做了几十道菜，伺候了十多桌儿客人，小军什么时候出现的，没有察觉。他伸出在外头冻红了的小爪子，想替我接手时，我说了声反对的嗯。小军在我前后左右忙活，孩子今天心情属实不错，小曲儿一个接一个，是流行音乐，我听着也带劲。脑海中却更多回响着一些遥远的音符：小时候我妈听的戏匣子里的动静；小时候过年，村里戏台上的锣鼓点儿；那年酒楼聚会，刘文臣鼎盛时期，献给所有青春少女的《水漫蓝桥》。把最后一张单子上最后一道菜送出后，我和小军一同坐下，点上两根解乏的烟。他不唱了，我问他，打算结婚不？

还没到这步。他轻声回答。我好像能透过他干净的黑眼仁儿，看见那个小姑娘与之心心相印的一双注视。小孟进来了，神态发蒙。我问她，咋的？她说，有闹事的。小军迅速扯下围裙，我嘱咐他，好好说着，别急眼。孩子没回头，跟小孟挑帘出门。剩我继续抽烟，预感随上升的烟雾一起，薄弱地被纠缠住。一根抽完，小军没回来，前面突然传来掀桌子的动静，盘子碗，不知什么碎了，听响儿，碎的还不止一个。擀面杖别进腰里，我动身，越往前走，响声越大。

刘文臣让人给揍了，呈大字，躺在一堆碎瓷片儿里起不来。小军不知为啥，在帮他抵御更多的拳头。对方是两个喝红脸的大哥，他俩开出租的，我熟悉，总过来吃饭。我替下小军，拦在当中，问，到底因为啥？一个男人指着小军说，问这小×崽子。小军嘴角挂着一缕血，看样儿肿得不轻，不知道牙碎没碎，可到底年轻，没太吃亏，说话的大哥也被打了个乌眼青。小军说，他们让他闭嘴。他说，不能闭啊，闭了我对象该接收不着讯号了。我看看地上的刘文臣，同小军合力把他拉起来。刘文臣像晕厥了，都这样他嘴里还唱：不怕更深夜风寒，不怕雨大河水涨，怀抱桥桩，我等瑞莲。

4

开春，饭店到了淡季，客人不再扎堆儿来，等到饭点也都是一股股散兵游勇，翻台速度慢不少。下午两点以后，店里只剩一桌大爷没走，坐大厅，菜盘都给移到桌边，腾出地方四人打娘娘[1]呢。老头们相当节省，不玩钱，玩弹脑瓜崩的。有个大爷连当五把娘娘，被弹得脑门儿通红，抽牌动作一把较一把狠，我在旁看得直憋笑。老板娘捅咕我，卖啥呆，桌捡了去。我说，小庞小孟呢？问完转头看看，两姑娘又跑没影了，小军则根本没来。刚要把一盘只剩了蒜头葱叶的熘肝尖捡走，大爷拦住我，别捡啊，还有汁儿呢。我说，再给拿个馒头蘸着？不是我说你，大爷，你都吃几碗米饭了。老年人吃多了，容易积食。大爷说，我是死活吃不下了。汁儿味道挺好，拿回去做炒饭，又是一顿嚼谷。我说，早说啊，汁儿我收薄着点多好。不行给你兑点水吧。他说，也行。老板娘跟到后厨问，是不心里乐呢。我说，乐啥？她说，刷碗容易了呗。挺知道心疼自己啊杨师傅。我说，我心疼那大爷。他这把牌不好，坐他对面，当娘娘那个大爷牌兴起来了。看吧，等他也当上娘娘，得被对

1　一种扑克游戏，也指该游戏中的输家。

面老头给崩死。她笑笑，问我，你下午准备干点啥？也没啥客人了，陪我去个地方啊。我看着她说，加班钱另算。她照我肩膀来一下，说，还美了你了。

老板娘领我去了她家，我在门口踌躇半天，跟每次登门看美光似的，感觉是有点感觉，信心到底不大。她在门口脱好鞋，看我这样，先啐了口，问我把她当啥人了。我只好进门。打量她家，收拾挺立整，瓷砖地溜光水滑的，每块沙发都匹配着一块布帘。阳台摆满高低不等的植物，有些开了花。我不懂，近些端详，花儿被伺弄得不错，有模有样，绿的油润有光泽，红的鲜艳惹人眼。目测老板娘还是独居，上厕所时，我只看见一个牙缸，一把牙刷，晾衣架上也没有一件男人衣服。老板娘跟我说，帮做俩菜呗，一会儿我姑娘过来。我一时颇为失落，尽力不露在脸上，问她，咋不让我在店里炒好呢，那多方便。她说，这样显得诚心。我没再问怎么算诚心，怎么算不诚，诚心又诚谁的心。老板娘在厨房给我打下手，发挥平日小军的作用，给土豆茄子洗净各打了皮，没一会儿土豆的细丝，茄子的滚刀块都给切好了。我这边把油坐上，准备爆锅，整个地三鲜，却被她抢在灶前，自己给下了蒜。我问，又不用我了？她拿铲子在锅里翻腾，说，杨师傅，想劳烦你个事。我说，你提。她说，姑娘爱吃雪衣豆沙。看我面子，能给做一个不？我说，这么个诚心啊。她说，姑娘判给她爹，平时我见不着。孩子中考刚完，娘俩能好好见个面，想给她整点可口的。平时你给自己孩子做这菜不？我说，没孩子。她直勾勾看我，你没孩子？我说，别瞎想啊。我前妻身体不好，我也没因这点挑过她。她抿嘴一笑，说说呗，杨师傅，和前妻因为啥离的，当我心疼员工。我说，可拉倒吧，你心疼我让我来做雪衣豆沙？我问一嘴，你家有打蛋器没有？

一个地三鲜，一个酸菜白肉粉儿，一个雪衣豆沙，三菜一汤标准量，一汤是紫菜蛋花。把厨房简单归置好，我预备走人。老板娘坐在沙发上看电视，放的是光盘，还是那部黑白老电影，什么什么蓝桥。突然感觉，一切似曾相识，又已相去甚远。过去和美光，也是这样，我做饭，她看电视，等做好了叫她过来吃。后期美光吃我做的饭，动静越来越小，我也往往累得没有话。有回吃着吃着，一样是紫菜蛋花汤，她把眼泪滴在了汤勺里。我没问因为啥，现在我百般后悔，当时为啥没有去问。老板娘也在淌泪，电视里放着首熟悉的歌，在我的知识范畴内，听出是《友谊地久天长》。我鬼使神差走到边上，和她一起坐下看。老板娘说，和我前夫，第一回看电影，看的这个。最后一回看电影，看的也是这个。我说，有点儿念想，挺好。不有那句话，忘记历史，等于背叛。咱不背叛自己的历史。她自顾自说，最后一回看的时候，有女的一直给他来电话。他外面早有人了，有人也不背着我了。我问，电话接了？老板娘抽出来几张纸，按在鼻子底下说，接了。我叹息一回，感觉手上应该有点动作，犹豫合不合适。老板娘转脸看我，等会儿你也一块吃吧。我说，别，娘俩见回不易，说点儿心里话。她说，我觉得是时候让我姑娘知道你了。

我还是没坐多久，听那个十五六岁的小姑娘喊了我几声叔叔，留下她们母女，自己回店里。道儿上，不觉哼出《友谊地久天长》的调儿，连等红灯时，指头也在方向盘上敲打节奏。这个时刻，我想起刘文臣。春天总会来到的，春天这不来了嘛，要耐心等候命运的转折，起码当它转折时，让命运知道你在，没溜班儿。眼前浮现出刘文臣最后一回躺在店里的画面，真想再见他一回，好好跟他说道说道。我上回状态不对，也赶在人生的凛冬了，现在则自信能有足够的耐心和信心开解他，兄弟，你等的其实不是蓝瑞莲，是你刘文臣自己。到店，发现门锁开了，小军一人坐在桌前，刚灌下一杯啤酒。我纳闷他怎么这个时间过来，坐他对面，看看桌上，已空掉四个绿棒子。小军给我挪来一瓶，说，师傅，她考上大学了。我对嘴吹了一口，好事啊。他说，是，好事。她给我蹬了。我陪他又喝了一大口，说，天涯何处无芳草，你得给自己留出缓儿。小军笑了笑，他脸上又是红又是青，还有两只肿眼泡。我才发现小军今天像变了一个人，不再是我的徒弟或儿子，更像个经风经雨的爷们儿了。过去我从不这样认为。小军是好孩子，话少，靠谱，听吆喝，但到底是孩子，现在他则和我平起平坐。酒瓶相撞，发出清脆的动静，人眼底有了虚浮，说，我很难忘记她。剩下的酒很快喝空，店里还没上一个人。我把外套给小军罩上，说，走，带你出去散散心。他看看墙上的钟点说，快到饭点了。我说，今天老板娘有事，过不来。就算她问起，也有你师傅扛着。小军说，师傅，别让你难拿[1]。没事，我酒劲散了。我心满意足一笑，难拿不难拿的，反正师傅算给老板娘拿下了。

到澡堂和小军泡了一阵，脱去衣服，小军一排肋骨，我则已养出滚圆的小肚。他破涕为笑，说，我也想要你这肚子。我说，也奇了怪了，干厨子的，其实没那么馋，怎么就都个个跟范德彪似的，估计还是油烟吸多了。小军在池子里不住愣神，偶尔拍一下水面，打出水花，不知道是让别人清醒，还是让自己醒神。我说，再泡就浮囊[2]了，去大厅躺会儿吧。这个点儿，一般可以上节目了。洗浴中心大厅里，人也就四五个，我和小军各自躺在铺了白浴巾的躺椅上，面前是不大的舞台，正演二人转，一个唱上装的，描眉画鬓，一个唱下装的，也涂了两个红脸蛋。不怎么唱，互相埋汰人，倒也能逗我俩一乐。我在意的是小军，想让他乐一乐，这个年纪上的事儿我经过，牛角尖一旦钻不出，就是一辈子困厄，比如刘文臣吧。听着插科打诨，小军突然坐起，指着台下一角说，师傅，那人。我顺势看，真是他。坐在几个弹琴拉弦的人堆里，刘文臣呆滞地打着板儿。我留小军继续看，走到离刘文臣近点的地方，看

---

1 方言，意为“难办”。
2 方言，意为“浮肿”。

清他边打板儿边嘟囔嘴，眼睛半眯，一脸沉浸。刘文臣也看见我，点了点头。等这出戏散了，他下台，盯着我说，师傅，来了。我说，其实你板儿也打得不错。刘文臣看起来，比上次还见瘦，脸色发乌。他说，有阵儿没去你店里了。等我再给人打两天板儿，就上你那消费。不知为啥，我心上一阵酸楚，想到小军，更想到刘文臣上回同我说的一些话。我说，你放心。他问，放啥心？我说，要再有人点这俩菜，我高低来告诉你一声。刘文臣一笑，又该用他打板儿了。拉弦老头扯脑袋破口大骂，喊，都快他妈要饭了，还会朋友呢。和他握了一回手，刘文臣的手留在我手心里的感觉，竟和当年我握美光十分相似。他感激地抿抿嘴唇，说，师傅，我等你。我说，还有句话，好好等等你自己吧。他说，放心，咋也能活下去。

春天到了，雨季也到，云稍稍薄了一点，雨水就忍不住落下，砸在招牌上滴答作响。老板娘久不看她的黑白电影了，那台小电视也少看，现在更多霸占它的人是小军。中午又是一场不算硬仗的阵地战，几个菜信手拈来，意识到甭管做什么行业，你其实都希望能来点有挑战的事情，干我这一行，希望的是能碰上个给予你挑战的客人。甭管当时怎么不情愿，其实不情愿的哪是费功夫，不情愿在于，又要开始磨炼自己。而长久没磨炼，生活便要发钝，心气如果死了，锅里怎么烈火烹油，也没用。如果再有人点酥黄菜、雪衣豆沙，我一定会格外想去认识他，认识她。雨越下越大。东北下雨就这样，总是阵势连天，也总收场极快，我和老板娘、小军，三人都在柜台后卖呆，一家三口似的，默默眺望雨帘。小军不注意时，我和老板娘眼光总会织在一起，不用言语，互相也知道想说什么。我最近都计划给老板娘写诗了，好些年不动笔，字都有点生疏，此时听雨声，第一句诗在脑袋里冒出得相当来神儿：一个霹雷一个闪，瓢泼大雨下得欢。这句话让我心里抓挠，直想给小军踹开，现在就朗诵给她。和老板娘含情脉脉的工夫里，小军自个儿去后厨了，我都没留意是啥时候进来人的，又是啥时候下的单子。

来到后厨，我打算接手，见小军正玩命鼓捣盆里的蛋黄。黄澄澄的蛋黄不住旋转，围绕最中心一个无底的漩涡，直至没有杂色。他停下手里活，抬头看我说，这菜我学会了，能自己上手了。我匆匆赶回前面，见老板娘的身形正完整地挡住另一个身形。女人淋了雨，冻得直哆嗦，老板娘给她倒热水，后者双手捧杯，不住说谢谢。拿外套出门，出店后我迫不及待，一个电话打给现在的爱人，我下半辈子的东家，跟她说，死活把人留住了，小军手儿还是嫩，等我多买点鸡蛋回去，雪衣豆沙也给预备上。老板娘嗤之以鼻，你咋知道人家要点，又咋知道我能把人留住。我说，信你男人一回。她在电话里没声了，我知道，这就是感动的动静。提着一塑料袋鸡蛋，走进浴池，服务员看看鸡蛋，看看我，问，给存上不？我说，不洗澡。我来找个人。

故事大王

1

小学同学聚会上，我问每个人，后来见没见过季老师？没人见过，也没人记得。

毕业后我多次回去，站在校门口打量那间现在被用作值班室的小平房。过去它先是一间小卖店，后来是季老师的家，最后才是值班室。但我们都只叫它，门房。季老师在学校时是什么样子，多数人都已忘记，但她走的那天，正赶上学生上课间操，都看得见她坐在一辆摩托车后座上，搂着一个男人，她的肥胖让那辆摩托车像跷跷板一样，有失衡的危险。可她那么甜蜜、梦幻，视线从我们身上移开，向着面前男人的后背，然后慢慢把自己穿着白色连衣裙的身体靠上去。等发动机把风带起来时，人又虚弱得像片飘叶。

许多人都经不起考证了，二十年后，他们已不能再出现在我们眼前。有的死了，有的在外地，有的彻底迷了路，只能在共同回忆里不断复活他们当时的生命力。这导致那个人童年的模样膨胀壮大，最终成为霸占其他人记忆终身的相貌，比如郑旺。一提起他，话题便被掀至高潮，所有现实中人和人的发展差距的讨论被搁置暂停，因为我们正在谈论一个最差最没后路的人。郑旺后来的人生怎么走、走多久，无人关心，似乎他在我们童年时制造的笑料和遗憾已是来世一遭的全部意义。

聊到最后我喝多了，酒精发挥最美好作用的时间已经过去，继而是对身体的讨还——以血蛭般缠绕的头痛和胃内酸酸辣辣的翻涌。边上坐着的同样喝多的老学委不断试图把身体栽过来，我拍他肩膀，示意要出去，他又去抱身边的人，结果抱着一把椅子，继续号哭，还说，妹妹你怎么这么瘦，都熬瘦了呀，不给活人。我走到门口回头看，有三个还能趴在桌上睡，其余的都倒在不能倒人的地方，姿态各异。街面上很冷，几台黑车等在酒店门口，见人出来都从车窗里招手，问老妹儿去哪儿，上车就走。我呆若木鸡，这时有个司机下车来拉我，我的鞋跟陷进雪里，没能顺利抬腿，一下摔倒在地上，疼得我开始哭，把酒店里几个同学哭了出来。我一看身边是孟文静，现已出落成网络主播，韩式平眉一笔勾成，苹果肌很鼓。一靠近，香水味道刺激着，我又背身吐了。孟文静边给我拍着后背，边点烟，也不看我，估计我听不见。她和那几个司机熟人似的笑笑，说，没经过事儿，是个小孩儿。

酒店里几乎没有客人了，包房都半掩着门。孟文静带我随便找了一间，开灯，我们围着圆桌坐下，玻璃转盘上空落落的，还粘着上一拨客人留下的油渍。孟文静也已经三十岁，可她看起来不像，起码从表面上看，她比大多数人生活得顺心。我们过去谈不上有交情，非要谈上一点儿东西，更多是对彼此的厌恶。在小学时，我和其他人一样，不太注意这个女孩儿。因为个子矮，她常年坐在第一排，和一个小皇帝性格的男生同桌，没少受欺负。当时李老师质问男生，为什么坚持不肯和孟文静一桌？我记得那个理由，相信孟文静也记得，在众目睽睽之下，那句说出来的话理应被终生铭记，因它是自尊觉醒与被伤害的转折。男生喊出来，说，因为她不刷牙！所有人都笑了。孟文静呆了一会儿，才把脸埋在手臂里哭，然后抬头看周围的环境，是不是非要她哭才好。是的，连李老师的眼神都仿佛在说，一个女孩儿家，还是哭一哭吧，不哭显得不要脸面。她就继续哭，小皇帝胜利了，没有继续和她同桌。是他的这个理由胜利了，从此，孟文静走到哪儿都被人嫌弃有股臭味儿。

在我慢慢恢复清醒的时候，孟文静又点了一根，煊赫门淡蓝色的包装被她按在手掌下，轻轻揉着，里面是空的。孟文静看着我，说，你没怎么变。她用手撑着自己的尖下颌儿，眉眼轻佻带着诱惑，检验我像检验一个可能到手的男人。我说，刚才谢谢你。喝多了，他们说什么我都不知道。孟文静说，你声音还是这么好听。我说，没上电视台也没上电台，没用上。她说，你还用不上？凝视着对方，我们都笑起来。我说，要是能长得像你这么好看，许就用上了。孟文静穿了件颇肥大的粉色卫衣，下身黑色纤维打底裤，踩着乔丹鞋。双耳挂着的金圈耳环，夸张地大，几乎能碰到肩膀上。她一笑，耳环就从肩膀上方擦过去，荡回来。她抽完最后一口烟，不甘地又看看烟盒里头，站起来说，我去买一盒回来，你等我。我掏出自己口袋里的，推到她面前，说，抽我的吧，外面店早关了。她说，你也会抽烟？我说，我也得生活。孟文静似乎吃了一惊，把我的烟拿起来反复看看，带着客气的模样抽一根，点了。孟文静摇摇头，我猜不到她原本想和我说些什么，现在肯定要变了。我们在慢慢升腾起的青紫色烟雾中保持静默，似乎能双双从后头透出一张过去的脸，来重新面面相对。我等了一晚上，等谁能让我说这些话，原来是她。孟文静的样子像一个好听众，今夜她时间很多，不急着去哪儿。我说，你觉得我喝多了？刚才是，现在我还想说这件事，那就应该醒过来了。我跟你说，今晚有两个人一直在我心头转，是季老师和她的儿子小漂亮。没人记得季老师，但应该有人记得小漂亮。因为你们所有人都记得郑旺，郑旺没有朋友，只有小漂亮每天跟在他屁股后头。

小漂亮出现是在我们念四年级的时候，四年级以前，季老师还是季老师，教思想品德，享受教师待遇。小漂亮出现以后，季老师就搬到门房去了，每天烧烧炉子，登记出入姓名，心情好的时候给小漂亮洗把脸，心情不好就把门一开，指挥他到操场上去。那时候一上体育课总能看见小漂亮站在操场边缘，咬着脏兮兮的手指，眨巴大眼睛期盼地朝我们看。没人愿意去和小漂亮玩，他太小了，只有四岁，我们则已念书识字，有了偶像和志愿，有些甚至已经开始了暗恋。当发现郑旺会和小漂亮交谈时，大家觉得顺理成章。经常有人会装作偶然路过，听听一个十一岁的大孩子和四岁的小孩子说些什么，然后得了秘密似的跑回班级跟其他人宣布此事，作为共同的消遣。有一次声音太大，李老师气冲冲问谁起的头，都说什么，说给我听听。有人站起来复述了一遍。几天后学习委员去送作业，听见李老师和整个办公室的老师转述这件事，一个个笑得声儿都变了。音乐老师说，季老师也是，都去门房了还不好好管管孩子。本来孩子就可怜。美术老师问，孩子爸还没回来呢？音乐老师说，人都去蒙古了，怎么可能回来。再说季老师管不住嘴，在门房还天天煮油茶面儿吃，胖得没样儿了。不招人惦记。李老师发现学习委员还站在办公室里，就把作业本一接，说，你出去吧，没看老师们谈事呀。等门关上，学习委员在门口听见李老师把声音都压下来说，你们都不知道吧，我们班那个郑旺，妈是疯的呀。

郑旺母亲的形象第一次出现，是在李老师上语文课的时候。当时李老师五十出头，头发盘起来戴一个贝雷帽，走路袅袅自得，俨然一个舞蹈演员。她说话经常要加一个呀字，听起来更像南方人，带着小女孩儿的娇气。眼线是文过的，眼皮上头一行深青色，温柔的时候眉目低垂，暴躁的时候瞪圆了则有火眼金睛的效果，加上瘦，更像一只猴。郑旺母亲在李老师饱含感情朗读《海燕》一篇时没敲门，咣当一推，令我们见证了舞蹈演员变身成猴子的全过程。李老师盯着她问，这位家长，你找谁呀？郑旺母亲看了李老师一眼，转而在一排排孩子间寻找郑旺。李老师又问了一遍。郑旺母亲扯扯脖子上一块五颜六色的丝巾，似乎教室里太闷，让她喘不上一路着急忙慌过来的、急需平复的一口气。于是我们一个个从课本上抬起头，像一个个小傻子。这时候李老师开始往外推她，说，没有你这么找人的，先出去，这儿在上课呀。郑旺母亲一挺身，便能岿然不动，也是斤位在那，李老师不是对手。她瞪起眼睛来，是一对牛眼，指着最后一排靠门的位置，嗓门极大，喊，我大宝儿呢，我大宝儿不是在那儿？又对郑旺无限温柔地说，宝儿啊，快到妈这儿来。

孟文静笑得花枝乱颤，说，她记得有这一出。烟灰在她手上不断掉落，直至掉光了，烟管里空了一截，灰连火星一起掉到地上，迷信的说法认为这是一种不祥。走廊上有服务员过来催促我们，要关门了，你们那些同学都走光了。我走过去，从钱包掏出张一百块塞给他，再晚十分钟，再要两瓶雪花。孟文静仍举着断烟，看着我说，把这事儿说完就这么重要？我告诉她不是重要，是必须。必须有人说完，有人听完。我犹豫该不该给她也塞点儿钱。

2

小学的课业很轻松，起码在一九九八年还是轻松的，一节课四十分钟，总是上到还剩十分钟便没什么可讲，老师沉默着面对讲桌上的课本，学生沉默着面对黑板。这时候就有人发明了个办法，由学生上台给大家讲故事。我也不记得那个时候怎么就特别会讲故事，也许是因为独处的时候太多了。父母亲工作都忙，独生子女没有玩伴，在家里就特别喜欢看书。讲出的故事都取自这些书里，安徒生和格林的童话，伊索的寓言，还有来自阿拉伯的《一千零一夜》。李老师会坐进讲桌旁靠近窗户的一把专属皮椅子上，跷起二郎腿，叫我。于是我站到讲桌后，将最新读到的童话故事复述一遍。开场通常是一句，大家好，今天我给大家讲一个故事。故事的名字叫作×××。后来讲得多了，同学们给我起了一个绰号，故事大王，并由此排名出了班级里的故事二王和故事三王。我开始享受这个讲故事的环节。时常在一节课还剩十分钟的时候，有隔壁班的老师过来敲门，说，叫一下你班故事大王，给讲个故事听。

本来这也算一个特长，至少在不兴美术班乐器班的年代里，可以在学校里受到关注。很多老师就此喜欢我，很多同学也就此愿意和我结伴，为了能私下多听几个故事。我开始由享受这个讲故事的环节，发展为享受被人喜欢的感觉，那是虚荣发展的开始。与之伴随，童稚也在消失。我学习到了被人喜欢的好处不单在于被人喜欢，还在于形成的印象残留，那意味着同样的事情发生在你和别人身上，你将得到更多好处，避免更多困境。在那样一个自我壮大的时期里，季老师开始出现在课堂上，代替先前那位年龄已可作为我们奶奶、身材佝偻梳着齐耳短发的女老师，教思想品德。季老师走进教室那一刻，课间延续的哄笑声仍未平息，她没有一丝制止我们的企图，自顾自把窗口李老师的那把皮椅子搬上讲台，坐了下来。没人再说话了。这是第一个坐着讲课的人。季老师三十出头，穿着一身看起来不太干净的半袖白裙子，袖口两只膀子被收得太紧，勒出一圈红色的痕迹，一抬手，勒痕就露出来。体态肥胖是她需要坐下休息的真正原因。她手里还拿了一只塑料杯，里面有被茶水浸泡、不时升腾的三颗红枣，她喝一口茶水，咬一颗枣，直到把枣核干干净净吐出来，才说了声，那上课吧。讲什么？我看看。接着响起她黑粗黑粗的几根手指翻动书页的声音，她翻了半天也没停下。

季老师反身在黑板上写了几个大字，季美月。也有老师会在第一节课告诉我们她叫什么，但通常那成为在口腔里囫囵吞过的发音，意味着我们记了也没用。季老师的名字占据了半面黑板，写得极大，作为重点。她说，记住了，以后跟教育局告状就告这个人。我们都不吭声，不知是哪路神佛驾到。她看看我们，似乎终于意识到这不过是一群平均年龄在十岁上下的孩子，自己先笑了，说她进门前听见我们班有几个男生在教室里互骂，内容很清晰，也让她意识到这门课很有讲一讲的必要。思想品德，是从老师到学生全部默认为可以睡觉、可以自己找点事儿干的一门课，她来之前，如果说有学生还能对这门课抱有些尊敬，也是因为被教导该尊敬老师。季老师则一开始就不让我们尊敬她，她在这门课讲起的第一个知识点，就破除了我们对教师权威的敬畏。季老师慢慢回身对着黑板，又写了两个大字，这回是屁眼。

学生们的哄笑已经涨满了课堂，季老师不以为然，绷紧了大眼睛说，有人骂别人生儿子没屁眼，这种人就该杀，不管是大人还是小孩儿。因为这句话很恶毒。你们互相这么骂，很可能不明白这句话的意思。她等了一会儿，看没人接话，就把最后一排正趴桌子上的郑旺叫起来，说，我刚才听见这句话是骂你的。你给我站起来。郑旺温顺地站起来了，我们又憋不住笑，有关郑旺的一切都是喜剧的。季老师端详了郑旺一会儿，再看看我们所有人，嘴边浮起一抹我后来想起可能就是恶毒本身的笑意。她字正腔圆地开始为郑旺解释屁眼是什么，在什么位置，又有什么功能，没屁眼的孩子的一生会如何悲惨地度过。哄笑声掀了房顶，郑旺自己也跟着笑，前半堂课一团和气，走廊上有路过的老师听见，会以为季老师教导有方，课堂气氛活跃。我看看周围，所有人都在笑，小孩子那种歇斯底里的笑，捶桌子，捂肚子。郑旺露出那种羞涩但扬扬得意的笑，他又成为中心。还有季老师的笑，她笑到一半会停下来看我们每个人的表情，发现了我的慌张。我没有笑，我在怕，作为乖孩子，我手足无措，她越朝我的方向看，我越是笑不出来。到了后半堂课，她什么也不讲的时候，一片蚊蝇似的谈话声蔓延在课堂上空，人人都开始自己找事儿做。我知道我的坏时刻要到了。

本来讲故事已经成为我驾轻就熟的个人表演，既能给新老师留一个好印象，也能满足我的表现欲，可那天一上讲台我就知道，今天可能不是表演，要现眼。因为我完全忘记了头脑里的故事，任何一个都想不起来，安徒生和格林双双失踪了，《一千零一夜》更是化作飞毯，远无去向。我站在讲台上憋红脸站了一会儿，终于说，我想不起来了，换个同学讲吧，不是还有二王三王吗？季老师立刻阻止我，说，不对，我就听说过你。想不起来慢慢想，想起来算。大家正在期盼，班里出现了难得的一点儿寂静，我身上有最坏的一种感觉，所有声音都成了蚊子叫，细碎而遥远，舌头开始打结，两条腿被讲桌挡着，颤抖还没被发现，但手也开始抖了，季老师便发出一声干笑。我低着头，听清楚这时候连声音也不是自己的了，还是吐出几句话，说，今天我给大家讲个故事，故事的名字叫妖山。从前有一座妖山，住着老妖王和他的七个女儿。这一天，妖山要开宴会，不是，是舞会，发了很多请柬，让蝙蝠去发的。蝙蝠是他们的仆人，蛤蟆也是，不对，最关键的请柬是老妖王自己发出去的。

我实在记不清故事的中段和结尾了，走下讲台，掌声还是有的，更多是议论。我不记得自己有没有说完七人的结局，我只顾着讲述那场舞会和参与者焦虑慌张的心情，因那心情是我自己的。从那以后，我很怕上季老师的课，觉得上她的课没有规矩。像我这种乖孩子，一旦没了规矩，也就没有任何光环了，这是很痛苦的事。而季老师也再没让我上台去讲过故事，她已经听过，可以不以为然，此后每当剩下半堂课，班里就进入“无政府状态”，即便闹得最厉害的时候，她也置若罔闻。有一回，一个叫陈健的男生抢了我一支新买的钢笔，笑嘻嘻地说，借我用三天。我打算婉拒的，因对方很不好惹，上一年级打二年级，上三年级打五年级，后来上四年级开始打隔壁初一，且都是胜绩。可无论我怎么试图讲理，他都不肯归还。我只有去找季老师，她的眼睛离近了看，大得像两块茶色玻璃，双眼皮外翻像外国人。我想季老师如果不是始终这么胖，先前应该漂亮过。记得有一次，李老师让我去帮她复印文件，出校门的路上，我翻开那些文件看，发现是几个老师的个人履历。季老师的履历在最后一张，我不可置信地盯了那上面的照片和文字好一会儿，想知道是不是哪里出了错。两寸照上的季老师脸骨瘦削，脸庞清净，嘴微抿着，眼神似笑非笑，有凌人之态。再看她的履历，似乎也经得起这份儿傲气，大学居然在北京念完，上学时写的文章还上过某某期刊，那些书名号里的文字，无不关联着北京上海，诗歌文学。她造假，我当时愤愤地想，就是李老师，看着不比她优雅得体得多，也没编得这么离谱。季老师前面那张就是李老师的，李老师年轻时的照片不如现在洋气，学校念的也是我们当地的师范。从季老师的脸划去到李老师的脸，似乎前者傲视着说，不屑啊，不屑。

她此刻对我一样不屑，撇嘴说，没本事。怎么丢的怎么自己抢回来，别只会告状。我差点没忍住眼泪，红脸回到座位上，又钻进桌子底下去敲陈健的腿，低声威胁他，别逼我告诉你妈。他也钻了进来，照肚子给了我一拳。之后我绷着眼泪和脸，装作什么也没发生过，我只是困了，得用胳膊把表情埋起来，慢慢起伏着后背，开哭。我在心里诅咒了整整十遍季老师，每一遍都相同，咒她生儿子没屁眼。毕竟她第一堂课就教会了我们这句话多恶毒。

四年级开学第一天，李老师通知了两件事。第一件事，区里要举行运动比赛，主要是跳大绳，每个人都要参加，每个班都要参加。先在校里选出来，然后代表学校参赛。第二件事，是为了第一件事而取消这学期的音乐体育美术，以及思想品德课。这些课时用来练习跳大绳。取消后面这些课，让我们一时怨声载道，议论不停，我们的心声是把数语外的课时用来练习跳大绳，其他课程照旧。李老师用教鞭敲着讲台，数落我们，一个个想什么呢？别心里没数了，这是学校的安排。再说去练跳大绳跟上体育课有什么区别，体育课还多了呢。我终于意识到这两件事对别人，确是像李老师说的那样，没什么损失。可对我自己，是损失多过收获。因为我是班里唯一不会跳大绳的人。虽然可以不上季老师的课了，但那些不能和集体一起去练跳大绳空下来的时间，只能和班里最讨厌的人在一起煎熬，还是一对一，实在是苦透了。我宁可多去练习，多去让皮带粗的大绳抽打自己的脚踝，忍受周围人因跳到我这里记数中断而产生的失望埋怨，一直坚持到最后我能忍受这些，别人再也忍受不了。我还记得李老师以一种百思不得其解的眼神看着我，最后把手一抬，指着班级的方向，小声说，回去看班吧，你别参加了。我一面抹眼泪一面在空无一人的走廊里穿行，每个班级都是空的，操场上不断传来大绳打在地面上的啪嗒声和旁边高声报数的嗓音。九十五，九十六，好了快到一百个，九十七！时间是空旷的，我只有自己，拐进教室，发现郑旺坐在讲桌后面擤鼻涕。在四目相对的瞬间，我终于哭了出来，把郑旺吓坏了。

哭着哭着，我不再出声，盯着郑旺手上的卫生纸。这些成卷的卫生纸每天都会被使用揉搓，最后汇聚到郑旺的书桌膛里，在每一次换座的时候被全部掏出，统一丢弃。郑旺鼻子下方永远挂着鼻涕，永远需要这些纸，到最后没有人愿意接受被郑旺的鼻涕纸占据过的书桌膛，郑旺最后一排的位置就再也没换过。我们每个人的绰号都是互相起，只有郑旺，绰号是李老师赋予的。从她当时的表情和姿势来看，那绝对称不上一个玩笑。她一手夹着鼻子，一手指挥郑旺不准靠近，也不准别人帮忙收拾他的鼻涕纸，直到他把所有纸都清理干净，返回到位置上，李老师才放下戒备的双手，说，你个鼻涕专业户。那是全班所能爆发出的最自然统一的笑声，仅次于上一回郑旺母亲出现时产生的笑声。当我想起郑旺这个绰号时，再看看他此刻的举动和表情，一时不可置信。他站在讲台前，正在把手里的鼻涕纸攥回手心儿，似乎这样就能消除证据，嗫嚅说，我也没抹多少。我站到讲桌后，观察一番，没有说话，听见郑旺小心翼翼的笑声。他轻盈地回到了座位上。李老师讲桌后面一排木头上亮晶晶的，带着湿润黏稠的光泽。我仍站在那儿，郑旺仍坐在最后一排，我们之间的距离一时间很像师生。我问他，谁教你这么做的？郑旺穿了一件紧身的半袖，有点像女孩子跳舞用的练功服，上面有渐变的颜色，从紫到粉，把他滚圆的身材都箍了出来。他正趴在桌子上笑，一双遗传自母亲的大眼睛，水汪汪的。我又问了一遍。不知是怕追究，还是实情，他居然说，是季老师教我的，你告去吧。

3

有些人的出现会让回忆产生扭曲，像一段乱入的画面，让节奏波澜起伏。因为当时班级里只有我和郑旺，没有人证，我便不能咬定是真的曾与郑旺结成友情，还是由于良心作祟剪辑了这段内容。北方日落早的季节，音体美多安排在下午，那些谈话一般也都发生在窗外一片昏黄的时刻里。通常是我问他答，他不懂得如何提问，我却擅长在台上发言，把问题抛下去。

我想知道他和季老师是怎么商量这件事的。郑旺说，哎，看我可怜呗。又想不出什么办法。我让郑旺坐到第一排，讲台下的他脊柱挺直，双手几次想背到后面去，被我制止了。我说，她凭什么帮你，凭什么出这种坏主意？她不怕李老师知道吗？郑旺说，她和李老师不是一路人。我说，她们都是老师，彼此间的关系不比和你好？他说，对，她们都领工资。可季老师领的没有李老师多。我惊讶地笑了起来，这些季老师也和你说？郑旺水汪汪的大眼睛又开始眨巴，似乎我夸奖了他，回答道，我们是知音。这是季老师说的，季老师说我是贵人，还教给我一句话，贵人语迟。让我平时不和别人计较，实在受不了的时候，就去找她。郑旺粲然一笑，手托在下巴上，以描述梦境的语气道，好多次，我哭着去找她，季老师给我擤鼻涕，跟我说，别憋着，越憋鼻涕越多，其实你的鼻涕不见得就比别人多，你是在别人的看法中待怕了。痛快擤，哪有擤不干净的鼻子啊。

我突然发现季老师和郑旺母亲长得很像，和郑旺也像，便问，季老师是不是你家亲戚？郑旺做出一种语无伦次的样子来，说那怎么可能。他和母亲是从外地来的，这儿没有亲戚。我最后问，对了，你妈是做什么的？他高兴地回答我，在医院上班。你下次去医院可以去找她，我妈穿白大褂。后来我去医院果然见到了他母亲。是在电梯里，一开门，出来十多个人，挤进去二十多个，门都关不上。郑旺母亲就用一根小木棍捅在夹在门里的两个男人腰上，一捅就捅出去俩。接着她用那根小木棍按楼层，有去五层的，七层的，母亲说要去八层。八层不停，郑旺母亲回头从人缝里找着我和母亲，视线示意我们快出去。我躲在母亲风衣后头，生怕被认出来，好容易挤出去了，在电梯门即将关闭的缝隙里回头看了一眼，郑旺母亲坐在电梯门口一把椅子上，徐徐上升。果然穿着白大褂。

第二天班里又空了的时候，我质问他，你妈根本不是医生。郑旺笑嘻嘻地说，我觉得是。我也被他气笑了，相处下来，我知道郑旺不讨厌，仅仅是不讲卫生，这也是得不到父母悉心照料的结果。他没有父亲，这样的事在当时很多，一部分是正常离婚，一部分是跟人跑了。郑旺的父亲属于后者，我只能问到这里，他也只能答到这里。事实不是我们这些孩子所能了解的。他问我，喜不喜欢季老师？我想都没想，说，整个学校我最讨厌的就是她。郑旺沉默着从第一排起身，回到他的最后一排，仰视着我在讲台上的脸说，如果你是我，就会喜欢她。

我不会是郑旺，我们之间始终保持安全距离，这还是在人后，人前，我从不和他说话，他也总是默默看着我，像是能够理解。这种别无选择的友情到了跳大绳比赛结束那天，自然地终止了。令我振奋的一个消息是，思想品德课换了新的老师来上，不再是季老师。教师名单上抹了一个人，各个班级的课堂上都不会再出现这个人。而另一个人的出现，则填补也回答了季老师留下的空白，那就是小漂亮。他狼狈地被所有好奇的注视在操场中央团团围住，仰视着每一个哥哥姐姐，包括我。你是不是季老师的儿子？他点头。你有没有爸？他摇头。你是男孩是女孩？小漂亮眼睫毛又黑又密，扑闪着像个会动的洋娃娃，即使穿着破烂，粘着鼻涕。他又看了看我们，意识到可能闯不出这种包围。他感到没有办法，哭已经哭过了，求也求过了，都没有用。最后他被人扯下裤子，小鸡鸡露出来，哭喊操你妈的，还带着奶音，听不出是求饶还是威胁。所有人都因为听见一个四岁小孩骂人，感到这场围堵值得了。真有意思呀这个小东西。大家从四面八方分散着跑，一边跑一边模仿他骂人时的语气，小漂亮不知道应该先提裤子，还是应该先往一个方向追。他跑了几步摔在跑道上，粘着鼻涕的嘴巴又沾满了泥土。上课铃已经在响，看热闹的都最终归顺到一个方向——登台阶往教学楼里走。这时我看到郑旺和所有人的方向相反，他手里抓了一卷卫生纸，在离小漂亮三五步远的地方，一下丢了过去。卫生纸像一道蜿蜒的小河、一条白色的围巾，滚到了小漂亮的眼前。后来郑旺因在操场随地扔纸的行为挨了全校批评，人人都在队伍里笑。

自那以后，围堵小漂亮，扒下他的裤子，成为许多男生热衷的游戏。老师们对此睁一只眼闭一只眼，因小漂亮不算学校里的学生，而季老师也从没向谁告过状。她像是根本不知道这件事，除了有时上体育课的时候，能看见她拿着热水瓶从门房里出来，把水泼了再回去，很少有人能在其他时间里见到她。我猜季老师一定做了不光彩的事情，因为她不守规矩，否则怎么会去看门，怎么会有一个小漂亮。这只是我成长过程中诸多猜想里的一个。从升到五年级开始，很多孩子在一夜间化身福尔摩斯，开始学会窥探家长老师同学的隐秘，编撰恐怖故事，制造谣言，给平常的生活填充刺激。这尤其需要一个会讲故事的人。在每支由学生组成的秘密探险队里，我都负责撰写故事大纲，不是宣传哪个居民楼闹鬼，就是哪个医院背后有座野坟，里面埋着金银财宝。这里面最好的感觉是没人察觉你在说谎，没人鉴别真伪，只有参与还是不参与两种选择。我也不懂得人言可畏四个字，阮玲玉和她的上海杳不可闻，舌头根子底下压死人这句话倒是常听人说，可我们毕竟没有要谁死的企图，也就不成畏惧。寻找刺激的对象渐渐从远距离的物事转到身边，忘记是谁最开始发现，班里一个叫孟文静的女生总会在放学后一个人去中心广场荡秋千。这没什么刺激的。她身后始终跟着一个手拿编织袋的老太太，踩瓶子捡垃圾。这也没什么刺激的。孟文静不爱搭理老太太，离得近了孟文静还骂她几句。有点意思，我提出猜测说，也许是她奶奶，那可太不孝顺了。

渐渐地，孟文静有个捡垃圾的奶奶的说法在班级里流传，我们一伙人把话放出去，每天观察孟文静的表情，看她是否良心有愧。孟文静开始装没听见，最后实在忍不下去，单枪匹马来我座位边上说，有事找你，去走廊上聊。我对她微笑，看看身边人都过来了，说，有什么就在这儿说，你说我听。孟文静开始小声地骂，最后大声、连串儿地骂，词汇和用在她奶奶身上的一模一样。身边人对她群起而攻之，我不用开口说一句，已让孟文静无地自容。这还不够，作为结束我还需要起身拍拍她因抽泣而颤抖的肩膀，体谅地说，和大家道个歉吧，毕竟你做得不对。孟文静抬起眼睛，里面其他内容被泪水冲垮了，只有惊讶是完整的，她看着我像看着最难解的一道题。而我们谁都不明白，犯了错误当众道歉有什么难的。后来过了好几年我才理解，难的从不是道歉，是当众。她最后小声说了对不起，扭头跑了。大家围过来劝我说，为这种人犯不上。之后，孟文静每一次见到我都绕着走，且一边绕，一边用阴冷的眼神目送，我视若无睹，永远有新的正义等待我伸张，就是这么忙。但有些正义还来不及伸张，自己就先捂了嘴巴，闷声说不用不用，总是想忘记。比如小漂亮的事。他还是脏兮兮的，不知裤子是没缝好还是彻底被撕烂了，总是在校园里光着屁股，贴墙根走。校园外的街道上常有人隔着栅栏朝他吹口哨，他走着走着就扭头回一句，操你妈的。季老师如果碰上了，会站在门房门口，好好地看上一阵。我们都观察过，季老师没有一次出手阻止。没有。她只是看着，如果有条凳子，有碗热腾腾的油茶面，她也许能吸溜一下午，颇为安逸地坐下看。有次体育课，三个班级一起上，正在比赛跳大绳，体育老师叼着哨子计数，学生都在固定的范围里活动，除了我和郑旺。但我们各自待在距离遥远的两个点上。小漂亮试图扯下郑旺的裤子，郑旺一直躲，那场面也不合适让我盯着，于是我去盯季老师的门房。赶上她出来倒水，她的白裙子，后腰上的拉链已经坏了，露出了肉色胸罩的松紧带。我看得太入神，以至于她能够发现我。最后季老师转过后背，朝我招了下手。

我发现，我其实很想有这样的机会接触季老师，像亲身采访一个鬼，成为发现宝藏的第一人。门房自从不做小卖店以后，我们这些学生再没机会进去过。季老师还是那样胖，在大概六七平米的小房间里踩着棉拖鞋，缓慢地移动到一把椅子上，那是把废弃了的课桌椅，铺了个棉花发黑的小垫。房间里雾气腾腾，应该说烟熏火燎，烧炉子的气味儿混合着食物的油味儿，还有烧开的水声。季老师取下水壶，冲好一碗油茶面，用不锈钢勺子慢慢刮着碗沿，为搅匀也为降低温度。我站在门口，身后是厚棉门帘，不知该进该退。她不停地用勺子刮碗，说，大绳多好跳啊，一抬腿，过去了。不会抬腿？好像她也已经观察了我很久，可她观察的事和我完全不在一个层面上。我在心里鼓励自己说她现在已经不是老师了，只是个看门的。于是把手插进裤兜说，我是不爱跳。她说，真能装。第一次见你我就知道你能装。我还没明白过来，她继续说，《安徒生童话》我也给我儿子买过，磁带的，每天晚上我跟他一块听。季老师说到这儿，眼底一闪而过些叫我陌生的内容，她还抿嘴一笑，脸上映现出圣母般的光辉，小漂亮一时仿佛不再脏兮兮，成了油画里那些被温柔母亲手抱的婴孩儿，仿佛他们彼此依偎，在一个个无人打搅的晚上，度过了许多个无人知晓的童话时刻。

你讲的那个故事，后边根本不是那么回事儿，是你瞎编的。她滚圆的大眼睛从油茶面上方的白汽里冒出来。说完，透着狡猾看我，好像在等我表达惊讶。可我还没能从迷糊中醒过来，这烟太大了，眼睛熏得疼，不知道她怎么还能把眼睛睁这么大。我支支吾吾，说，老师，我能回去吗？她说，我让你回去了吗？我是老师，我在找你谈话。我说，可你已经不教我们了。她笑起来，笑的时候两片发紫的厚嘴唇挂了一层油，眯着眼睛，招呼说，你近点，再近点。我往前站了一步，她的笑容已经僵在脸上，说，郑旺说你千好百好，我怎么没看出来？门帘后边传来一阵细碎的跑步声，小漂亮歪歪扭扭的，掀开门帘撞了进来。他往季老师怀里撞，后者用手给他抹了一把鼻涕，将剩下的半碗油茶面凑在他嘴边，问，吃不吃？小漂亮不吃，季老师拍他的屁股说，不吃滚。我站在那儿，失去探险的心情，耳边传来季老师笑呵呵的语气，还有你，不滚等啥呢？回到教室，一直到晚上放学，我都在脑海里回放季老师的每个面部表情、每一句话。我料定她有天大的秘密，也许杀过人，也许下过毒，最证据确凿的是她不正经，那件白裙子的后拉锁，只能是被人扯开的。我陶醉在自己的设想里，连李老师布置的作业也没听清楚，更别说其他叮嘱的事。放学铃打响了，李老师在重复一句话，放学一定要结伴走，不行就让家长来接，放了学一切都和学校没有关系，听到没有呀？结伴走。我开始收拾书包，有两个女生走过来说在走廊里等我。我问，为什么结伴走？女生说，老师讲了最近外面有流氓。我点点头，总听人说流氓流氓，只知道他们会耍流氓，从没有一个大人认真讲讲流氓是怎么耍流氓的，又怎么鉴别呢？跟大人说话总这么让人着急。

放学路上，我和那两个女生站在冰糕车前等着打冰糕，五毛钱六个，一人握一个塑料小杯子，六个能装满。郑旺从身后拍了我肩膀一下，手里的冰糕差点摔了。我很生气，回头瞪着他。郑旺像是没看出来，冲每个人笑笑，包括正在打冰糕的大爷，笑着说，那我先走了？明天见。不对，明后天放假，周一见。没人理他，他颠着书包往前走，书包用了很多年，虽然破但还能用，书包带却已经短了，只能背在腰部以上，一点儿包不住他肥圆的屁股。走一步，书包一颠，屁股也跟着一颠，我们就用笑声目送他远去。没笑多一会儿，小漂亮也跟了上去，踩着郑旺的影子走。当时是千禧年的下午四点半，夕阳呈一片浓烈的红黄色，均匀打在每件物事上头，包括郑旺和小漂亮的影子。它们后来一个踩着一个，直到夕阳退去，影子一个个飞了，看着谁也踩不着谁。

4

十分钟早过去了，三个十分钟都过去了，包房外头一片静寂。孟文静到后半段已经不抽烟了，让我一个人吞云吐雾，直到我讲完后，沉默了几秒，才轻盈地笑了一声。她把最后一瓶里的最后一点儿液体倒空，质问我，是不是又在编一个故事？我尽可能诚恳地摇头，捉住面前她柔软带点冰凉的手，控制不了自己的兴奋。我说，这可能是编的吗？你一定有印象，起码我说的关于你的事情，怎么能忘呢？她温顺地把手留在我手里，说，她没有忘记那些，后来她奶奶一直活到九十多岁，到她高中辍学都硬朗朗地活着。关于她不孝的传言，也伴随着她奶奶的在世，从小学流传到了初中，到了高中，还好没带进社会。进了社会也没人在意这些事了。我意识到自己应该把手放开，说，你需要我在什么场合，对你当众道一个歉吗，你需要吗？孟文静说，如果是十一岁，我需要。可现在这样的道歉能挽回什么？一个勇于对过去道歉的成年人，你觉得自己受到的包庇还不够多吗？我陷入新一重的头晕，之前是醉酒，现在是醉烟，我也醉过茶，什么东西摄取太多，到最后都要醉进去的。孟文静没有再管我，即使我破坏了哪怕一丁点儿她今夜叙旧的心情，罪责也是实在的。本来她现在月入过万，岁月静好，可以不必回忆这些陈年往事，是我的那些话开始让回忆坚固，让那些浮在阳光里的灰尘凝聚，堆积成山，化为具体的人形。其中就有季老师、郑旺和小漂亮。这间包房恍惚坐满了，玻璃转盘被轻轻推着，转到一个合适的位置，停了下来。有声音问，吃不吃？没有回答，接着又一句，不吃滚。

孟文静收拾好东西，主要是桌上的打火机，最后看了我一眼，往外走。我已瘫在椅子上，只能听声儿。好像有一个男人过来了，在包房门口和孟文静相遇，突然他喊道，这不是同学吗？我说你去哪儿了。我认识，故事大王。他一身酒气，瘦皮猴一个，跳到我面前的椅子上，端详着我问，还记得我吗？我是陈健。我说，记得，你打过我一拳。陈健愣了一下，在椅子上好好坐下来，转头跟孟文静说了几句话。他很长一段时间里就那么静静端详着我，让我感到信赖，我几乎就把他当成了孟文静。陈健现在在做什么？听说他没有上初中，后来就进了看守所，再后来有他的消息就是结婚了，生了儿子，在我们都还为高考点灯熬油的岁月里，他已经在给儿子换尿布。现在陈健的脸有些清晰了，我看见他眉骨上的那道疤，那还是四年级时打初一留下的。他听孟文静说我讲了一晚上的故事，很好奇，那时候他就爱听我讲故事，为此愿意在课堂里坐满前头的三十分钟，就等剩下的我讲故事那十分钟。我说，从前有个上五年级的男孩子，有个五岁的小男孩天天跟着他。陈健抽的是中华，烟雾缭绕时，他突然打断我，不是应该先说故事的名字是什么吗？

这个最后说。我兀自叙述下去，有一天他和五岁的小男孩出去玩，他去上厕所。对了，他从来不把上厕所叫上厕所，从一年级到五年级，每次上课举手都说去拉屉。不管老师纠正他多少次，每次都这么说，不用任何人来告诉你，你也知道他智商有问题。那天这个智商有问题的孩子去上厕所，五岁的小男孩就自己在学校旁边的小区里玩。白天大人都去上班了，小区里只有小男孩一个人，堆沙子玩。男孩上完厕所回来，看见沙子堆了一半没堆完，人不见了，就去找。找到天黑，终于在学校对面一条街道角落里的杂草堆中找到了。小男孩趴着，屁股光着，血流满了两条腿。他拍小男孩的屁股，人没有起来，手却摸到了一个东西，扎在肛门里。那是一截从学校椅子上掉下来的板凳条，它把小男孩活生生扎死了。他不敢再看，跑回家，告诉了妈妈，妈妈打了他，让他别胡说八道。第二天，他被带到派出所，做了一天的笔录。由于年纪小，又没有目击证人，被害者的家属也表示不追究，他没受牵连，后来搬家了。但在做笔录的过程中，妈妈的精神病犯了，打了警察，掀了桌子，赔钱不说，也丢了在医院开电梯的工作。男孩一家再没有出现过。死去的小男孩的妈妈后来跟一个开摩的的男人走了，在这之前她本来是一名老师，还给男孩上过课，给他讲解了一堂课的屁眼。她说生儿子没屁眼这句话是最恶毒的，最后还是让她自己摊上了。她儿子生下来有屁眼，后来没了，大概被谁给咒了。

我一口气说完，发现陈健还聚精会神，包房门边倚着孟文静，后者又开始轻微地颤抖。陈健吸了一口气，站起身回头去搂她，孟文静把头靠在陈健干瘦的胸膛里，深深闭上眼睛。我站起身走过他们，去寻找服务员结掉后面叫的几瓶啤酒，可所有人都不见了。门口只停了一辆黑色轿车，刚才同学聚会的那个包厢，不知何时被收拾得干干净净，像从未有过客人。我只想尽快回家，也许还有过往的车子可以拦下，陈健从身后叫住我，按了一下手里的遥控器，门口的黑色轿车叫了一声，那是他的。

我后来见过郑旺。陈健在车上叼着烟头说，一手扶在方向盘上，没有看我。我点点头，不知该说什么。陈健问我要不要在这儿拐弯，我说还得下一个路口。陈健说，其实这次聚会我还叫他了，我有郑旺的微信。我问，他现在过得怎么样？陈健没有回答。车子在凌晨飘雪的土路上颠簸，偶尔划过一旁的枯树枝，他会发出心疼的啧啧声，却不会回答我。我也没有再问下去。到了地方，陈健把我放下。我等了一会儿，等他会不会在转向时打一个大灯，停住，摇下窗子真切地关心着这个故事的题目到底是什么？明显他忘了这码事。直等到车辆开走，等到雪慢慢停下来，我才意识到回忆不过是个故事，那里无疑是一个藏人的好地方。

虎坟

1

二〇〇三年，陈寿成为马戏团的正式演出人员。他九岁跟小区里一个老头学艺，十二岁进艺校。父母在两年前先后去世，父亲是他伺候走的，母亲则老早和父亲离婚，又再成家，给他生了个异姓妹妹，妹妹只在母亲咽气时给他打了通电话。陈寿听着电话，嗯嗯应声，面前是兽笼里老虎精明发绿的眼睛。父亲死后，陈寿卖掉了老房子，在马戏团边上租下个两室小屋，开始独居生活，那年他二十四岁。陈寿始终没什么朋友，老虎叫大山，大山能算他一个朋友，可大山无法与他交流，有时陈寿说着话，会伸手去摸大山毛绒绒的脑瓜顶，虎皮很好摸，也带着温度，但他内心更需要的，是别人去摸他。父亲死于肠癌，那是很遭罪的病，最后时期，只能靠一针针杜冷丁挨过去，挨到医生去找陈寿说，一直打也不是办法。某天早上，陈寿趴在父亲床前睡着，被父亲在头上摸了一把，这是父亲和他最后的交流，也是陈寿记得的，最后一次和别人的肢体接触。陈寿觉得自己很可能一辈子孤独无靠，在那个他一口一个师傅叫着的老光棍身上，他看到自己未来的影像。师傅五十岁时，还要靠在街上骑独轮车，一圈圈骑着吆喝着，以得来微薄的收入。直骑到五十二岁，他喝完一场大酒后，突发脑出血，无声无息死在自己家里。陈寿给他摔了盆儿。

看马戏的人越来越少，陈寿知道，不单他们这儿，全国各地马戏团的生意都再没过去那么景气了。过去，这座小城里还没架设这样多的电线和信号塔，人们消闲的方式单调而文艺，讲究四大门类：京评话马。比起市里已消失了的京剧团和评剧团，后两者还能维持生存，每年搞上一到两场演出，试图唤醒被市民们遗忘了的记忆。陈寿在马戏团最先做的杂技表演是蹬碗和转缸。他的节目总被放在演出中段进行，在令人万分紧张的高空骑车和猛兽出笼之间，给观众们提供几分钟上厕所的工夫。团长老袁有一次跟他谈话，问陈寿对现在的安排满意不。陈寿说不满意。老袁说，是你性格的问题。哪怕让你去演小丑呢，你逗不了别人笑，观众缘差点。陈寿回去想了几天，那时大山才刚被另一个驯兽员教会最简单的抬手、坐下这些动作。他盯着笼子里的大山，觉得它也在期待自己，或许他可以让大山变成一个真正的明星，或许，大山就是他作为师傅能带出的唯一的徒弟了。

他一点儿也不怕大山，大山还是幼崽时就生活在马戏团的笼子里，经过多年驯化，对活物失去基本的捕杀能力。但大山有时还是会让陈寿感到陌生。那些时候，他不知道自己除了马戏团和家，还有什么地方可去，和一整张地图相比，小城已经很小，却仍有太多对陈寿来说完全空白着的地带。他在大山面前不住刷手机，看别的地方发生的新闻。有些新闻让他嘴角抽搐，忍着狂笑的冲动，有些则让他鼻子发酸，很想和人分享内心的感慨。看着大山的眼睛，他告诉它，南方发生雪灾，今年他们粮食不够吃了。大山以温顺的、狗一样的姿势坐着，眼珠里转动饥饿的本能。它只在陈寿给它投食时，才能和他产生更深的联系，或者说互动。鸡肉带骨抛出去后，大山几口囫囵吞下，再抬眼，身体满足地歪在一角，表现出一副不能再受训的懒相。陈寿把凳子往它歪的墙角去挪，重新坐下，问，你听着没有，他们都没粮食吃了，你还刚吃了肉。你吃的可是肉。大山轻甩一下尾巴，眼皮虚浮，近于睡着。动物没有失眠的困扰，陈寿巴巴看着窗外暗沉下来的夜色，突然想知道，其他人夜晚都在做什么呢。

是响马带给陈寿答案的。响马是从山东来的驯兽师，没人知道他为什么来这个东北小城，大家只知道他和大部分搞杂技的男人一样，没有牵绊，个性强烈。他好穿一件旧了的黑西服外套，从不系扣，两侧肩膀撑得挺挺的，人显得高大潇洒。加上响马，团里就有两个驯兽师了，先前那个后来去考了公务员，老袁对大家宣布，响马同志仗义解围，来补咱们的缺，更带来了先进的表演经验，他特别提到陈寿，要跟响马多学，怎么调动观众情绪。不用老袁说，陈寿自己也想尽办法，去和响马接近。这是他一直期盼着的事儿，能有个事业上的伙伴，一个说人话的朋友。可响马压根不需要陈寿绞尽脑汁去想结成友谊的办法。响马自来熟，和谁都熟，跟陈寿，更有种默契。在响马身边，陈寿发现，自己话其实并不少。一晚，他俩一起给大山训练新节目，场子里，嫩绿色的墙漆包拢着一排排空虚的观众席，头上是刺眼的顶灯。因为有了响马，这个过去在陈寿记忆中与孤独相伴随的场景，变得温情脉脉。他问响马，你真叫响马？响马说，我叫刘雷。但我之前驯马，马和我有话，别人面前它不说话，就跟我说得来。我可能懂点马语。陈寿又问，你知道响马这词还有别的意思吗？他说不知道。陈寿说，有土匪的意思。响马把大山带回笼，顺便去关灯，回身问，土匪？陈寿回答，就是胡子。关灯后台上回荡着响马的笑声，他笑，操，那我不更牛 × 了。他在黑暗中走近陈寿，拍对方的肩膀说，长夜漫漫，没事儿干啊。去个更热闹的场子吧？能喝喝一点儿，不喝，你就坐着。

这是陈寿第一次进酒吧，但不是他第一次喝酒。父亲生病前每晚都喝点白的，长筷子夹在手里，沾满花生米的油香，有时他也陪着喝，有时他也陪着吃。酒吧里做的是鸡尾酒，陈寿不会点，响马替他叫来一杯，杯口上夹着绿色的橘子片，他喝了一口，就喜欢上了。响马若有所思，转动玻璃杯，杯里琥珀色的一层底儿随着旋转。与他们相隔几米的台上，一个女孩在唱歌。陈寿贪婪地看着周围的一切：走进来的客人，变化着的灯光，以及女孩抬手扶话筒的动作。女孩唱两首不唱了，来到吧台，坐到陈寿旁边的空椅子上。陈寿借玻璃板的反光观察，她个头不到一米六，给人的感觉像颗小小的米粒，齐耳短发，眼睛是狭长的，和大山虎视眈眈的目光全不相同，眼角往上飞。她穿了件露肚脐的黑短袖，腰很细，胯很窄。

聊聊？她说话了。陈寿张口结舌，转脸看她。感觉见过她，想不起在什么地方，她可能是个明星吧。陈寿胡乱点着头，学响马的样子，也把酒杯在手上转，一下下，生硬又小心，生怕砸在地上。女孩脸上是一种肤色，脖子上是另一种，脸上过于白了，脖子和手臂就显得暗黄，细瘦的手臂搭在桌沿上，像一截脆弱的树枝。她朝陈寿挤眼睛，你不健谈啊。干什么的？陈寿说，在马戏团。她视线越过他的背，问，你俩一样？响马不紧不慢从椅子上下来，酒杯和女孩手里的酒杯相碰，然后问陈寿，你俩能不能换个位置？陈寿乐意让出来，他更想听响马是怎么和女孩聊天的，他想要学习。无论响马还是女孩，都是那种会照顾别人感受的灵活的人，他们聊，也会跟陈寿说两句，让他不至于完全被冷落。他怎么一直盯着我？女孩问响马。陈寿看向响马，说，我见过她。响马问，什么时候？陈寿记忆里出现一个黑暗的空间，再出现一点追光，大幕拉下，又复归黑暗。那是一个舞台。他说，我看过她演的话剧，市里排过《日出》。女孩盯着桌上的酒，不知对谁笑着说，我叫姚梦露，我是演话剧的。响马的眼神更痴迷了，说，下次再有戏的时候，我捧你的场。姚梦露摇摇头，不知道啥时候了。响马提议，你也可以来看我们的演出。就算不演出，每天也训练，我们训练也好看。姚梦露笑了，训练啥，走钢丝，甩飞刀？响马坐直了，一字一句道，每个字在陈寿听来，都有甩鞭的力气。他纠正她的想法说，我们把虎驯成狗。

陈寿不知自己怎么就全身发软。他说要去找厕所，响马给了他一个感谢的眼神。陈寿撞进一个没开灯的房间，里面还有上一伙客人留下的酒味、呕吐味。他独自坐在沙发上，抚摸身下绒面的沙发布，隔着扇门，音乐和灯光不再让他心烦意乱，唯独姚梦露的眼神能透过墙壁，反复击穿他的心。他记得几年前的一天，老袁给了几个团员门票后，还剩下来一张，问陈寿要不要。话剧团算马戏团的兄弟单位，那年话剧团全年就只排了一场戏。戏票上，一个穿旗袍的女子侧身站窗前，头低垂着，窗外日光鼎盛。陈寿接过那张票，只是为了去看看，那女孩真实地出现在生活里是什么样子。台上的姚梦露，顾盼神飞，一会儿哭，一会儿笑，时而望向远处的前方，那里全是空座了。只有他跟她哭，跟她笑，戏散后，陈寿看她和一个又一个人去合影，他也想，到底没勇气。后来他没再见到姚梦露，倒是一个人去了几次话剧团，看见门上锁，窗里黑漆漆的，像未曾有过一场演出。可现在，姚梦露又从他的想念落进现实里了，还刚和他说了话。

回到吧台，响马一只手已经搭在姚梦露细细的腰肢上，两人脸上都洋溢着儿童一样无牵无挂的笑容。等他们一左一右围上他肩膀时，陈寿发现自己才是个货真价实的儿童。他想不明白，人和人的关系是怎么在几分钟里突飞猛进的。响马说，走，咱们带露露去看大山。说完，姚梦露依偎在他黑西服上的动作更紧了。

将近午夜的马戏团，圆舞台安静没一点声响。陈寿将大山领出，它慢悠悠向前蹬步，等发现姚梦露带来的新气味时，紧着去嗅她。她往响马身后躲，边躲边发出细碎的笑声。眼前的响马和姚梦露，就像对跨越了演出栅栏的情人观众，他们什么也不做，只是看，只是相爱着。陈寿在表演，将已经收好了的圆圈一个个重新架设在台上，大山每跳过一个，姚梦露便发出欢腾的叫。大山渐渐有了兴致，一副卖弄的样子，早早等在下一个环节前头，期望陈寿发来指令。响马和姚梦露在旁窃窃低语，不时大笑，他们笑的时候，陈寿体会到从未有过的快乐。他真幸福，他的朋友和女神，都因他的表演快乐着。不让大山跳圈了，三人和一只虎，都坐在舞台沿上儿。透过头顶被切割成三角形的玻璃窗，星光照耀进了所有的眼睛里。

2

响马狂热地恋爱，露露露露从他嘴里气泡般冒出，连有时训练大山，也张口叫错，喊出一声露露。听他讲述和姚梦露的恋情时，陈寿打量响马的脸，那是他从未拥有，也未在任何人脸上看过的表情。父母离婚后，父亲极少谈论母亲，谈到了，也更多像谈一个过去的同事和邻居，不像响马脸上两道本就粗黑的浓眉，会因姚梦露的出现，有了明显温柔的弧度。响马变成了另一个响马。过去他骑着大山在台上跟个胡子一样，横行霸道，一脸匪气。现在，是姚梦露骑着他，响马一圈圈转着走，像只眼睛被蒙的驴。

除了陈寿，团里其他人都对响马的热情报以冷眼。姚梦露的事迹在小城里流传不少，关于风月和疯癫，不自爱和风尘气。大家都当响马是外地人，不了解情况，无非是一时贪恋美色，最后必将竹篮打水。陈寿不这样想，他满足于响马和姚梦露的恋爱状态，扪心自问，要比他自己和姚梦露恋爱，更能感受幸福。响马喋喋不休的样子，让陈寿的白天和夜晚都进入全新的状态，他们是朋友了，他们一起进入了各自新的人生，友情一并突飞猛进。这些时候，大山也在身边，始终沉睡着倾听。布满腥臊味的兽笼外头，响马讲述的神态专注又虔诚，就像眼前已经是他和姚梦露举行婚礼时，要跨进的那道最神圣的门槛。

每当约会结束，响马都会带着一身的亢奋和姚梦露身上的香水味儿，杀回马戏团，将陈寿揪到跟前，娓娓道来一遍。陈寿忍不住提醒他，到年底了，要上演出了。你总不来，大山该不亲近你了。响马像没听到，眼珠乱转，到底送花好呢，还是写信好？陈寿说，写信真诚。响马说，可我认字儿不多。露露是搞文化的，她说那些戏，我都不太懂。我就懂点马语。陈寿又说，节目单要排了，老袁来找我，让搞点新花样。你点子多，想想，还能怎么去调动大山。响马问，你说大山懂爱情吗？我之前看过国外的一个报道，一只公海豚，爱上了它的驯兽师。应该说，他们相爱。陈寿不可置信，那后来呢？响马说，他们被迫分开，海豚不吃食，自杀了。陈寿身上不舒服的感觉在加重，他从不嫉妒响马，但响马说的这个事，让他一时无比嫉妒。如果大山是雌的，它会爱上自己吗？会为自己绝食或寻死吗？陈寿想起大山那些让自己感到陌生的时刻，以及长年累月跟石块一样压着的孤独，他都能听见那些石块从山坡上往下滚的声音了。他紧紧盯着响马，想对方何时能给自己一个拥抱。

马戏团热闹起来了，全团都在筹备年底的演出，舞台不再有空落的时段，头上钢丝有人走，台下独轮车，有人跟着遛。两个演小丑的年轻演员，时常腰里别着塑料做的砍刀，向对方跃跃欲试，力求捕捉最准确的表演情绪。老袁天天在外跑，给各种机关单位、企业买卖送戏票，将广告打进电台电视台，承诺说，只要来看马戏，人人都能得一瓶五百毫升大豆油。响马眼里只有一个观众，他蹬了几公里自行车，将票收在一个精美的信封里，亲手交给姚梦露。回团后，响马跟大山喃喃自语，叫陈寿听见了。他说的是，露露，你要看着我了，你要看着我骑老虎，做英雄了。我要你的掌声，要你的人，你是我的命啊命。

市民都被朴实的大豆油吸引来，在一年一度的人潮中耐心排队，等待检票。响马将姚梦露从人群中拉出，带进演员走的小门，安排她坐第一排中间的位置。喧哗逼近屋顶，孩子们跑动追逐，还有嗑瓜子儿以及咀嚼各种零食的声音。陈寿对这样的场面不算陌生了，虽然一年不过一两次，但还是让他心潮澎湃。老袁穿了套海蓝色的西服，别红领结，头发梳得锃光瓦亮，在后台来回走，其他团员则不是化妆，就是在最后一遍检查舞台设置和道具。响马回到陈寿旁边的位子上，给自己化妆，镜子里有两套同样的白绸表演服，又有两张面貌完全不同的脸。响马方脸，宽额高鼻，陈寿长脸，小眼小嘴，眉毛淡得几乎被妆粉盖住，显得毫无气势。大山不用有额外的打扮，陈寿一直把它养得皮毛光亮，精神饱满。演出开始后，他们走出化妆间，来到大山笼前，稍作准备，对它进行言语安抚和鼓励。响马和陈寿的节目排在第七个，临近压轴，看出老袁对响马的加入，报以大希望。响马问陈寿，抽不抽烟？你手可有点抖。陈寿按住自己的手，说，没事，衣服薄。我其实不太冷。响马打开窗子，人趴在窗台上，点了一根。看着他，陈寿内心升起长久以来的崇拜。响马就是响马，是真正的英雄和男人。响马既可以在柔情款款时为个女人牵肠挂肚，也毫无阻碍地在刀山火海前镇定自若。这时响马转头对陈寿笑，今天对我，将是特别的日子。

换平时，陈寿都会问下去，特别在哪儿。今天他吞下疑问，觉得这是响马要单独对他倾诉的秘密，像一颗特制的蜜糖，而陈寿是个不太有机会吃糖的孩子。他比响马更期待谜底揭晓的时刻，往演出通道走的时候，两人步伐一致，尽头是光芒万丈的舞台，大山默默跟随在后，发出野兽特有的呼吸声。陈寿想等演出全结束后，再静静地陪坐在响马身边，听他的秘密，偶尔献出自己的讨论。心怀甜蜜的期待，走上舞台向观众挥手时，陈寿感到自己是在和一个辽阔的宇宙挥手。此时此地，众目所归的是他，身边有战友和多年老伙伴大山陪伴的，也是他。陈寿眼眶不由湿润了，震耳欲聋的音乐伴随老袁介绍他俩的声音，一齐消弭。熟悉的光线里，响马骑上大山，变为骑士，挥舞着不存在的长矛，大山正预备遵照它信任的朋友的指示，跨越前方一架高过一架的、重重又虚设的障碍。

响马在虎背上左右腾挪，许是他设计的新花样，有如西班牙斗牛，为表现胯下野兽未被驯服的野性，和一个高明的骑手必将驯服它的野心。响马骑着大山经过姚梦露在的观众席前时，突然伸开一只手，向台下做出索求的姿势。姚梦露也伸出手。就这一下，响马没有抓稳，大山将他晃下了背。响马抓紧老虎脖子上的皮，抓疼了，大山猛然一吼，开始后退。它一定是闻到了强烈的生人的气味儿，陈寿事后想，在响马没回化妆间之前，他和姚梦露做了什么，亲密得不能再亲密，才将她身上浓烈的香水味儿全携带下来，直带进大山敏锐的嗅觉里。响马本可以躲开，以一个经验丰富的驯兽师面对此种情况时惯用的迂回和安抚来应对。响马偏偏没有，他顶着姚梦露和观众们的眼神，一次次直起腰杆，一次次被大山抓住。当大山用长满利刺的舌头舔上他的脸时，陈寿掏出腰里的麻醉枪。一切都晚了，大山也许是想舔走讨厌的气味儿，却一下又一下，舔走了响马的鼻子。

没人近前，观众往门外逃窜，救护车来了，陈寿和老袁各拖响马一条腿，把他从虎口抬到担架上。大山已被麻晕，和响马一样，陷入近乎永恒的睡眠。不依不饶的姚梦露，头发披散开，不断尖叫，追赶而出。马戏团外青天白日，绿柳轻拂，和刚刚惨烈的景象形成对比，世界无处不静谧。顺着车窗，陈寿看着姚梦露终于放弃疯跑，被车轮甩下了。她小小的坐在马路上号啕的人形，瘫成块儿模糊的泥，只剩两只手臂，无望地向天空去抓取。再看身旁的响马，一张不成人形的脸，艰难而痛苦，用嘴吐着不连贯的呼吸。陈寿把脸埋在两只手臂里，不再去看，去听，去接收一点外界的信息。他认定眼前是一个梦，而他需要真正的睡眠。

陈寿熟练地替响马跑身后事，用所有被颠簸占据的时间麻痹自己。一到夜晚，比往常更无处可去。他宁可早早回家，坐在一个位置上，发彻夜的愣，流无人能去笑话他的漫长的眼泪。老虎伤人事件发生后，新闻不胫而走，马戏团受到前所未有的冲击。老袁被各处叫去谈话，一切项目关停，大山无知无觉，显得无辜，趴在兽笼，等陈寿每日来投食。陈寿故意把肉切得薄，用小刀慢慢削下，隔几分钟扔一片儿，且隔着门。陈寿眼睁睁看着大山饥饿不满，看它在四面砖墙里困兽游走，发出压抑的低吼，看它因无人陪伴，饱尝山中之王难解的孤独。他不敢饿死它，但决心让它苦一阵，不这样做，陈寿不知道自己还能如何抵御这突然的失去和随后思考个人命运时，一重又一重、几欲将人压垮的绝望。大山吃得极少，他没觉得有什么，喂完了，步行回家。星空再次点亮城市的夜晚，陈寿一路和心里的响马说话。他不住后悔，那天为什么没有把话问完，如果他知道，那会是响马的遗言，他绝对要抱着响马肌肉发达的小腿问个够。可他没有。谁也不知道，那天对响马来说，究竟有何特别，除了后来成为他的死忌。而这一点，肯定不包括在响马当时甜蜜的念头里。

入殓前，火葬场化妆师为响马做了一个石膏脸。没人愿意去看那张脸，除了陈寿和姚梦露。陈寿才知道，响马是真的别无牵挂，从山东无人奔丧而来，响马于陈寿，若无这最后一面的记忆，他的一切存在，也的确让人觉得不真。工作人员掀开白布，让石膏脸露出时，姚梦露双眼一闭，人往后躺。陈寿接住她，这是他第一次碰触她，却没有留下太深的记忆。他们和马戏团的同事一齐在火葬场逗留一阵，看从烟囱爬出的黑雾，缥缈几下而已，很快随微风散去。姚梦露形销骨立，面容憔悴，她那副身板小小的，手臂上裹着的黑纱，不堪一击的样子，让马戏团里先前轻视她的言语，都随响马的骨灰飘去了西方。和姚梦露前后往外走，看着她的背影，陈寿真渴望自己能被响马的灵魂上一回身。如果他能是响马，姚梦露如今，该多么狂喜着，转头扑向一个失而复得的怀抱。可命运改不了，他们只是一前一后走出，到大门，左右拐了两个方向，没句告别的话。走出几步，陈寿就听见姚梦露乍然号啕的声音，像一个人要把她的五脏六腑全部吐出去。

3

大山突然不吃饭了，它吃过人肉，不吃别的肉了。陈寿把鸡骨架从地上尽数捡回桶，说，那你就饿死吧。老袁叫陈寿去办公室，有话找他谈。进门后，陈寿端详老袁，相隔不过三五天，眼前已不是那个当时站在灯光之下、红光满面的一团之长。突然发生的变故作用在马戏团里每个人的生活之中，作为负责人，老袁首当其冲，抵御最多的压力。他脸色不好，说话就咳嗽，不住拿桌上泡的一杯菊花茶漱口，不住把水吐到已没人会去收拾的瓷砖地上。老袁看看陈寿，话直截了当，以后没驯兽表演了。陈寿没回话，等老袁下一句。果然，下句是，马戏团也完犊子了。陈寿问，大山怎么办？老袁说，往动物园送，跟园里联系好了，年后送过去。还有十来天，等这十来天过去，咱们就都解放了。叫你来，是想问问，团没了，你怎么打算的？陈寿说他不知道。老袁叹气，不行还跟我走吧。团里有一半都决定跟我走了，多你一个不多。咱们去南方。陈寿点点头，他只坐过一次火车，十六岁时去外地看望已另成家的母亲，同时去要一笔学费。除此之外，他没更多出远门的经历。老袁抓着自己所剩无几的头发，铃声在他裤兜里突然响起，手机像个小电棍，惊得老袁猛然去掏，看见谁打来的后，骂了一声操。摁掉电话，他恍惚着说，那个姓姚的姑娘，追命似追问我，每天至少五通，每通全都是一个问题，问我准备什么时候把大山给弄死。你说她是不是疯了？陈寿说，我也快疯了。老袁笑出声，一笑，他脸上的褶子都排成图腾似的纹路，人苍老不少。老袁说，小陈，如果还想跟着走，答应我两件事。第一，姚梦露不能见大山。第二，别饿死大山。我知道大山有几天不吃食了，我顾全不到，这事只能你来想办法。我记着，它才三个月大，就被接来跟你了，你一定有法儿让它吃东西。陈寿想了想说，就是我得保护它。老袁说，就是你得保护它。

对于大山，生命中重要的东西无非是两者，鸡骨架和皮鞭。回到笼前，陈寿坐下望它，想起大山和自己度过的七八年。是啊，刚来时它才三个月，比只成猫大不到哪儿去。起初大山连爬上台子都不会，陈寿眼前历历鲜明。他曾经也很不愿意那样做，不愿朝幼年老虎挥鞭子。可先前的驯兽师，直截了当告诉当时的陈寿，除了打，驯虎没第二种方法。皮鞭被递到陈寿手里，他只得去抽打那只无论如何不肯坐上台的小虎，一下下加重自己手上的力道。大山终被抽得面目狰狞，四处躲避，想反击，没有能力，它的牙在更早时候被拔光，只剩下后排的几颗，尚能负担咀嚼功能，更多时候，它只是囫囵吞下食物，往下生咽。大山有没有忘记这段事，陈寿相信没有。它一定记得小时候被养成的对皮鞭的应激反应，所以此后一旦发现陈寿手里攥着它，便机警地缩回角落，一脸愤怒，等待注定的挨打。

跟你说啊，等到了动物园，就没什么表演任务了。别说在咱们这儿，就是在动物园，也没人看，你没什么价值了，知道吧？也就没什么好东西吃。到时候，不可能一天三顿鸡骨架了。陈寿的生活，逐渐回归到响马出现之前，还是只有他和大山，在空壳子的马戏团一角里，做只发出一人声音的交流。大山眼皮耷拉，仿佛听不懂，也仿佛能。它抬起脑袋，眼中闪过一瞬对鸡骨架的渴望，有如萤火，又再消失于对人肉偏执的怀念里。陈寿跟它说，我也要走了。你会不会想我？他默默掏出脚边袋子里一只鸡骨架，攥住胸腔的部位，拿在手上说，本来我挺高兴你最近不吃饭的。虎是国家一级保护动物，不敢弄死你。也许这话听了叫你伤心，但离别将至，该说点实在的。因为你弄死了响马。我这辈子第一个、可能也是唯一一个朋友，被你舔得面目全非，我很恨你。到今天，知道咱俩也要分别，不全为了老袁给我下的死命令，为我自己，也希望你吃饱吃好了，再去个新地方。大山转过头。陈寿把鸡肉扔到它爪子前方。从幼年到成年，大山一次次受鞭打的状态，尽数回到陈寿眼前。一直以来，我都想错了，陈寿说，你不会，也不可能是我的朋友。相比弄死响马，你内心最想弄死的人，其实是我。大山把头压回前爪上，只向前闻了闻，还是准备睡。它爪子舒展，甚至把鸡骨架推得更远了点儿。

之后陈寿绞尽脑汁，想怎么能叫大山在临行前吃上顿饱饭。也会去想姚梦露，想她的声音有朝一日，突然出现在了门口。如果她一开始找的不是老袁，而是自己，陈寿认为他大概没勇气，哪怕在心里偷偷地，去骂她一回神经病。他能理解姚梦露的心情，因响马生前最后一段的精神状态，对陈寿来说过于深刻，那只能是深陷爱中的人的反应。既然相爱，姚梦露的反应一样顺理成章，人不会不思报复。她就像个复仇女神，多次出现在大山味如嚼蜡吞食鸡骨的动作里，成为一个多少让陈寿感觉心悸的幻影。陈寿自问，如果他是女人，是姚梦露，该如何面对响马突然的离世。不见大山时，陈寿可以斩钉截铁说，弄死它，一命偿一命。可一旦和大山面对面了，仇恨荡然无存，他真的变成女性，变成一位母亲。陈寿恨不能撬开大山的嘴，在里面支上漏斗，说，灌，给我往死了灌吃的。入夜的马戏团里，陈寿发现，自己一路来的成长，看似窝囊，实则都在趋利避害。响马于他，短短几月相识，已刻下终身烙印。他不可能忘记响马，忘不了那张石膏做成的脸。同时他更忘不了，三个月大的大山，是如何在皮鞭的震慑下，最后迈着家养宠物的步子，坐上那个日后它要在上头被打千百回的、一个小小的仅能容纳下前后爪子的被箍死的台子上的。即便老袁没嘱咐，他也不会让大山蒙受危险，他已经失去响马了，失去得确凿无疑。大山是他在这座小城里仅剩的拥有。

他壮着胆子，抚摸饥饿中的大山的头顶，大山随时可能不认他，张开血盆大口，毕竟陈寿手上空空如也，也没有鞭子。陈寿将手停在半空，听见有敲门的声音顺着走廊从远处传来。敲门声不大，但坚定有力量。晚上九点过半，看了眼时间，他知道是她。打开那扇供内部人员出入的小门后，姚梦露和她身后平静无人的街景，出现在陈寿眼前。一辆空着的出租车飞驰而过，明黄色的街灯洒落在宽敞的马路上，除了他俩，城市之内，所有人仿佛都已入梦乡。姚梦露穿着件皮夹克，内里是一件同样黑色的、薄薄的化纤高领，胸衣上铁丝支撑的地方肉眼可见。她化了浓妆，盖不住哭过的痕迹。我得找你谈谈，姚梦露说，我可能快疯了。

还是因为响马？陈寿带她进门，到观众席上坐着。姚梦露拒绝坐第一排，响马死的时候，因坐得最近，她看得最清楚。她点点头，回应陈寿进门时问的，我就是因为响马。台上开了一点灯，上面空荡荡的，铁丝还没收，吊在舞台上头。他们距离光很远，周围没一点声音。姚梦露点了根烟，继续说话。本来，没这事，我和响马也打算走了。他去过很多地方，来这儿只是落一脚，我一直怕的是，他走的时候不叫上我。我跟他说过，我在这儿也待不下去了，感觉要枯死了。他答应我这种日子不会太久，真的，他每一次都和我保证，把他的黑西服脱下，盖我肩膀上。说那是他爸穿过的衣服，留给了他，上面有亲人的气味儿。响马和我把彼此当成了亲人，我信他不会骗我。但他还是骗了我，还是一个人走了。操他妈的响马。陈寿劝她，你该离开这个伤心地。姚梦露擦了把眼泪，说，是想走，没什么留恋的。可一想到那只老虎，你们叫的大山，还好好活着，而我不能替响马报仇，我就睡不着觉。陈寿说，大山死不了。虎吃人，从来都是人的责任。她看看他，指了指自己的心口说，你知道把一个人突然从心里剜出去的感受吗？然后她突然想到响马说过的关于陈寿的事。陈寿孤单一人，已经很习惯，给人的感觉像他这辈子，不会和任何人产生亲密的联系。陈寿就像个修炼成人的老虎，和大山的区别其实没那么大。她冷眼看他，仇恨转移到陈寿身上。你也是个畜生，她一字一顿说，你根本不配和响马做回朋友。

我也要走，陈寿低下头，没什么好为自己辩解的。他只是陈述，我们都走。大山也会走，去动物园。日子都不会好过了。姚梦露没说话，过了会儿，她递根烟给陈寿。他接过，有点犹豫，但还是用嘴叼住，看姚梦露按开的火星，在眼前带着短促的、温暖的诱惑。他们头凑近，共用一点火，点燃两根烟。陈寿望着姚梦露，她哆嗦着，泪水从眼角急速往下掉，视线一动不动，面朝前方，响马的丧命之地。姚梦露看起来孤立又无助，肩膀在颤抖。陈寿转开脸，不知道说什么好，又过了会儿，他自言自语，希望你多留几天。不为别的，陪我去动物园看一回大山，再陪我去墓园，看一回响马。

4

大山半空着肚子，被关在一辆车后斗上的笼子里，在一个夜晚，被送达郊外的动物园。小城远在最北，秋天短暂得像从未来过，很快入了冬。陈寿在收拾行李了，房子已经退租，今天是他住的最后一天。老袁给他和同行人定了明早八点的车票，天一亮，就要走进另一段人生。陈寿不无平静，给空掉的兽笼挂上锁头时，耳边似乎仍有大山熟悉的呼吸声，团里各个房间，也仍有人在走动，响马的魂儿还是趴在窗台上抽烟。烟雾下，他的黑西服一耸一耸，肩膀不时移动，人一点儿不老实，张望着各处，问候每一个走过他面前的人。走啦？响马雄浑的音色在喊。陈寿走到窗前，看外边天色悄然变红，按说十一月不该下雪，但那是别的地方，他们这里，四月也下雪，冬季总是漫长得过不完。陈寿无所事事，自由成为壮大了的空虚，包裹住他每寸皮肤，使他对冷热寒凉，一概感受不能。陈寿想着，第二天起早，他要带上行李，揣好车票，去墓园念叨念叨。先看父亲，再看师傅，最后看响马。等告别死的，他再继续活。

姚梦露站在动物园门前,夜里十点了,他一直在等她。是姚梦露在电话里约定说,等关园,等入夜,他们再相见。她还穿一身黑。赫然入目的,是她肩披着响马的黑西服,在路灯下抽烟的场景。她问陈寿,该怎么进去?陈寿拿出工作证,给看门大爷看,说,我来喂老虎。大爷说,我们喂过了。陈寿说,我是马戏团来的,刚送来的虎,先前一直是我喂。明天我就走了,来看望看望。待一会儿,不会多留。大爷又问跟着的姚梦露是怎么回事儿。姚梦露轻蔑地不说话。陈寿替她答,她和老虎,感情更深。大爷把铁门拽开,说,出了事,你们领导来找我们领导。姚梦露跟在陈寿身后走,寒风呼啸的园子里,一盏灯不亮,寒风一吹,净是腥臊的味道。陈寿一手拿着向看门大爷借的手电,一手拎着十斤带骨肉,姚梦露踢踏着尖鞋跟,笃笃地随他开出道的光线走。

大山住的地方门已锁住,黑漆漆的虎山后,它和另外两只老虎一齐趴在里头。按开廊灯,陈寿直直站在笼外,看清每只老虎的脸。看望来者时,同样的怨恨瞬间满溢了它们的褐色瞳孔。他能一眼认出大山,三只老虎谁都没有动,陈寿内心狂叫着大山的名字,从大山恐怖的眼神里,透露出的却是陌生。姚梦露也变得恐怖,在响马死后,她第一回眼睁睁地又见到了虎,像个被点燃的炮仗,狂轰滥炸,炸出一叠声的脏话,同时狠拽陈寿的衣服,质问他,哪一只是大山?陈寿不说话。姚梦露用自己的高跟鞋,一下下踹着笼门。老虎们终于有了反应,它们被激怒了。有一只发出凶叫,嗖地一下扑了过来,脸孔变得扭曲。发狂的老虎头上白色鬃毛根根竖立,两眼盯着姚梦露的细腿,瞳仁占满眼眶,疯狂侵蚀,不剩一丝理智。它准备等她再抬脚时,就冲破笼子,将其咬碎。陈寿扭头看姚梦露,发现她竟然和老虎露出一模一样的表情。

许是骂累了,许是哭累了,姚梦露蹲在地上,渐没了声音。陈寿解开塑料袋上的扣,拿出肉块,用带来的小刀削好,一下下离远着,往里扔。起初老虎以为陈寿在拿东西砸它们,都躲远开。一只先近前,陈寿热泪盈眶,因知道那是大山。大山离得越近,越能闻见陈寿身上的气味儿,相信扔在地上的就是食物。可大山吃的一直都是鸡骨架,牛肉价贵,在团里时,没给过它这样的待遇。大山嗅着陌生的牛油味,试图张口,咬碎牛骨里的油脂。仅几秒钟,它就咽完快两斤的牛肉。另两只虎追着它嘴边的剩肉咬,怕大山被咬伤,陈寿紧着往里扔剩下的肉块儿,三虎分头而食。肉全吃空了,它们各自虎视眈眈,边舔舐面前地上的牛油,边打量对方是不是还有没吃完的肉,随时预备扑过去。大山舔完油,抬头望陈寿。不知道是不是因为饿了太久,突然吃到食物,它原本耷拉的肚子,开始一抽一抽,发出呼呼的声音,就像个成年男人,在境遇不堪时,头埋在手臂里哭泣传出的那种浑浊又绝望的哽咽。

陈寿突然张口,大山!大山还是发出呼呼的动静。姚梦露爬起来,扔进一只鞋,砸大山的头。大山没提防被砸中了身体，接着又是一只鞋。姚梦露往空掉的塑料袋里乱抓，里面装着刚才陈寿割肉用的刀。陈寿抱住她，抵死不放，姚梦露挥舞小刀，眼红睁着，对他喊，不是它就是你。一番搏斗后，陈寿将她制服，压在了身下。兽笼里吃饱了的老虎们则先后回到睡觉的地方，它们波澜不惊。在混杂了响马和姚梦露两者的味道中，陈寿告诉姚梦露这些话。现在夜深人静。杀了你，把你分了，和刚才那些肉块一个样。我丢进笼子，它们不用几分钟，就能给你吃干净。知道吗，你想象一下？姚梦露被按在水泥地上，她盯着他。我一点不害怕，她说，真的，陈寿。你这么一说，我心里挺舒服的。我希望无论什么地方，都能和他一起去。陈寿也盯着她，姚梦露美妙的眼睛里，血丝一览无余，连她上飞的眼角周围，几道因人生中几次撕心裂肺才积攒下的皱纹，也都十分清楚。陈寿说，可我害怕。姚梦露把头埋进陈寿怀里，问他怕什么。陈寿说，怕自己完全变成大山，对人命越来越不在乎，只把你们当成一堆肉。

走了好，走了对。他们坐起来，靠在走廊外斑驳的白墙上。陈寿重复着，走了好，走了对。姚梦露笑出声，明天一早，我要去广西。陈寿问她几点的车。姚梦露说八点。陈寿说，好，我们一起去车站。她说现在她就要回去了，累了，什么都想放下了。陈寿固执地抓着她手，他知道，今日一别，和死去一样，是再不能相见。往后，他的马戏，她的话剧，都将成为这座城市留给上一时代的古老记忆。人们只会记得，话剧团从不开门，马戏团虎咬死人。陪我去个地方，陈寿说。出租车上的姚梦露，抿着黑西服的襟，半开车窗，望向外头空荡荡的城市。纷纷雪片下起来了。车载着他俩，向一个反而热闹着的地方去。那里死生仍继续，唯独肉眼看不穿，那里，好多已被雪埋下了的爱恨，仍和春苗一样，蛰伏生长的迹象。

陈寿清楚，姚梦露和响马会有单独的话要说。他自己先去看了父亲，父亲的黑白小像，在暗红色的天空下映出，没一丝阴阳相隔的气氛。他记得父亲一直话少，现在父亲不说一个字，也没让他感受多失落。睡在父亲身畔不多远，就是师傅。师傅在像里，是笑着的，怪模怪样，连死也是个表演中的状态。坟前，陈寿将从路上超市买来的两瓶白酒，给俩老头各洒了一瓶。酒味蔓延开来，经大雪快速覆盖，融合为清新好闻的一缕香。陈寿在心里念叨，儿走了，也许还在马戏团，不练动物了。现在好些地方，都不让练动物了。往后，我练自己。爹，师傅，练自己我挺习惯的，小时候好些次，疼得骨头快碎了，你俩在我边上喝着酒，醉眼迷离，跟拿我当下酒菜似的，不时递两句骂。爹你说得是，大丈夫不能无本领在身。师傅你说的是，陈寿啊陈寿，人这辈子，总得死上一两回。

姚梦露蹲在坟茔里，半昏半暗中，雪花降落在她头顶上，似一片片纸钱，花白又缥缈。陈寿站得远些，手里攥着和酒一块买的给响马的一盒中华烟。他轻轻叫她，哎。姚梦露不动。他又喊她的名字，披黑西服的背影还是像没听见一样的。陈寿唤，露露。她肩膀一松，转回头，像四五晚没睡过觉了，头靠在响马的碑上，眼皮半闭。陈寿过去给响马的小像擦一回灰，方头宽脸的响马含笑看他俩，眉毛仍是粗黑，眼神也熠熠，比活人更像活人。一夜未眠，陈寿眼前有点花，响马小像上的脸，渐渐被大山因饥饿而疯狂的虎脸占据了，正发出无可奈何的、低沉的一声吼。他和姚梦露，双双跪在响马坟前，像一对孝子，哭得喘不上气。香烟散尽，纸灰随雪飘远，陈寿看着时间，两辆列车可能都已停在了站台。姚梦露一人起身，拽下肩上的黑西服，披在了陈寿身上，如一个轻飘的拥抱。她只穿袜子，双脚落在雪地里，悄没声地越走越远。

陈寿也走。没什么机会再回来，无论是给响马扫墓，还是给大山喂肉吃。但他总会梦见响马，每次响马都说，不用他惦记。久了，陈寿真不再惦记，连生养他多年的城市、四季飘过的沙、一冬漫长的严寒，也一并不落心上。常年穿响马西服的陈寿，变成了另一个响马。因和响马总在梦中相见，倒也不觉得能忘了。反而是老虎大山，听老袁说它病了，也有说死了的，更多说法是，动物园也不收它了，这让陈寿渐渐认定，大山是他记忆里一段虚幻象。对一只本该啸聚山林的动物来说，大山活过一世特殊的命运，即作为老虎而生，作为猪肉而死。有时陈寿在南方想起它，会想到应该给它立个坟。不用了，每次转刻又觉得，响马的坟就是大山的坟。坟里灵魂是响马的，游荡于四方，坟里骨肉是大山的，虎皮都已烂透。

出徒

1

小学二年级的秋天，我家院子里的山楂树挂了果。同年冬天，母亲对父亲说，她决心要去卖山楂了。父亲没有反对，第二天他很早就出门，带回很多的砂糖，还有一口锅。锅口很浅，比我家烧饭用的铁锅单薄不少，像个能挥在手里击球用的拍，我试着掂了下，没掂动。母亲让我离远一些，她手上拿着一张纸，上面是央人给她写的，制作糖葫芦的步骤。她反复看，反复在厨房里试验，一丝不苟，还往脸上挂了白口罩，像课本上画的女研究员，只是没穿制服，穿家常衣服，还跛了一条腿。整个下午我在院子里玩，向墙壁上画出的靶心掷沙包，身心沉醉于屋内飘出的焦糖的味道，总试图推开屋门，听母亲叫我没有。想自告奋勇说，我愿意替她尝一尝。晚上父亲从海边回来，我一人在星辰下站着，踩住沙包，看见门口两扇铁门，正轻微地摇晃。父亲推门的手有些抖，大概是冻的。他总得光脚在海水里泡上很久，才能往筐里拾满鱼饵。父亲的工作是捕捉一种纤细的红虫子，一斤四块钱。他一天能挣二十块钱回家，如果没挣到二十块，他推门的手就不仅抖，还缓慢。

父亲走过来，嘘了我一声。他身量不高，和我们班上发育最好的齐大个儿差不多，人却很壮实，脱下衣服，肌肉一条一条的，身上比脸白不少。我母亲脸很白，人也虚弱，不常出门走动，也是因为腿脚不灵。想来做山楂这件事，她也计划五年了，五年前她在我家院里栽下十棵山楂树。五年后，她安慰害怕等冬天到了会失去营生的父亲说，我们还有这些红果。

母亲在和我年纪差不多的时候，贪玩，从山坡上滚下来，又不巧右腿撞在一块掩藏在荒草后的石头上。到家后，她偷偷把裤子褪下，看见从膝盖往下，右腿上整片的血污。伤口看不清楚，她只简单用水冲洗，一瘸一拐蹦着去盛饭，去刷碗，去扫炕，去入睡。夜里疼痛难忍，蚊子样哼哼，姥爷喊她闭嘴，我姥姥睡得轻，问了两声，丫，哪里不痛快？她说腿上。姥姥在夜色中撩开窗帘的一条缝，借外头的月色，看清母亲的伤势，用手指蘸了些自己嘴上的唾沫，给她抹。一个月后，病情加重，母亲彻底不能走，终日在炕上抱膝叫疼。姥爷只得雇了车，送她去医院。大夫一会儿说没大碍，一会儿说没法弄。他看着很年轻，眼睛里尽是迷茫和无助，似乎自己也得上了某种不能确诊的病，恍惚着指点姥爷说，等过几年看吧，过几年条件好了，再想办法。过几年，母亲长成了大姑娘，日子没有好，又被病腿拖累成贫穷的老姑娘。我姥姥叫媒人来家几次，媒人再到我父亲家去，说王家可有个好姑娘，就等着你们老大呢。我爷爷没吭声，两个先于我爸成家的叔叔也不吭声，毕竟给他们先娶了媳妇，对大哥是有份亏欠的。可眼下大哥再要成家，家里多一分都拿不出来，他们不敢想象一旦应承了，日子还能跌到什么份上。这时父亲从地里回来，听见媒人这句话，撂下农具说，她怎么等我的？媒人说，她等你，大门不出，二门不迈。父亲寻思片刻，觉得听着很踏实。爷爷见他动心，把话说在头里，我们家可没子儿了。按说他二婶你来，该请你吃顿晌午饭。可你看看，圈里，鸡窝里，碗架柜里，找不出一个好菜来。媒人平淡地说，她在老王家吃过了。爷爷和两个叔叔对了下眼神，心说女方条件兴许可以，起码是个懂礼人家。爷爷说，好哇，好。刚才你说那姑娘，不爱出门转悠，这点就本分。我再打听一句，她多久出回门儿？媒人说，半年前出来一次，去市里看病。过半年说还得去一次，去省里手术。父亲把跌在脚边的农具，重又拾起来说，你该直截了当讲，她有残疾。半身不遂还是小儿麻痹？我爷爷说，立国，没教养。他二婶，姑娘半身不遂还是小儿麻痹啊？媒人擤了下鼻子，说，右腿不好使。拐着走，也能走二里地。是亏了你家了。说完，媒人让我父亲用板车送她回去，她懒得再走那二里路，两家都跑下来，却没有跑成，她很挫败。刚在车上坐稳，父亲推她到村口，不推了。他久久没说话，媒人也不催，知道个人的主意还是得个人来拿。大太阳底下，她用袖口挡着半面脸，悠悠地抛出一句话儿，去王家呀。父亲又再推动车轮前进，喘气平匀，汗也没擦一把，好像他天生就知道王家在哪儿，推着媒人去见未来老婆，是他人生必经的一条路。到了王家，我母亲正趴在窗口剪窗花，贴窗花。剪好了往玻璃上一拍，透过图样上的缝隙，母亲第一次看到了父亲的眼睛。

父母话都很少，印象中他俩从未红过脸，好些年后我也成了家，才知道那样就是感情深厚了。母亲干不了重活，始终懊丧，便把多余的精力尽数使用在辅导我成才的事业上。我小学就在村里上，一个班十来个孩子，我八岁才上学，是最晚的一个，这还是反复求来的。母亲其实恨不得我多学知识，她只是还迷信那个当年给她看病的大夫的话，总以为凡事拖得久一些，就缓和多一些，毕竟一旦添上我这笔学费，家里又吃紧不少。看着我每天早起去念书，到下午给她带回今天新讲的课文、新学的算术这些信息，她总是既喜悦，又心神不宁。她提早守在家门口，看我放学回来，立时张开怀抱。我不敢往她身上扑，怕撞倒她，就在她怀里轻轻蹭一下。母亲没念完初中，加上记忆力逐年减退，与其说是辅导我，更多是监督我。和班上别人的母亲不同，她以一种近乎残酷的标准要求我，每天除了完成老师布置的作业外，还要求我练一篇钢楷，写一页日记。她托人去镇上买了本字帖带给我，起初，在透明的薄纸下模仿那些美丽的字的纹路，于我像游戏一般新鲜。可等字帖摹完了，再也没有了，她要求我在旧报纸上练笔，报纸粗糙，钢笔不容易下水，字练得费劲，我开始烦躁，在日记里写下为数不少的抗议。母亲会在每晚睡前，检查我的钢楷和日记，看完钢楷，她已经不满意，再看完日记，好半天人默默坐在炕沿。我也在炕上默默打量她梳得像男人一样的短头发。她让我跟她去院里，父亲抱着我，试图帮我逃过一劫。母亲唉声叹气，因为病痛，她的唉声叹气几乎像呼吸一样自然。叹息声慢慢转移到了院子里，她不叫我，可她在等我。父亲只好对我说，去吧。这回轮到他趴在窗口，不安地往外看。看到我和母亲，两个薄薄的人儿，都那么瘦弱和矮小。母亲让我在院里东走几步，西走几步，南走几步，北走几步。等走回到她面前，听见她说，这院子就这么大。不多学点本事，即便你手脚全乎，也会和妈妈一样，做个废人。你想做思想上的瘸子吗？我始终记得她这句话，当时有讶异的感受，多年后才明白讶异来自哪儿。如果没有残疾，她本来成绩很好，好到可以帮她超越贫穷的宿命。白天不说话的时候，母亲脑子里会转各种各样的文字，有些是她上学时暗自记下的名人名言，有些则从我的课本上得来。在我临钢楷的时候，母亲捧着我的语文书，一遍遍念诵：我们往往是急功近利，恨不得一口吃个胖子，总想着最快最容易的获利方法，工作埋怨万分，却忘记了路是一步步熬出来的。

母亲不单叫父亲去卖糖葫芦，叫我也要去。父亲求情说，孩子太小。母亲说，打小练。

母亲把做好了的糖葫芦放进两个筐里，大筐给父亲，小筐给我，叮嘱我说，五毛一个，是小山楂串的。一块一个，是大山楂串的。给你的，一块的山楂放得少，先从小山楂开始卖。早上七点刚过，小学已经放寒假了，我还是头一次起这么早。母亲给我套了条厚实的棉裤，裹上棉衣，往我头上罩住仅能露出一双眼睛的毛线帽子，我的嘴也捂在里面，说起话发潮。父亲和我一起出门，我俩肩上一人扛一个糖葫芦架子，那是根高高的棍儿，最上头用铁丝固定住一只编织袋。母亲嘱咐我，一定要到了地方，站住脚，再把糖葫芦从筐里拿出来，一个个在铁丝里插好。不要先拿出来，糖怕落灰。八点多，农村天已大亮了，父亲走上另一个方向，听脚步声越来越远。我前方是村里唯一一条开阔路，一直向前走，就是镇上，每到逢年过节我最期盼去的地方，现在母亲告诉我，寒假里剩下的每一天，我都要去那儿。我会成为那些小贩中的一员，自己挣钱、数钱，经营一份买卖。我挎着筐，扛上架子，像个孤胆英雄走上未知的征程。有认识的大人站在道边儿看我，看我这身装束。我听到他们的小孩儿在叫了，爸，你看他要去打人。他爸告诉他说，不打人，他卖东西。我把眼神扫过去，想这可能是我第一个买主，大人被我一看，将孩子往屋里哄，说不买不买。我知道不能心急，他们还没看过我筐里有什么，不知道那是母亲淘洗了多少遍的山楂，反复试验了多少遍火候才挂上的糖浆。那是世上最好的糖葫芦。我自信地想，等到了镇上，一亮货，会有识货的。半小时后，我走到镇上，集市的热烈在我眼中，一时变异成了别的气氛，像张牙舞爪的狮子，也像有些大人消闲时,那种烟雾缭绕的牌局。我在人群里挤来挤去,筐被撞了好几下,还不知道自己该站在哪儿。似乎哪儿也没有我的位置,棉线帽子下,我的脸孔发烫,好容易找到一块儿空地站住。是街尾的位置,旁边有个水果摊,清一色摆着苹果。水果摊后的男人,将两只脚架在一把椅子上,侧躺着看我。他一声也不吆喝,漠然地观察来来往往的人,遇到有抬手拿他苹果的,就拽个塑料袋扔过去,秤杆也不拿。我以为或许可以不用吆喝,也会有人像摩挲他的苹果一样,摩挲我盖在筐上的毛巾布,试探问,小孩,底下有什么呀?到时我再说,底下有好货。可整个上午过去了,没人来摩挲毛巾布,也没人看我一眼。除了那个卖苹果的,他似乎当我是一景,不时发出古怪的笑声。我的存在,消磨了他的寂寞。

这时,有人来买他的苹果。那人将手里的糖葫芦架换了个肩膀扛,大筐用腋下夹着,还是没让男人用上秤,也没用上袋,他就拿了一个走,将买来的苹果塞进我的棉线帽子底下,说,口干了吧。父亲不知是后来寻我的,还是像相看我母亲那天时一样,临时决定掉转方向,去跟踪他的儿子。我抓着苹果,盯着他说,我一根也没卖出去。父亲说,你根本也没卖啊。我没听见你吆喝,你吆喝了吗?我说,张口费劲。父亲摸下我的脑袋,让我跟着他,往家回。回去的路上,他给我讲今天他是怎么张口的。他说,你妈这个帽子,缝得好。就露一双眼,像不像个蒙面侠客?你就想你是个侠客,四海为家,到哪儿不留名，谁也别想认得你。知道只有什么会认得你吗？我想说，只有你和妈妈会认得我。父亲却从口袋里掏出一沓钱。我第一次看到那么多钱，得有五十块吧，才一上午，就得这么多。父亲说，钱会认得你，你在乎它，它才跟你走。你要是叫也不叫它，它凭什么去找你？我说，我明天不想出来了，我讨厌去挣钱。父亲没反驳我，他把帽子卷起，露出嘴唇，叼上一根烟，说咋的都行。午后风刮得大了些，路上人渐渐少了，父亲说我们只是回家吃个饭，下午还要去的。我在帽子里吃完整个苹果，怕灌风，紧着啃完最后一点果核上的肉，心说下午我就不去了。我是个小孩，我不能回家这么晚。到家门口，母亲还是等在那里，像每天看到我放学一样，露出安稳的笑，相比平常，笑容里有更多的欣慰。我往她怀里钻，筐扔掉，打了个小声的嗝。母亲掂量我的筐，便知道了我上午卖货的结果。我撒娇说，下午不去了。她和父亲一样，点头说行。她只是多问了一句为什么。我说，张嘴吆喝，太丢人。母亲点点头，掀开筐上的毛巾布，翻开塑料纸，拿了最上面一根糖葫芦，递给我。

她说，你看，我做的糖葫芦上，糖是什么颜色的？我拿在手上转了两面，阳光反射，糖面像镜子一样闪出迷人的光线。我说，银色的。她说，外面糖葫芦上，糖都是黄色的。知道咱家的糖浆，为什么透亮吗？我摇摇头，眼前过了些画面。她说，我眼珠不差，盯着熬的。知道咱家山楂为什么通红吗？我在水里筛了又筛，五次打底。我说，妈你别说了。吃过饭，我和父亲又一起出门，走两个方向。下午落了一场雪，在刮着雪的集市上，我茫然站了好一会儿，想自己是个侠客，想糖浆在阳光下的颜色，终于在卖苹果的男人眯起眼睛想躲风雪时，喊出人生的第一句吆喝。糖葫芦，世上最好的糖葫芦——五毛钱。

2

往后山楂树每年都挂果，我也每年寒假都出去卖糖葫芦。有次爷爷领着堂弟，在集市上看见我，我扛着插满糖葫芦的立棍儿，生意人一样站着，已比他高出一头。因为和两个叔叔关系不好，所以我们也很少去看爷爷，怕去了互相再碰着。三年前父亲带我去爷爷家，就和三叔打了一仗，三叔骑坐在父亲身上，父亲两手挣扎的动作就像在土里游泳，刨出一阵扬尘。我、爷爷和二叔，三人只是盯看，似乎这样就是劝架。父亲突然号叫一声，背部老牛似的往上一弓，将三叔顶起。我朝他手边扔了个铁锹过去，父亲会意，一手抓住锹把，往背上负重的地方砍去。三叔被开了瓢。爷爷和二叔送他去诊所的路上，他频频回望我们父子，意思是你们等着。爷爷半路折返回来，看到我和父亲正在炕上支起小桌，掏家里的剩菜吃。父亲盅里有酒，他举着盅，看爷爷，爷爷也看他。我以为他俩会憋出什么话，父亲刚干完见血的事儿，我相信一时半会儿没人能在气焰上压服他。爷爷却朝我来了。在我十来岁的脑瓜上甩了个巴掌说，锹你也是好递的！

糖葫芦好卖吗？再见到时，爷爷裹着条脏兮兮的灰围巾。围巾是粗针的，上面沾着口水和鼻涕，他把围巾又当围嘴，又当口罩，还当手绢使。他眨巴着和围巾一样浑浊的眼珠，向我打听今天的进项。跟在他身边的堂弟是三叔家的，叫小华，呆头呆脑，比我小两个年级，很少叫我哥。他爸叫我，老大家的，他也跟着学。有时在学校我俩迎面碰上，非得打个招呼时，他就在嘴里先发出个模糊的音节，类似唔，然后拿小眼神在我边儿上遛一圈说，老大家的。我回答爷爷说，还行吧。我开学就要念初中了，常年做买卖，早会看人下菜碟，但我看人的标准，是跟着我父母的。父母喜欢的人我也尊敬，父母不喜欢的人，哪怕是我亲爷爷，我也亲近不起来。何况我那两个叔叔，一个比一个不是玩意儿，父亲受欺负还好，他心大，事不过夜，可同样的话但凡传进母亲耳朵里，就会让她整晚长吁短叹，检讨自己的德行。我知道爷爷是缺钱了。父亲和二叔每月都给他拿一些，三叔一分不拿，还总想从爷爷那捞点儿，当初父亲和他就因这个干的仗。爷爷哆哆嗦嗦，将手从棉袄里伸出来，往我筐上去抓，又向我腰间摩挲，我知道他想摸什么。我按住他那双树皮一样的手，笑嘻嘻说，我今天还没开张。爷你吃糖葫芦不？他摇摇头，指着嘴巴说，太酸，倒牙。我说，那也来一根。不来白不来，要别的我也没有。我从棍儿上取下一根，递到小华手里，大度地说，吃吧。爷爷脸色铁青，对小华说，吃。你大哥的心意，你别不识抬举。小华的黑眼仁儿在眼白里晃荡一圈，盯着我，说，不要五毛的，要一块的。果儿大的。爷爷看看我，吸溜着鼻涕。我说，不行。看你是弟弟，白给你一根儿不错了。我不能太亏了。爷爷转向小华，说，听着没，他家有钱了，越有钱越抠。回头跟你爸要钱，来买一块的，爷爷没钱，穷。我把小华手里的糖葫芦抢回来说，还不给了。你们走吧，别挡我做生意。爷爷又说，小华，听着没。当年他爸用铁锹砍你爸，现在他用撵狗的话撵你，还撵我。你可别忘了。小华立马跳起来，两手攀住棍上所有的糖葫芦，往下扒拉，我听见每一根竹筷轻声折断的声音。集市上过往的人，都在回头看。我身边儿那些常年下来已经混熟了的卖货的大爷和婶儿，也齐来劝。爷爷在叹息，他看着一地的红果、糖片儿，试图捡，瞧瞧我的脸色，又作罢了。小华倒是雄赳赳气昂昂。我将刚才还有些分量、此刻已轻飘飘了的木棍捏在拳里，朝小华就是一劈。我试图模仿当初父亲的样子，却忘记小华是个小孩，和三叔身高上有差异，棍只是乱挥，并没扫上。而他被爷爷卖力地一推，在围着的人群前摔了个屁股蹲儿，后背又被人墙顶住，没再往后翻。他傻兮兮地盯着怒发冲冠、手持木棍、孙悟空转世般的我，眼白变得更多了。

据说小华回家后神志不清了两天，电视里一放《西游记》，他就躲进被窝，叫大圣饶命。父亲去看了两次，带上母亲要他带的一筐糖葫芦。都是一块的。还带上五百块钱。钱三叔收了，糖葫芦没要。三叔甚至没让父亲进门，只在门口伸出手，从门缝里接过钱。这是晚上我在炕上装睡，偷偷听父亲告诉母亲的。母亲又在唉声叹气了。她在那两年信上了镇上到村里来传福音的一个人，从他手上接过一本页码发红的小书，没事就参详它。那晚，我听了半宿她向神灵祈祷的声音，不知神能不能听懂她的东北话。她说，万能的主啊，你让仇恨消失吧。

仇恨没有消失，相反，它像是渗透进海绵里的水，看着像干了，挤就还有，就算不挤，它也始终在海绵里沤着，随日子长久，发酵出可怕的味道。我在家歇了一礼拜，其实是母亲嘱咐我，在家躲一礼拜，躲躲你三叔的火气。他还不至于来家弄你，他怕你爸。可仅凭父亲出门卖糖葫芦，收入要少一大半。我岁数小，更能招揽客人，几年下来积攒下好些回头客，也知道什么钟点儿该去哪儿出摊，尤其是那些在冷库工作的工人，他们一下班，总要来我的摊位上买串糖葫芦走，我会在他们下班前的半小时，准时在一个好位置安营扎寨，岿然不动。我们那个集市虽小，也是方圆百里最大的集市了，人事复杂，各有各的地盘。父亲如果也去，就不知道该往哪儿站，别人准会给他哄去一个没生意的地方，凭他站多久，都不会有人打那儿过。算上我家，集市上共有六七家卖糖葫芦的，只要我一露面，都知道，小孩家的，山楂干净，糖脆亮，不粘牙。父亲一去，品牌又要重新打，他不行。

一周后我又去集市出摊，生意经在脑袋里转得拨浪鼓一样响，也像无数的算盘点，上拨下拨，催促我在往集市的路上，走快一点，再快一点。不知道从什么时候起，寒假出门去卖糖葫芦，成了我一年中最期盼的时光，尤其是当夜晚回家，钱包是鼓的，筐是空的，而母亲脸上满是笑的时候。那些晚上，父母让我坐在炕桌的首位，窗外吹着风雪，炕上暖融融的，我像个突然长大的小老爷们儿，拿筷子点进父亲的酒盅，往嘴上沾些刺辣的酒的味道，吧唧吧唧，有了顶门立户的意思。那天我刚到了集市，把脚站稳，从筐里一串串往外拿糖葫芦，按大小排，个儿大的插在立棍儿最上头，看着刚才还很单薄的棍儿上如今花团锦簇，全是晶亮亮的红果，在快中午的阳光底下，宝石样闪着光。放开还没变声的童嗓子吆喝，糖葫芦——姨，您来一串。姨回过头，我把接下来的叫卖话咽了下去，试图用眼神忽略她。这姨我认识，我们是同村，她家离我家很近，比我妈大个五六岁，离了婚，孩子在外地念书，现在单人儿过。她叫什么我不知道，名字也许带个青字，因为村里都叫她彪青。彪就是傻的意思，自打离婚后，她精神似乎受了点刺激，总是睁着鱼一样外凸的眼珠，盯住每一个从她身边经过的男人，啐口痰，或者干脆在嘴里嚼些听不懂的骂人话。彪青还没骂过我，我妈每次做了点什么好吃的，都会给邻居分去一些，我不知道她是不是也给彪青分过饺子烙饼一类的东西，又或许我在她眼里还不能算个男人，不值得她动怒。她转回到我的糖葫芦摊前，厚实的黑棉鞋像两只臃肿的小枕头，每一步都踏得使力气。彪青围着我踏了一会儿步，说，听说你跟人干架了？我说，干了一架。她说，跟自己家人干一架？你爸过去也拿锹砍你叔，你家人挺生性[1]啊。看你妈那人，不像能养出这样儿子的。我继续摆弄我那些糖葫芦，打量过往的人，转移注意力，又吆喝了两声。彪青对我笑了笑，问，你爸平时打你妈不？我看看她，发现她一只眼睛有点残疾，眼白的一半血红血红的，眼角有条长疤，过去只知道她凸眼，不知道她眼睛还有其他症状。我说，姨，你买不买糖葫芦？彪青又看了看我棍儿上的糖葫芦，似乎在考虑，终于决定拿一串，往嘴里咬下一颗，嘎吱嘎吱地嚼，边嚼边捂腮帮子。我问她，好吃不？彪青点点头，转身要走。我拽住她的棉袄往回拖，管她要钱。彪青也没挣，把手里被她咬了一颗的糖葫芦重新插回到棍儿上，说，回家告诉你妈，糖葫芦我吃着了。别老来我家一趟趟送东西，跟扶贫似的。这玩意儿倒牙，尝尝行了。我说，你把这根糖葫芦买了。你买不买？她看了看我的架势，兴许联想到了我家门风生性的传闻，从裤兜里掏出张皱巴巴的一块钱，说，给你，找钱。

---

1 方言，意为“野蛮，特别厉害”。

傍晚到家，今天回得早，糖葫芦都卖光了，回家时脚步走得也快，拎着轻飘飘的筐和棍儿，动作很雀跃。母亲仍在门口等我，她下午时在院里来回地走，盘算把买回的花籽儿种在什么地方，这样等开春了，我家院门口就会长出一排花。我家是村里地主留下的老房子，土房，不像前后邻居，都造起了砖房，母亲跟父亲说，不着急换，老房更结实。但我家仍看着寒酸，种上些花草，是她想出来的弥补之法。在我们这片以玉米大豆为主要作物的土地上，结出些花来，会显得比别家更为不同。她向我展示她手里的花籽儿，这个是牵牛花，那个是月季，那个是金光菊。我现在已不会在到家时，去拥抱她了。我只是和她靠得很近，用一种集市上出摊回来的男人的方式，懒洋洋地向她展示空掉的竹筐，再把腰间一沓零钱交上去，眼皮不抬一下。母亲在院里的板凳上，坐着数钱，问我，今天没见着你三叔吧。我说，没留神。今天生意好，没见他来。接着我又说，妈，你别再给彪青家送东西了啊。她今天让我跟你说，她不爱收你的东西。也是，管她干什么。母亲说，得管。她是我的姐妹。我一口刚喝进去的白开水，吐出半口在地上，说，她还真是我姨啊？什么姨？母亲说，她也信教。教徒都是兄弟姐妹。下次你再看见她，糖葫芦送她一串吃。我没说话，回屋去看书了。

我逐渐地改变着，从母亲用的小圆镜里照出的自己的脸，嘴唇上方不时就会冒出一根细弱的胡须，用手拔，相当疼，便用学校发的美工刀偷偷给剃掉。后来它们长成了坚硬的黑点，不那么好剃，我也只能更频繁地去对付它们，来掩饰早熟的痕迹。我上的那所初中，和集市在一条大街上，不像集市那样暴露在外，它在一个巷口的深处，要和武陵人一样曲径通幽走上百十米，才能发现后头偌大的操场。穿着清一色校服的男孩女孩们，在里面时而安静，时而活泼。初一对我来说，是黑暗的一年，我的成绩滑坡，从过去在小学班里不费劲摘取第一名，到现在每天吭哧瘪肚学到半夜，仍叫不准一个正负号的使用，成绩在中段徘徊，还有继续下滑的趋势。班主任找过母亲一次，母亲第二天到学校时，提了一筐洗净的山楂和一筐做好的糖葫芦，她不知道老师会更喜欢哪一种，因此两手准备。班主任掀起布帘，看了看筐里的东西，没忍心说出叫她悲哀的话，只说我性格内向，不爱跟老师同学沟通，独来独往。母亲不理解，说他在街上卖货，卖得可好，怎么会不爱和人打交道呢？班主任因而知道了我的从商经历，她把我成绩滑落的原因归结为这个，并成功说服母亲也相信，你儿子不是个全才，他只能把人生方向搁在一条路上，想两条腿走两条路，容易劈叉。母亲从学校回来时，相当疲惫，瓜条儿样的瘦脸上，五官都像挂着秤砣，向地底沉沉地下坠。我俩盘坐在炕上，炕桌上放着我近来几次考试的卷子，红红一片，她看不懂步骤，但能看懂对号和打叉，我知道今晚她又要长吁短叹了。她把父亲叫来，像个会议似的，要全家人都明白接下来的日子将怎么过——还是春秋靠种地，靠父亲捕鱼饵，冬天她少做点糖葫芦，让父亲一人出去卖。她不敢决定说，不再做糖葫芦的营生了。我的学费一年比一年涨得多，她和父亲只有一年比一年更吃劲地干，才能维持住生活脆弱的平衡。父亲听她的，对我说，你别管了，专心读书。我固执地一言不发，仇恨我的老师，也看不起短视的他俩，心说我就爱往那条道上走。班主任说我不爱和别人说话？她说对了，我是不爱说。我靠在墙壁上，不出声地想，跟他们说话，也不给钱啊。何况，我和学校里同龄的男孩，那些家里住砖房，有一台金杯、两台摩托的男孩儿，话真说不到一块去。

可我还是没有在那个冬天里出门。山楂树死了两棵，感觉是母亲放任它们死的，好些红果掉在地上，也收拾不起来。母亲熬糖的时间延长了，她那条病腿拖着不治，已完全改变了她的身形。去医院照过CT，脊柱是令人惊奇的S形。每次想坐下时，她都得把病腿伸长，好腿缓慢地下弯，一手扶着腰。我在寒假里每天帮她洗山楂，穿糖葫芦，给穿好的糖葫芦快速裹上一层糖，往沾了油的铁板上一摔，重复去做她过去几年每个冬天都在重复的事情。我想，不去卖糖葫芦也行。不去就不去吧，不为别的，我也有我的顾虑。我喜欢上了学校里一个说话像燕子叫的女孩，每次她一开口，我就恨不能掐死周围所有的声音，只听她一个。有次她和我说，我身上有果味儿。我兴奋得几个晚上缩在被子里，感觉每想起她这句话，嘴唇上的胡子就冒出来一小截。她会喜欢我家的糖葫芦的。我想得出神，可她会喜欢我把糖葫芦卖给她吗？喜欢听我吆喝吗？喜欢我戴着只露出一双眼睛的毛线帽子，在雪天里哆哆嗦嗦，找给别人几毛钱的样子吗？我叫不准。母亲在边儿上也不知道想起什么，重复叨咕一句话，我听了几遍听清了。她说的是，劳动者得吃食。

3

学校里用钱的地方此消彼长，层出不穷。来年冬天，我念初二，寒假第一个白天，我就从父亲手里接过了竹筐。母亲装作看不见，她没法再去阻拦我，家境已不容人继续保持体面，而她的看不见，也是给父亲的一声交代，仿佛说随他去吧。上午天色发阴，等我走到集市，天又变得发红，大家都知道有大雪要落了。这不是个做生意的好天气。凡是出门的人，无不脚步匆匆，只能顾上冷暖，谁还顾得上嘴里的甜酸。糖葫芦不是刚需，可对我们家而言，每一天都是刚需，我们的需求即便降到最低，还是不够。我想站到离学校巷口远些的地方，不四处打游击了，最后咬定，就在冷库门口卖，专心狙击上下班的工人们。和我一样，剩余几家卖糖葫芦的都这么想，我们互相隔上几米，不时冷眼观瞧，看谁家有主顾上门了，就恬不知耻地凑过去，抢生意。这种天气下还愿意抢生意来做的人，都有狼一样饥饿的心情。

雪终于落下，不知道是不是冻太久了，雪下来的时候，竟还觉得暖一点，漫天红光里雪片如柔滑的鹅毛，洒出一丝梦幻的气氛来。我生意还不错，冷库的工人们大多还记得我，到中午他们出来吃饭时，从几家卖糖葫芦的人里一眼看出来我，也因为我醒目——个儿虽然上去了，身量还是个孩子。睫毛上挂了点雪花，在帽子里朝他们一眨一眨，显得比别家卖糖葫芦的大人们更需要买一串糖葫芦来资助。他们边买，边和我寒暄，问，怎么去年没出来？我说，去年我爸来的，我家轮班制。他们觉得我说话有意思，甭管别的卖糖葫芦的怎么往前凑热闹，喊出一个又一个更低的价格，他们还是选择我，甚至摇晃着手里的糖葫芦给对方解释，看看人家这糖，再看看你家的，你家那山楂看着就发乌，洗没洗啊？我边找钱边接话，我妈每颗山楂洗五遍。他们于是又说，听听。我忙不迭地做一笔又一笔生意，没留意眼前来的人。彪青将围巾罩在脑袋上，人来了，一句话没说，递给我五块钱。我给她拿了五个一块的糖葫芦，拿完觉得不对，忙说对不起，卖糊涂了，姨你要几串？彪青说她一串也不要。她说，雪今天下不完。剩下别卖了，回家吧。你妈在家惦记你。我恍惚着把她认出，看见她胸口的棉袄上，挂了个亮闪闪的十字架，眼神也比去年见着时随和了好些。她说着就要上手，帮我把棍上没卖完的糖葫芦往筐里装。我没让她碰糖葫芦，但记着我妈说过的话，把钱给她推回去，同时拿了两串糖葫芦送她，姨，你吃着。她一手接了一串，跟小孩一样举着，眼里有不知所措的内容。彪青看着我，说，不行我再给你二十，把你剩的这点儿包圆，你拿钱赶紧回家，算听姨的话。说完把手里两串糖葫芦塞进我的筐里，又从口袋里拿出张二十的来，也扔进了筐。我被这二十块钱迷惑了，任由她去拔棍上剩下的糖葫芦，觉得母亲真是交了好人。不，还是上帝的本事。上帝使了一个本事，让好人和好人在世上相遇，成为姐妹。可她为什么突然帮我？我问，姨，你咋了？她贴近我耳朵边上，说，我看见你三叔了。他早上在小卖店买烟，和人说，他等你一年春夏秋，就等冬天来弄你。

冷库里还有人出来，举着五毛钱向我招呼，我有点糊涂，只朝对方摇摇头。彪青说完就走了，在我脚边搁下已经收拾完的筐和光秃秃的棍儿。我想起来母亲每周六从教友家聚会回来，说过几次，彪青之所以挨前边男人的揍，是因为她护孩子。喝大酒的男人，喝完了连家都砸，踢自己儿子跟踢个动物崽子没差别，踢彪青也不会有差别，她那眼睛就是这么落的毛病。好容易熬到婚离了，孩子出门念高中了，她又孤得慌，和母亲渐渐处出感情来，她们常聊起我的事儿。母亲说，孩子很听话，也孝顺，就是脾气冲，不听劝。彪青回了母亲一句话，母亲回来又反复念叨着，每念叨完一次，跟上一句，哈利路亚。彪青回的那句话是这女人半辈子的人生格言，她斩钉截铁对母亲讲，人和人怎么斗？一句话，打黄不能熊黄[1]。刚才她也跟我重复了这话。从母亲嘴里说出，和从她嘴里说出，完全是两种气势。我突然不再害怕，在笔直的回村路上大踏步走下去。雪花又大了一些，越飘越多，感觉这世界上一时只剩下了两个人，我和三叔，正准备在一条道上狭路相逢。

三叔的身形是摇晃的，我看了一会儿，确认是他，他戴着顶秃了毛的狗皮帽子，在村路的中段站定，一样在辨认我。我把手上的东西放下，等着他过来。三叔则扔了手里的酒瓶，伸出一只手招呼我，小崽子，你来。我一动不动，控制着发抖的双腿，看着他啐口痰，走近了，很想驱散脑海里几年前他骑坐在父亲身上的画面，可越是驱散，那画面越真实，仿佛他当年骑坐的就不是父亲，而是有窄瘦脊梁骨的我。我忽然想到，对啊，和成人打，我本来就吃亏，手里该拿个家伙，我爸还得使把锹呢。于是弯腰去拿地上的棍儿，刻意换了个头，不能用扎编织袋的那端打，那没什么杀伤力。与此同时，没等我准备好，抬眼的工夫，一股凶狠的杀伤力已像炮弹一样飞起，正中我的裤裆。三叔散着酒气的身体居高临下，一句废话没有，撂下哼也没哼出一声便捂着裤裆倒在雪地上的我，脚还在慢慢往回收。我最后看清的是，他穿了一双圆头靴子，靴子看着老沉。他平静地看着我此刻凸出的双眼，因剧痛它们闭不严实，我眼

1 大意为“可以被打败，但不能认㞞”。

前的画面就此倾斜，带着既令人眩晕又无法因眩晕得到解脱的剧痛。他慢慢在我身边蹲下，用手拍我的脸，像是怕我晕过去。路上除了风雪声，一点儿声也没有。他四下望了望，感到满意。三叔临走时说，你爸锹我脑袋那下，现在还疼呢。那回你吓唬我儿子，他到现在都害怕看见猴。踢你卵蛋，是不让你再下崽了，这办法好不好？说完他从我身上跨过。梦似的红雪里，我周身逐渐被鹅毛覆满，已经一动不能动。

断续地醒来，母亲木偶一样哭着，眼泪不绝。父亲眼是红的，他们的眼睛都像刚洗净的山楂。红，红，都是红色。从县医院回来，父亲用板车拉着我，给我身上盖了床棉被。我被嘱咐说，尽量别下地，勤着换药，别吃辣，别碰水。还好，我的卵蛋没碎，龟头出了不少血，但大夫说好好养着，不影响往后的用处。往村里回的路上，要经过三叔家，我父母亲像两个扶灵的人，面容凝重扶着板车的两侧。从那两扇闭得焊死一般的铁门前走过时，谁也没说一个字。

剩下的寒假里，我都在养伤。出太阳的时候，母亲一瘸一拐地把板凳从屋里挪出，放在被阳光晒热的一块地方，搀我过去坐，再一瘸一拐抹去门槛上的灰尘，自己也坐下。她念《圣经》里的故事给我听，好些日子我都不爱张口说话，一页书不看，一个字不写，心里只盘算卖糖葫芦、挣大钱以及复仇。母亲看不懂《圣经》里文绉绉的话，但那些故事她听人讲过，对照着看，用自己的话讲出来，大意是耶稣说，别人打你一边脸，你把那边也给别人奉上。我用石子儿打她脚边的位置，母亲看看我，将石子捡起，扔去远方。彪青来了几次，她进门的时候手上总提点东西，无非是豆奶、黑芝麻糊、水果罐头。她第一回来，见着我脸色苍白，在凳子上干坐的模样，坏掉的一只眼里沁出泪珠，直摩挲我的手，指指我又指指自己，向母亲忏悔说，是她那句话害了孩子。她的头发在阳光底下像散了丝的编织袋，粗糙而卷曲，光是看着她的头发，我都觉得人生没有希望。父亲已逐年老去，无法重回拿锹劈人的巅峰时刻，何况他身边也没人给他递锹了。有天早晨，三叔往我家院墙里扔进一个沉甸甸的信封，里面有一千块钱，一百的少，更多是十块的和五块的。母亲把信封捂在心口，我很少见她哭，就是在她病痛最厉害的时候，也不过沉重地哼哼。她哭起来不像个农村妇女，话说回来，她是各方各面都不像。眼泪几乎是无声息地掉，打在信封上一些，我看着她闭眼流泪的样子，内心有浅薄的顿悟。不等她开口向我传什么打完左脸打右脸的福音，我也已经明白，她这些年能感到得救，是因为变着法与生活和解。我终于说了好些日子来的第一句话。我说，妈，我们还去卖山楂吗？

母亲领我去看剩下的几棵山楂树，还有好些果没来得及摘，我们腿脚都不灵便，父亲又出外拾鱼饵了，如果想摘，我俩只能推着树，不断去摇晃。好在彪青也来了，我们三人一起晃树，晃下来好些。母亲把当年学会的做糖葫芦的办法教给了彪青，她俩一齐在厨房里烧水、熬糖，我还坐在小板凳上，做力所能及的搓山楂的活儿。每颗山楂在水里洗五遍，不计较功夫，这次只做几十颗糖葫芦，做给我们自己吃。母亲虽然没开口，但我知道，这也许是最后一次做糖葫芦了。她往后得想别的营生了，从各个方面为我考虑，她都没有选择。而我也头一遭去思考，往后能干点儿什么，做什么样的人。无论是母亲的话、彪青的话，还是父亲没说出口但身体力行的话，都在我脑海里打转：路是一步步熬出来的；劳动者得吃食；打黄不能熊黄；父亲用锹劈过三叔后，在炕桌后呆愣地举着杯，不知道向谁敬，也许敬他自己也感到出其不意的豪气……山楂在我手里重生一样蜕皮，蜕下一年积攒下来的灰，我搓出一盆黑水。彪青代替母亲，弯腰给我倒了，又换盆清的来。我们沉默地干着各自手里的活计，厨房里渐渐起了甜蜜的味道，混合着果酸，陶醉每个人。到做好时，我们每个人手里都举着一串糖葫芦，同步发出咬糖的脆声。彪青说，我手笨，怕做不出这么好啊。母亲说，我一步步教给你，反复教，不怕你不会。她俩傻兮兮地笑起来，彪青去摸胸口的十字架，说，行，让咱孩子专心念书，别再抛头露面的。这活我能行，我厉害，会骂人。到时分成给你们，咱两家合作，取长补短。我好久没吃糖葫芦了，应该说自打我自己去卖糖葫芦那天起，它就退出了我的欲望清单，因为这是孩子和得闲的大人才会去吃的东西。不知从何时开始，我爱钞票远胜这甜酸的滋味，不知从何时开始，我后知后觉，嘴唇上起的胡须并不能作为我成长的标志物。

我答应着，往后只走念书一条道。母亲抬手去摸我的头，说，怪妈妈。妈不信邪，希望你是个全才。毕竟老天爷亏我那么多，我想让你去补上，事事都拔尖。我说，妈你别失望，我会在学习上拔尖，往后别的我也不想。她摇摇头，彪青少有地不插嘴，我们都在听母亲说。人要是太争气，活着累。好人也和瘸子一样，身上背块大石头，我知道背石头走，是什么滋味儿。儿啊，你把石头卸下吧，不管咋活，活得轻巧点儿，不管做什么，宽谅你自己。彪青与她异口同声，说的大概是她们教里的信条：不要为衣裳忧愁，你想野地里的百合花，怎么长起来，怎么收起来。它也不劳苦，它也不纺线。

和三叔家，就算了了。十来年过去，我也不常回村里，只在每年过年，回去看望我的老父母。母亲坚持不到城里和我一起住，父亲话越来越少，每年拿着我寄回的钱，辞了拾鱼饵的活儿。地还舍不得不种，但规模已逐渐缩小，够他老两口儿吃食，也就拉倒。彪青下半辈子，始终在集市上卖糖葫芦。不知道是因为有了买卖，还是因为有了信仰和姐妹，她再看见男人，不破口大骂了。只要听说我回去，她都往家里跑一趟，不带东西，怕我看不上，只带给我许多的见闻。她知道我在外地当记者，还是和人打交道，各路消息和人情都在收集的范围里，我得灵通许多种关系，才能在关系里得浮游。结婚那年，我带爱人回了村，爱人是城里姑娘，因为爱我，在炕上也盘腿吃饭，晚上和我一个铺盖睡觉，听窗外的狗叫和鸡鸣。三叔那年来了一趟，我不知道父亲这些年是如何与他相处的，但他们还是兄弟，还一起在山楂树前转了转，三叔包了些山楂带回去。我们一个炕上坐，他身上的酒气弱了，自打我爷爷去世，听说就戒了酒，如今正为小华娶媳妇的事儿操心。母亲给他拿了个信封，他推让几番，信封还是进了他怀里。三叔带着钱和山楂，走出我家老远，还一步一回头。爱人和我一起，站门口送他，她问我，是不是打小就和三叔关系好？我突然感到下腹一疼，想不出怎么回答，领着我说话燕子叫般的新娘子，到剩下的最后一棵山楂树前，给她晃悠下两个果儿。回头看见母亲拐着两条腿，远远站在墙脚瞧我俩，见我发现她，忙摇手，意思是别打扰我们，只痴傻地笑着，贪看着。我走过去，将她揽进怀里。好些年不抱她了，她比孩子重不了多少，身上是被熏透了的果香。

我家院门前，十来个寒暑，经历了十来个花季，其中有母亲种的月季、串红、金光菊。隔着几道院墙，也闻见彪青家的山楂味儿。冬季没有花香，但味道会和记忆一样残留，复合混杂，闻见了，鼻子里闹腾，一如人生的甜酸。一日彪青径直到我面前说，叫干妈。我叫了，爱人跟着叫，我们都坐在院子里，几双眼睛不时盯着蓝得仿佛掺假的天空，说起过去的冬天里的事。十四岁后，我再没去卖过糖葫芦，不过我想等人生山穷水尽那天，也还能靠它活。卖东西不知算不算门手艺，要是活人能算门手艺的话，拜各路豪杰的福，在十四岁那年，我已出了徒。

邪门

我对象的父母被安排住在我姥姥家。没人能反对我姥姥，她说怎么安排就怎么安排，包括家中很多人的一生，都已经按着她的思路走。对象家在大连农村，父母都是农民，据对象说，他们来的路上心中不少忐忑，住了一天看来是适应多了，但往沙发上一坐还是有点发威[1]，六十多岁的老两口儿眼睛直追着人跑，屋里进来一个人就略微站一下身，似乎沙发上始终有烫屁股的一块儿，他们得紧着挪动。我和对象早上不到十点从隔条街的我家过来，进门时姥姥已经和老两口儿泡上茶水聊上天，我们脱了鞋进屋，在一旁陪坐。今天初七，我爸妈都上班了，交代给我和对象说，今天的外事活动可我俩安排，但大家心里都明白，我俩落在我姥姥面前，也得是被安排的。此刻我和对象各坐在一边的沙发上，他陪着他妈，我陪着我姥，我叔坐在靠门的那个单座上，此刻低着头仿佛寻思事情。姥姥家宽敞，也是东西少，朝向正，上午的阳光没遮没挡照在屋里的白瓷砖上，有点反光刺眼睛。屋里本来热，但穿堂风飕飕的，温度竟然还挺适宜。我在茶几底下穿一会儿拖鞋，

1　方言，意为“不自在”。

扔一会儿拖鞋，听他们唠嗑，没点我就不用应声儿，我都习惯。茶几玻璃板底下正好还压着张年三十姥姥家准备的菜谱，手写的，应该是姥姥的字，有点儿连，有错别字：九（韭）菜炒绿豆芽，小鸡炖麻茹（蘑菇），炒何（荷）兰豆。葱爆俩字她不会写，写出来的那俩字我也不会写，应该是造的字。

我姥磕出一根红塔山，把烟盒递给我对象，他连忙说不抽。他妈也在这儿看着，跟姥姥说，我不让大非抽烟，有回他在院里抽，我看着了也没吱声。后来他进屋，问我，妈妈你是不是生气了？我说你现在大了，长本事了。他就跟我发誓保证说他再也不抽了。真的，他爸都在边上听着，是不是赵庆敏？我叔点点头。我姥说，那他在外跑业务，别人递烟不接？我对象说，我不接。我看看这个，看看那个，觉得他们一家三口朴实是朴实，但不太了解我家，不抽烟在我姥这儿算不上好习惯，她两个女儿都当男孩养大，往日家庭聚会都是先酒后烟，最后麻将局伺候，昏天黑地玩透了算，人得先会玩，上社会才能跟别人玩到一块堆儿，整个家里她就看不上我不会玩儿。现在好了，我又找进个闷面口袋。她边吸烟边看新鲜事儿似的瞄着我对象，随后脸一别，挤眉弄眼地下定论说，他背着你肯定抽。咳，还能不抽？

我说你也少抽两根，天天咳，我姥喊了声滚，音量能把人吓一跳，可我手里还能剥出一个完好的橘子，是早已不受影响了。她就这样性格，骂完人自己先乐，双脸红扑扑的，精神矍铄，看起来能活不少岁数，论年龄，她只比我对象爸妈大两三岁，却整整隔出一辈人。我对象说，他爸妈生他生得晚，三十六岁。主要结婚也晚，穷日子给拖累的，都是各自家庭里的老大，不好脱身。我一直听不习惯他爸妈叫我姥阿姨，叫我姥爷叔叔，就像我一样不能习惯婚礼之后，改口叫他们爸和妈。在我看来那就是爷爷和奶奶，我爸才五十，大冬天穿夹克敞怀，好开个快车，在马路上别出租车玩儿，回家一甩钥匙就钻进书房，成宿打魔兽，小孩儿一样。而现在这个屋里，平均年龄就达到五十岁，陈芝麻烂谷子，叹往昔诉今朝，可想而知谈话的味道，说过来倒过去没一件新鲜事。我看了一眼坐在沙发扶手上的我对象，他听得挺专注。谄媚，虚伪，我给他的表情里写满这些批评，他看了没领会，张个大嘴问我干啥。他一问大家目光都集中在我脸上，我连转换表情都差点来不及。继续剥橘子，剥了三四个吧，胃里都开始反酸了，他们才聊到我妈跟我爸刚认识那阵子，离现在还有小三十年。再看一眼我对象，他还在那接话，姥姥，那你后来同意他俩在一起不？这话问得没谁了，不同意我哪儿来的。

聊半天，也没人注意到我，我姥还以为我听得入神，毕竟我俩坐得最近，这一屋里关系也最近。她一说到与我有关的话题，就急于拽一下我的胳膊或拍一下我的大腿，要我做证。拍打数次之后，我有意把身子斜到边儿上，做出舒展的样子，好像挺放松，我姥再想够我有点费劲，便说，你离我近点儿，唠嗑呢。我说，听八百回了。坐累了，去屋里看会儿书啊。我姥使劲把烟头拧了，说，我看你走试试。你听过人家没听过，这是咱们家历史。往后这不是一家人吗，不了解历史怎么了解彼此？我寻思也是，兴许能唠出点儿沧海遗珠，捡起来当素材，就问她，那你许人补充不？或者发表观点。我姥说，不用补充，发表啥观点，显你了。其实我们家人性格都挺相似，一个大环境下成长起来的性格底色都差不多，这不，挨几句呲儿反而能感觉痛快点儿。我算坐稳当了。

我爸妈的婚姻对于今天的谈话没多大意义，他们基本门当户对，大夫配播音员，高小伙配瘦姑娘，矛盾不显现在婚前。我姥也就此打住，很快把话题转到我老姨的第一次婚姻上头。那个小伙，也就是我第一个老姨夫，据说也是辽宁农村的，贫苦出身，能想会干，尤其一张嘴，叭叭叭叭比我对象搞销售的还会哄人，但这些年大家在桌上很少提到他了，因为我小弟也在桌上，每回我姥喝点儿酒要提这件事，就被七嘴八舌压下去，主力是我姥爷和我妈，都让她注意点儿，孩子在呢。可见是不好听的话。我给几个长辈又续一回茶水，坐下问，他现在到底在哪儿呢？我姥说，应该没了。我若有所思，记起一点儿跟追债跑路、欠下八家银行钱相关的话题，家里说这些事从来不背我，但在我这儿所有关于老姨夫的记忆都有点断续，想了想，似乎这么多年他出现在这个家里的所有时间也始终是断续的，在一阵儿，不在一阵儿，不在的时间更长久。后来他一直消失，我们不说，心里都当他死了。尤其后来老姨再婚，跟那个长得和姥爷年轻时酷似的孟叔叔一起越来越频繁地来家聚餐后，就更没人提他了。对我家里这几个人，我对象这些年光听我叙述，基本没见面也有三分熟悉，只有这个老姨夫是他听也没听过的。此时一提，觉得是个特殊人物，能感觉到，他们一家三口都陷入了察言观色的沉默里，毕竟谁家都是说没就没一个人，哪有在那推测说“应该没了”的。

我姥又点上一根，烟头夹在滚胖的手指间纹丝不动，眼睛眯得很细，里头浑浊又雾蒙蒙的，我知道，这是起调。我姥看向我姨和我叔，告诉他们，她对这个女婿可是仁至义尽了。我姨问她，阿姨，这孩子到底怎么了？我姥犹豫一下说，本来我是相中的。当空军，村里就他一个，考上那天真是锣鼓喧天，全村相送，他老齐家在村里因为这儿子露大脸了，就跟你儿子当年考上名校一样。他也村里就一个吧？我姨说，他是，他们高中校长都到家来，跟我说你……我姥打断她，说，都是少年得志。齐学库我第一眼瞧，就不是农村孩子。你儿子也不咋像。我姨赶忙说，大非爱干净。小时候我给他……我姥有点烦她不知道哪儿是哪儿了，说，齐学库会笼络人，眼睛里始终有事儿，滴溜溜心里转圈儿想，谁缺啥，谁想要啥，伺候首长那是一绝，更别说伺候我这个丈母娘了。那，大非是吧？地上橘子兜里给我拿两个出来，说半天了嘴没味。看，你就还得练。

齐学库是个让人讨厌不起来的人。小时候我家、老姨家和姥姥家，三家住在同一个小区两栋楼里，见面的时候多。尤其我和我小弟，总在老姨家那个狭窄的小一楼里看一下午的电视。老姨也是播音员，没节目的时候就在厨房里给我和小弟炸牙签肉串吃，甜甜的，我回味了好几年。老姨夫不常在家，他那时应该大部分时间都在部队，偶尔我在他家时撞见他回来，还看他穿淡蓝的衬衫、深蓝的军裤，个儿和我对象差不多，在东北有点小众，不到一米七，穿鞋勉强能够上，可人看着精神、随和，跟我话不多，总是笑模样，有对待小姑娘该有的样子，比起总是独来独往的我爸，更让人亲近。我和小弟有时候动画片看完了，就去电视柜里找其他的动画片碟片，东找西翻，有回正翻着，发现本三十二开的小影集，挺厚，封皮是两个洋娃娃彼此拥抱，被圈在一个红色的爱心里，标题是爱的记忆。我小弟那时还小，没当回事儿，我则从小就爱看些纸啊片儿的，默默翻起来。有二三十张，没装满，都是一趟出去玩的时候照的，分别有我爸我妈，我老姨我老姨夫，他们两对儿在彼此都还没小孩的时候，结伴到郊外林子里烧烤去了。是个秋天，叶子金黄落了满地，背景则是成排的白桦树，我妈和我老姨一人一件皮夹克，在林子里取景，玩闹。大部分照片应该都是我爸照的，效果挺好，他出场不多，倒是老姨夫，一身军绿，始终插个兜，站在画面的中央或其他醒目位置，令人印象深刻的就是他挺拔的站姿，比树还直。老姨在他后头抱膝坐着，聚精会神看他。从这张照片的角度看，彼时老姨眼中的齐学库高大且能依靠，站在万事万物之前，当仁不让。翻过照片，后头有字，九七年，恋爱一个月。

我妈那代人在婚姻问题上一直保有一些观点，比如她们比起未知的答案，更愿意相信前人的经验，又比如她们因为自身经历过的只此一次的惨痛教训，会认定自己具有举一反三的延伸能力。她们强调说，如果你不接受她们已经接受的事情，就一定会走上比她们走过的更坏的一条路，这点毋庸置疑。几次在酒桌上，我老姨突然停杯，蓄谋和我说些什么。如果酒桌上我爸妈都在，那还好，大家只是闲话，说说就算；如果是她单请我，寒暄客套都差不多以后，就会直接引发辩论，即便每一次我都在去见她的路上做好心理建设，一定不焦不躁，咱有理有节，那也没用，只养儿子的和只养女儿的终归会在教养子女上形成不同的思维方式。她没有我妈那份儿即便心里打鼓，仍能安慰自己“孩子应该能过得挺好吧”的那种糊涂是福的自我疗愈。在我老姨眼中，问题永远都是问题。平时你看她风风火火、说说笑笑，一遇上事情就是一挺容易把周围人都包围在自己焦虑圈里的机枪。可突突冒火，没一枪打到准地方，只让人心累。几次下来，我都辩论不出所以然，双方大多在激烈交战后的突然沉默中吃完自己的饭，最后心力交瘁地告别。有一次，吃完饭她开车送我回家，上了车不拧火，人面对方向盘，重重地喘粗气。我俩都滴酒未沾。我在后座上把头转向窗外，她则把头转向后座，一声叹息，说，你是没结过婚。我想了想，只能说是，听她又说，我和你老姨夫就是一恋爱，就结婚，根本不知道和其他人在一起什么感受，那样的婚姻是盲目的，你是盲目的懂吗？我犹豫或许该给老姨透一点儿我的私人履历，我对象是我，不说过尽千帆吧，也算众里寻他后，头一个让我想安心过日子的人，其实值得珍惜。老姨扭脸不听了，给我放了盘CD，不出预料，一首《梦醒时分》。"有些人你永远不必等"，循环一道儿。

相比之下，这两年她的状态好很多，过年聚会的时候，穿件掐腰的鲜绿毛领外套，头发带着小卷，衬得肤色白皙红润，还涂了烂番茄色的唇釉，站在我妈旁边看起来不止小四岁。孟叔叔在她身后跟着，两手提满东西，人进门带来一团白气，不知是冻的还是热情，见着我姥我姥爷就差下跪请安。他们双双出场，很像大款带小秘。酒过三巡，电视里的春节晚会还没开始，大家都围在一起给在美国上学的小弟录视频。老姨在我身边儿坐着，存好视频，突然抓起我的手，在手心里摩挲来摩挲去，说，大姑娘这手啊。老公，你看这手，又细又长，这手就是享福来的。孟叔叔瞥了一眼，笑笑没说话，被老姨拽回来看了一眼，还是笑。我便把手抽回去，挺没意思，跟孟叔叔总有那么一股子不对付。心情好的时候含含糊糊叫他老姨夫，大多时候就装没改过来嘴，叫孟叔叔，反正他也知道怎么回事。他没能把家里所有人都笼络住，本来这事也难。

我姥继续跟我对象爸妈说，齐学库这人本事就本事在能笼络住所有人。他挺懂人。我做证，的确，这人看着不出挑，但不招人烦，也有眼力见儿，总是挺客气。我姥说，不那样能得首长喜欢吗？他坏也坏到这上头了，人不踏实。其实他后来所有的毛病，婚前都有铺垫。我和你姥爷没往深想，坏事了。我说，开始你不是看他哪儿都好吗？我姥爷还总说你，把姑爷看得比儿子都亲。一比较，对我爸简直就是看不上。我姥不乐意听，辩解说，你要是有两个姑爷，一个天天鞍前马后，一个少爷似的不沾前儿，你看好谁？我说，怪我，唠远了。还说他婚前吧，他和我老姨恋爱多久结的婚？我姥寻思，有两个月没有？我没记住，反正不长。我们当时就看中他是部队的，往后能高走。我说，高走啥，没把家赔里就不错了。我姥笑着说，你也知道他赌啊。他叔他姨，作为过来人我告诉你俩，孩子烟酒都不用太忌，就这个赌博和嫖娼，真坑死人。我姨说，赌博是罪，有罪。我叔说，赌博的不是好人。我姥问我对象，听说你打小就会玩麻将？我对象咧个大嘴，说，姥姥你放心，我就当个游戏玩。我说，平时没见他玩儿，就有时候用手机斗两把地主，豆没了就算。我姥说，豆？我说，游戏币。我姥说，挂上啥都不行，以后看着他。说回齐学库，婚前有啥端倪呢，两点。他俩结婚前，我去他部队一趟，想看看他工作环境啥的。我到那儿问起齐学库，他哥们儿多啊，都过来围拢我，一口一个老妈叫着，说的都是好话。我一看这不行，单独叫出来其中一个，脸放下，问他学库平时到底咋样，这眼瞅要结婚了，我得听实话。你们不能因为跟他是哥们儿，最后祸害我姑娘一辈子。那小伙告诉我，大娘啊，学库啥说没有，重情义，脑瓜活，往后指定有发展。我问，有啥瑕疵？他说，有点儿好玩。我一想，年轻人哪有不好玩的，真还是只有点儿瑕疵，就没多问一句他玩儿的是啥。那小伙又说，齐学库在吃饭上挑拣。他们一起去食堂，每回他都得把盘里葱姜蒜挑净了，摘出来，不然不动筷。这下我心里开始打鼓了，你们寻思，年轻人吃饭都这样，不稀奇，我这孙女儿也是，恨不得一粒米一粒米给你咽，可他是啥？农村出来的，家里锅都快揭不开了。我话直，没别的意思，你们村儿能有这样的？我姨不好意思地笑笑，说，大非他爸就不吃葱蒜。我姥啧了一声，还有这样的？我叔说，吃不惯葱味儿。我姥说，不瞒你们，我们看你家儿子照片的第一眼，就都说，像齐学库。知道开始为啥都反对吧，这是一条儿。咋还越说越像了。

我姨的双手一直在身后撑着身体，因为一条腿残疾，腰始终使不上劲，坐久了就有下滑的趋势。我抬头看去，她似乎在为谈话始终没能走向顺利而后悔，两脚局促地暗自发力，踮着，想把自己再抬高一点儿，表情深沉。我示意大非，他把他妈往上搀了搀，让腰能靠到沙发后背上。我姨腿不够长，一部分腿搁在沙发上，坐姿像儿童。我姥看见说，这孩子孝顺，这点比齐学库强。我姨赶紧接口说，大非总心疼我。我说妈妈是个残疾人，是人渣滓，他不叫我说这话。他说妈妈，你这样还供我上学，你是最伟大的。说完，我姨和我对象露出了一模一样的笑容，他们咧嘴的程度，眼角的耷垂，都仿佛复制，我一时不知说什么好。我姥在一旁默默看我，余光中，她端详了挺长时间，然后自言自语，说齐学库妈也是有点儿残疾，不知道怎么弄的，针扎一只眼睛里了，瞎了几十年。齐学库后来跟她说，我姥比他亲妈还亲，他亲妈都没得上他绩[1]。我姥听了就边摩挲他肩膀边说，她呀，也是俩姑娘，缺儿子，她就看齐学库亲。那天他们都喝多了，就他俩，齐学库哭得上不来气儿跟我姥说，他妈走那天，他去赌钱了，他两个姐都没找着他，两个姐也在外地，没能赶回来。到他回村那天，看见土道上裹了一个草席子，远远能闻见，都臭了，那就是他妈。我姨听了张口结舌，我也有点儿，问我姥，这他还能告诉你？我姥点头说，能不告诉吗，他都认我当妈了。

老姨总跟我们说，别提齐学库，我现在提他犯恶心。无法判断当年那件事具体发生在什么时候，家里的大事对于孩子来说，总是在事后发生的。那种为此提心吊胆的集体煎熬，除了我和我爸，差不多家里都参与进去了，能给我的记忆留下痕迹的，只是我妈几次单独出门有点匆促而已。我姥现在的讲述差不多复原了那个事件。这件事后，齐学库才成了苍蝇一样让老姨吃饭时不能提及的念头。我姥说，那天她刚把我小

1　在方言里，若老人去世时某位子女在场，则说老人得了该子女的绩。

弟从幼儿园接回来，正准备做饭，一个朋友来电话说齐学库找到了，人在蓝天宾馆。我姥嘱咐她朋友，你替我看住了，我马上到。我姥现在跟我们说起时语调仍很紧张，我立刻出门打车，等不及坐公交，怕他再跑啊，出租车还故意给我拉远道儿，这让我给那司机骂的。这事儿她姥爷记得，老丁你别睡了，出来听听。我们才意识到家里还有一个人，姥爷刚才在里屋，不知补的什么觉，一直到现在。穿着我爸不穿了的大号衬衫，趿着拖鞋走过来，笑呵呵的，问，你们聊上了？一看我姥爷，我心里就踏实多了。姥爷虽说不能掌控姥姥，多少还能掌控点儿话题，他和我叔坐到一块儿，离远看，特像肯德基老爷爷。他用手指下我姥，接话说，她给那司机骂得够呛，我俩那天一块去的。我姥解释说，我一个人可不敢去，那地方乌烟瘴气的。

等我姥和姥爷赶到蓝天宾馆，齐学库已经不见了。他们一出现在那个环境里，所有人便都警惕地停下手里的事，小声交谈。有人过来问他们找谁，我姥问齐学库在哪儿，她眼神上下逡巡，像一个退下来的老干部，矜持而含威，我姥爷腰里则别着把螺丝刀，站在她身后。两个男人把他们带到隔壁的房间门口，敲门两长三短，门打开，他们看见齐学库蹲在一张床的前头，没人绑他，可他自觉地双手背后，眼皮耷拉，有被人打过嘴巴子的痕迹，侧脸挺肿。他先是小声叫了声爸妈，一叫出声便仿佛被放了气儿，再也蹲不住，人坐倒在地上。我姥冲上去，又推又打，大声地质问他在这儿干啥。她不住地明知故问，只想让他开口给自己一个确凿的交代。其实哪还需要。两个男人站在窗口，他们走近时，齐学库直往墙里边躲，躲得自己整个人薄薄的、窄窄的，仿佛一张能立住的纸。他直打哆嗦。其中一个人告诉我姥，拿五十万，要不这人往后你见不着了。我姥顺势坐在一旁的床沿上，我姥爷拽着她胳膊，想把她拽起来，好一走了之。可她只是紧锁眉头，看看这儿，看看那儿，最后不耐烦了把我姥爷一把推开，叫那两人，一口一个兄弟或者孩子，问他们爸妈是哪个厂的，在哪儿干过，试图找出潜在的关系链，像在早市拜托熟人多留一条排骨那样，可他们不是乐就是低头玩手机。半晌，齐学库露出丧家犬一样的表情，抱住我姥两条腿，说，妈，先把我人弄出去，行不行？我姥爷打开门，准备走了，跟两个男人说，你们弄死他吧，你们不弄死还得我来。我姥喊，你他妈快滚。一个男人不耐烦了，起身说，不筹钱，你俩都滚。挺大岁数搁这儿演电视剧呢？

我姥回家后一想，可不就是电视剧。他们去找齐学库，是因为五天前我老姨从内蒙古采访回来，她本该在第二天再到我姥家来看望，却在回来当天的夜里十点，咚咚敲响了这里的门。姥爷去开的门，他跟我们说，我老姨工作以来，他还从没见过她这么哭，一下子就让他回忆起了他老姑娘小时候在他怀里哭的模样。本来，他都以为她是个大人了，忘了她也才二十出头。我老姨进门后一语不发坐在沙发上，就是现在我坐的这个位置，我姥去摩挲她的手，冰凉，从手指头到小手臂，整个人都是凉的，在刚入冬的晚上不知道一人儿在火车站站了多久。她头发都粘在脸上，微微皱眉，在眼角挤出些细微的纹路，我姥特烦看见她这个表情，女儿一旦被苍老折磨成这样，更老的人也不必活了。两人一左一右坐在姑娘边上，开始他们以为她挨了打，问了说没有。以为是在家里吵了架，生气跑出来，我老姨却又说她连他的面也没见着。齐学库昨天晚上在电话里答应她，他们新婚不久，这次小别，他一定准时来火车站接她，还给她买束花啥的。我老姨说不用，太傻，在绿皮火车上坐了一路却都抱有期待。她本以为一出站就能看见他，即便已经有些隐隐的不安。自她早上上车，就开始联系不上齐学库。她想他大概在预备一个惊喜，又怀疑是部队里突然的工作牵制了他，左思右想，在火车站里从晚上六点半等到九点半，才默默抱着大包哭回了家。

齐学库从那天起开始失踪，准确来说，是从前一晚和我老姨挂完电话就失踪了。听到这儿，我也有些难过，我对象做销售，头两年因为房贷和装修，一堆的债积在头上，他不得已去接更多的项目，更频繁地出差，也总不在家。这样的夜晚我都已非常熟悉，凌晨到天亮，一个人度过一段失去参照的时间。后来我迷上了酒，开始受不了苦涩，慢慢学会把希望寄托在咽下之后身体发生的变化上，所谓摇摇欲坠，所谓羽化成仙。喝得像块行走的红炭，感觉热力不但能让自己暖和，还能把整个空间都烧熔掉，化着化着事儿就找不见了。再接他的电话，那边或是在打扑克，或是在去夜场的路上，心里居然也能自我安慰：咱们都在同一国家，都在进行娱乐活动，只是不照面。盘腿在床上，放下电话，自己跟自己甩两把打娘娘，用低声部唱《青藏高原》，一觉哪儿做得不完美，猛着罚自己酒。直到后来养出啤酒肚，心理建设也初步完成，才渐渐戒了那种晚上。人锻炼的归根结底都是自个儿，除此之外，事情还是摆在原地，搬不动，不如给自己省点力气，做别的。今天我才知道老姨也有过那段日子，真想穿越回那晚的车站去接她，啥也不说，就陪她一块儿等，假装我男人也没来，假装没人需要等。人和人，有时没交没代就落回到了两个时空里，干联系不上，像根本也没认识过。

事儿说过去就过去，我姥继续讲，她和我姥爷后来在桌上也不提，齐学库每次都暗地里感谢她。为搭救他出来，我姥卖了一套房，挪了些积蓄，人见老不少。他处处流露出改过的状态，在部队里调了职位，到了空军做后勤，隔三岔五开大车到我姥家楼下，一趟趟搬鸡鸭鱼肉，也舍得耗费一下午一下午的时间，单陪我姥在家喝酒解闷儿。他拿回来的，都是当时年代里的好东西，渐渐把我姥和我老姨培养回了原先的精气神儿，对我小弟，也儿子长儿子短殷勤不已地跟屁股后面撵着，撵上就把他背上肩膀，把头上的大盖帽扣上他小小的脑瓜顶儿，一嘴胡茬亲得我小弟直躲。当时我刚上初中，暑假里和小弟都在姥姥家度过，齐学库有时候也在，站在窗口抽烟，从不对着我俩，抽没两口，就回过头看一下我俩能不能吸着，仿佛不是他看着我们，而正相反。我给小弟辅导功课，入门的应用题，他总也整不明白，连看懂意思都费劲，加减法不知道用，水浒游戏卡什么人物使什么兵器倒是门儿清。我俩学习时，我姥和我姥爷从不过来，过来了也只是看看，说声好好学就走开。他们那代人一辈子出厂进厂，子女又都是自己折腾出名堂，不太清楚知识的分量。齐学库则每次都在我旁边坐下，不出声，眼神却跟鹰盯着肉块似的盯着我小弟，他的每一句回答都值得齐学库叨一下。那阵儿我就有点怕齐学库，因他也仿佛一样在检验我的教学。他人瘦，就不太见老，只是皮肤更黑，油亮亮的，嘴唇颜色一年比一年见深，身板还是挺括。他看我给小弟讲题的时候，总歪着脑袋，像我另一个更专注的学生，比我更常对小弟提问。他总是在我小弟答不上而我又想和稀泥的时候，生硬打断我俩的进程，坚持问我小弟，姐姐问你呢，你咋回答？我只好试着提醒我小弟，提醒一句不会，两句不会，他身板就开始前倾，带着压制性的气氛，向我小弟的方向投射阴霾。

现在想想，那阵在姥姥家的确不常见到我老姨来。她是工作突然特别忙，还是突然被其他的事情缠身，说不清楚。只记得我小弟天天晚上住在姥姥家，有时候齐学库饭吃到最后，憋了半天，还得征求我小弟的意见，今天跟爸回家吧？我小弟巴不得不被他管，他怎么哄，我小弟就怎么低头，往我姥身后躲。直到齐学库站起来，忍不住去拽他，我小弟才突然爆发出哭声，让我忍不住笑他，戏还来得挺足。我姥把我小弟搂在怀里，拉下脸说，你总打孩子，孩子能跟你？你自己回去吧。齐学库听从我姥的每一句话，收拾完碗筷，自己拿衣服走了，我们一家三口有时和他前后脚回家，他在和我们分别的时候，脸上带点难堪。我爸则会在他走后很得意地自我总结，这人哪，说啥别有污点。我妈说，齐学库活该，祸祸我妹妹。我爸说，她老姨咋总也不来，那她晚上回自己家不？我妈看看我爸，问，你啥意思，我妹不回家她去哪儿？我爸就乐了，说，我也没说啥。他们你一句我一句，说说就冒火，后头一段走回家的路谁也不理谁，那时候我总以为是我妈脾气太大，现在才想明白，我爸话里有话。老姨的确交过两个男朋友，但从不介绍说是男朋友，他们出现在所有齐学库不会出现的家庭聚会上，渐渐地，我再没见过齐学库上桌。

我姨问，他后来没学好吗？都对家庭造成这么大创伤了。我姨说话一直挺文气，据我对象说，她妈小时候上学，每学期都是第一名，作文篇篇是范文，要是不落残疾，打算往北京考。我问当时班里一共多少人，他说六个。我姨后来在农村也不甘平凡，为供儿子上学，从卖月饼到卖冰糖葫芦，几起几落折腾不少次，却没有多少积攒，转而信仰天主教，每礼拜六晚上去其他教友家聚会，合唱改了词的《笑看风云》。做人坚信，遇事要先怪自己，眼里没人不能原谅。我叔则多年来，把我姨看作了信仰，现在跟着附和说，该改好了，他不是军人吗，懂纪律。我姥说，改个屁。他戒不了，手上有瘾。我姥爷插话，就是狗改不了吃屎。说完被我姥又骂了句滚。我姥爷没吱声，和我相视一笑。话语权永远在我姥嘴上，她抽上不知第几根烟了，蓝紫色的烟雾在屋子里一直没往下落。她说，后来他俩也过不到一块儿了，他提出想去哈尔滨，我就给他托了关系，去派出所。那不容易进，好歹塞进去了，正式的，工资也不少开，寻思让他和我姑娘冷却冷却，等工作干好了这关系也能缓和，主要看他咋表现。我姨说，好工作啊，你也是好丈母娘。我姥哼哈的，说，那我还说啥呢，护犊子。我送他上的火车，都没人送他。搁车站我还跟他说，你看看，媳妇儿子都没来，等你干出样，他们就都来了。

我姥用胳膊肘推我，问，后来，你再见过你老姨夫没？我说，见过一次。我姥想起来，说，是不那次你和你小弟去青岛玩儿，坐飞机回哈尔滨，完了他去机场接的你俩。我说，我俩飞机早到了，也没提前多少，等了他挺长时间的。后来见面才知道，我们一直在同一层里互相绕圈子，我是真认不出他了。我姥说，那么多年了，总得变样。我没再说下去，那五六年里，齐学库跟我们家人见得少，他完全变成了另一个人，我姥兴许并不知道。我当时没认出齐学库，不是那种你在街上看见，需要恍一下神才敢确认的认不出，而是即便有人把他带到你面前，你们一张桌坐下，默默吃了半天的菜，如果别人没介绍，你就始终觉得他是陌生人的那种没认出来。齐学库当时站在我们身后，一根柱子旁边，像一根相对矮小的柱子。站得还是那么笔直，跟被人截过腿似的，不近看有点侏儒。他身穿深色夹克，黑裤子，背个小包，嘴咧得很开，牙齿黑黄，他那张瘦得吓人一跳的黑脸上，五官大得吓人。他一伸手就要拥抱我小弟，我小弟把脖子往前凑凑，算是抱上。他说话语速很快，跟记忆里温和话少的形象有了出入，速度越快，话也跟着越密，像被关了五六年禁闭的人，好些话不说，眼瞅就要过期。他一双眼在我小弟身上紧着看，看他们站在一起，父子俩竟没有过多相似的地方，据说人跟在一起待久了的人会越来越像，细胞照着模仿，久也不在一起，就没法太相像了。齐学库跟我还是很客气，点头说，大姑娘，咱们也好些年不见了啊。我说，老姨夫，把我小弟交到你手上了，我就回去了。小弟，跟你爸好好待两天。这事当时是我的任务，我姥偷着给我打电话，嘱咐我一定让他们见着面，让我小弟跟他爸走。毕竟再开春，我小弟就准备去美国上预科班了，他在国内一直跟不上教育节奏，只能送去国外试着跟跟。我姥在电话里说说又要哭，她感叹孩子可怜，这一走，和他爸不知道啥时候再见。我小弟倒也懂事，或许知道没别的选择。一起在机场匆匆吃了一口饭，我就一个人坐客车回去了。上了车，我在窗户里看他爸和他一前一后走着，齐学库想和他拉手，我小弟没让他拉，齐学库不住地转头等他，想两人并排走，可两人步子死活不在一个频率。在机场，一个中年男人后头跟着个插兜听歌的半大小子，怎么看怎么像跟去住店的。

我小弟没待上三天就跑了回来，进门就让我老姨出去带他下馆子，又去泡了一下午温泉，才回到桌上，当晚跟我们娓娓道来。我姥问他，咋回事，为啥不多待两天？我小弟露出一种想说不敢说，不敢说又憋着想说的做作表情，桌上没外人，他寻思寻思，怪笑说，姥，说是带我出去吃饭，头一顿兰州拉面，面要的三棱儿。我姥说，上车饺子下车面，你爸安排得没毛病。我小弟说，第二顿兰州拉面，换了毛细。第三顿还是兰州拉面，换了韭菜叶，那不还是面条啊。我姥没接上来话，我老姨便扯我小弟胳膊，让他继续说，住的啥条件，也告诉你姥。我小弟喉咙咽了下，梗着脖子，说，他自己租了一房子，还没这个屋大，也没暖气，到处都是垃圾。我让他收拾一下，他就拿脚划拉。后来有个女的总来敲门喊他，我就去宾馆住了。他让我千万别告诉你们。

我姥又哭了。人老了，不仅皮肤，泪腺也松不少，过去她在桌上哭齐学库，没哭痛快过，总是刚开始抹泪，就被我妈我老姨喝令憋回去，她们不理解人为什么要对一个没血缘的外人动感情，何况这感情动得是非不分。今天没人拦她，她一直用纸巾按眼睛，带着困惑的悲哀，哭一件她想不懂的邪门事。我们都静静看着她哭，一起帮她想，齐学库出问题的地方在哪儿？一定不会是脑筋。他聪明，能爬会钻，吃过苦，也长过记性，人生起起伏伏，像是挂在钟摆上，偏偏最终能使他安定的东西，恰是没定数的赌。我姥爷说，你就是哭他给你一车车拿的那些吃的，再往后吃不着了呗。我姥没骂他滚，好像压根没听见，眼神里呈现极遥远的画面，像我们此刻都已不在身边，而离她最近的，是一个男人深夜里逃亡的景象。他翻墙，搭黑车，一个人走过铁轨，宽广的平原上黑暗不见四方，没人跟他说话，没人问他是谁。他就一直走啊走，自己也不知道该走去什么地方，除了家，能去哪儿？而家是他唯独不能去的终点。

我们安慰我姥，你再也不会和这个人产生任何联系，他和我老姨在哈尔滨期间已经离婚，现在除了是我小弟的生父，在社会上也已经丧失标记。你惦记他什么呢？我姥说起就因为他还是我小弟的亲爸，后续还有麻烦的问题。一年前哈尔滨公安局给她来电话，让齐学库的直系亲属来局里一趟，取走一笔钱。这人只能是我小弟。我姥看着我姨的眼睛，问，搁你你愿意告诉给孩子不？我姨说，应该告诉，亲生父亲。我姥说，你没明白啥意思。通知来取钱，好像是取他之前每月存公家的一笔钱，叫啥我忘了，退休了能取走，死了也行。这回你明白不？我对象告诉我姨，就是公积金，我也有。我姨哦哦两声说，阿姨，就是孩子如果去了哈尔滨，他就知道他爸没了？这个事儿，太残酷了。我姥说，残不残酷的。我寻思等孩子从美国回来的，私底下我也问他了，他说那钱得要，必须要，干啥不要？孩子接受能力还行。我看见我姥说到我小弟时，叼着烟的嘴向下耷拉，有轻微的哆嗦，而我姨还说着她坚信的那些童话。她说，阿姨你这么想，也许你姑爷是想给你们一个惊喜，他可能在外面混得越来越好，等不知道哪一天，突然出现在你们面前。电视里也演过这样的事儿，反正吧，可能啊，人活着总得是有希望啊。中午算是过去了，厨房那两扇没关的窗户摇了起来，刮进小股的旋风。我们这地方四季风沙都大，一年两次，一次刮半年，沙土也重，总有细小的沙粒吹进嘴里，不注意就割舌头。我起身走过客厅，去关窗，姥姥家在二楼，每次来，她或者姥爷都会站在厨房这个窗口前，看一眼楼下访客是谁。我也下意识地往底下看了一眼，当然不会出现齐学库，可我姨刚刚那些孩子气的许愿总是不停在心上翻腾，让人听了，比认定人死了还难受。楼下枯树边上正卷起旋涡般的沙土、废纸、碎叶子，转圈不走，有冤似的。

我对象也来厨房倒茶水，我们看见彼此都没说话，也没互相宽慰。沉默地坐回客厅里各自的位置，之后姥爷说要看电视，姥姥也问他爸妈要不要中午睡一会儿，我们便异口同声说晚上再来，起身去拿各自的外套。我姥坚持送我俩下楼，他爸妈也想跟着，结果是两个老太太分别给我俩叫开，我们听不见双方谈话的内容。我姥在楼梯间里一直同我确认，他不爱玩，他不爱玩吧？我说人跟人不一样。我姥说她看出来了，家庭和家庭都不一样，别看都是六十多岁的人，真没共同语言。我笑了，问她，是不我姥爷和你也没有？我姥长叹一声，说，难碰。

走回我家也就十分钟，要穿过一条狭长的路，夏天走到这儿，头顶上会被一排杨树的绿荫遮蔽住，阴凉安静有如异国。现在则只有一排光秃秃的枝，和年前烧纸后地上留下的黑灰，像一个人灰不拉叽的后背上四散的膏药贴。我对象走着走着，突然问我信不信世上有魔鬼。我知道他和我想着一样的事，很多人绕不开的事。在我们没有被鬼吓到之前，都倾向于认为，那是白天不会出现的鬼，心正不会见到的鬼，藏身在失败者借口辞典里的鬼，一旦证明有鬼在，人也就不在了，挺有意思。鞋带半道上开了，我蹭到马路牙子上弯腰去系，抬头看见他站在离我两步远的地方，没人监视，没人认识他，他却双手后背，把前胸挺得很高。过去没发觉他爱立正。我赶紧把这个念头甩出去，另一个念头慢慢爬上来，得让我好好想想，原来一个人从背后看，站得太直反而不美观，反正我不觉得他像英雄，像鹅。我是说，像鹅也挺好。

一团坚冰

1

有时候我从柜台后抬头，看到深夜里屏幕排排亮着，屏幕后的人聚精会神，喊打喊杀，常有美妙的怀疑。如果每台电脑都是一座小星球，每个操纵它的玩家都是上帝，那么这间弥漫烟味泡面味的黑网吧，就是造神的地方了。蓝绿色的光点闪烁其间，从一个小星球发散去另一个小星球，它们接收着彼此微弱的信号，在宇宙中联机，化为两个或多个阵营，随时向对方发出冷枪，嗖嗖。流星一样的枪火，我会看得很入迷。总有人来向我要酒喝，我说我们不提供酒，烟有许多，抽烟能让你冷静一点，哥们儿。我觉得所有网吧都这样做，是很智慧的。电脑游戏助长人们错误的情绪，会让人久而久之，真以为自己是神，做些疯狂的事情出来。只有当他们脸上挨过拳头了，看到流血，才发现事实不是那样。到那一步，众神之战爆发，星球都该跟着毁灭，我们这里，就会变得太惨了。

有时候烟雾和杀戮声会让我觉得窒息，我不指望任何神能出现在我身边，把一个二十出头的青年搂进怀里，对他讲善意和爱、冬日里的温暖这些话题。在厕所浑浊的镜子上，夜里我对峙自己的脸，看上头青森的黑点，从皮肤下头慢慢破土，因不修理而渐渐长开来。老板东哥也对我说，吴，你该留胡子。这样可以掩盖我的真实年龄，加上我有一双厚单眼皮，它们因失眠和营养匮乏，总显出半醒不醒的样子。凭气质讲，我该是个合乎身份的网管。我喜欢这份工作，认为自己活得不错，尤其在这样的晚上，人们需要我，总是叫我去他们的星球上处理一点问题。有些星球会没有缘故地失去了动力，还有些向我要给养，要冒着热气的泡面和各种饮料，我会按照号码，逐一送去他们身边。有时我会好奇这些星球上的文明建设到哪一步，更多时候，我放下就走，感到自己拥有一种更高等级的智慧：我可以是个服务生，也可以是关电源的人。没人能判断我的想法。我能令所有热闹终结，更能睁一只眼闭一只眼，让一些年龄不够的小家伙提早享受他们的乐趣。

星域网络世界，我第一次来，就喜欢上这里。我认定一个宇宙是可以藏进居民楼下头最窄小晦暗的地下室里的。越隐秘，越可收容，收容我这样的人，好避免在外头纷杂的画面里，丢失想坚持的一股子热情。我的宇宙，长期无人关心，我也不爱泄露，总在想开口前，被巨大的自嘲抓紧了手脚，渐渐地，我认定，沉默最好。当我什么也不说出口、什么也不经人验证时，便超越一切的智慧，更跳脱全部规律。

每周我在星域住几个晚上，在家陪赵小涛住几个晚上。赵小涛是我外甥，念五年级，快步入青春期的男孩，和我这个小舅舅，生活起来十分和谐。我们话都不多，客客气气，能讲道理。赵小涛以我为傲，和我一样，他喜欢我的工作和工作环境。家里有台他爸买的台式机，每到晚上，赵小涛还是更喜欢到我那里去，我会给他安排一个角落里的位置。他是整个网吧枪打得最好的，网名冰城杀手。他出现的日子，宇宙中会发生少有的、几个星系都同仇敌忾的团结，他们甚至组了一个部队，名为杀手屠戮营。我观察赵小涛，发现他很少抬头看周围人做什么。他的手比同龄男孩长一些，脑袋瘦尖，像个异形生物，更像个五六岁大的男孩，专注于用放大镜烧蚂蚁，不受外界干扰。我怀疑赵小涛在游戏方面有些天赋，但他在广州的父母常来电话嘱咐我，你要对得起我们的托付，知道怎么对得起吗？你要检查他的作业，陪他一起学算数、背课文。我尝试过这样做，但总是找不到赵小涛的作业在哪儿。每回问起，他都说，没留。虽然我才中专毕业，但不意味我是个傻子，对看一眼后，他继而埋头吃饭。吃一盘青椒炒鸡蛋，青椒都扒拉去桌上，粒粒的，很鲜明。我说，偶尔还是留一次吧。他对我笑，那你能不能也偶尔不把鸡蛋炒煳一次？谈判到此结束，我们都不能保证这样的偶尔，还是该接受生活里的常态。

昨天赵小涛回来后闷闷不乐，他的闷闷不乐表现为动作迟缓，对其他声音充耳不闻。我几次叫他吃饭，吃完饭我简单洗漱一下，就该到点儿上班了。今晚还是炒鸡蛋，我试做了锅酸菜汤，放进他爱吃的粉条。赵小涛慢悠悠用筷子挑起一截，粉条没全熟，像弹条一样有点韧性，快速盘在饭碗以外。他默默起身，拿抹布擦走。我知道该问问他发生了什么事，赵小涛在学校没有朋友，几乎在复制我的成长轨迹，多思，孤僻，心有点狠。在我们聊得愉快时，他嘴里会蹦出许多奇怪的损话，简直才华横溢，让我难以相信他居然能掌握那么多精准的比喻。他对周围的生活，其实有更深刻的观察。他和我调侃最多的，是他们到四年级时，新派来的语文老师，姓李。李老师二十七八，讲课好走神，她轻蔑地看每个小学生的脸，但从不说出伤人的话。她认定自己很有才华，在讲作文时牵扯一堆外国人名，干瘦的双颊跟突然感染了肺痨病似的，红彤一片，喉咙微颤，炽热又深情。学校里没人和她亲近。在出任何集体活动时，她都会捧着一摞外国名著，像捧《圣经》似的站在人群之外，一棵孤树下头。体育老师正在追求她，赵小涛平静地告诉我，他根本徒劳。我惊讶他能看懂男女间的隐秘情愫，问，大家都知道吗？他说，大家只能看见体育老师在面对李老师时，说话会结巴。但察觉不到李老师走后，他再跟我们说话，会把解散说成再会，把集合说成重逢。又重逢了，孩子们。体育老师会变得和李老师一样深情款款，说完，将高大的身量弯出柔软的弧度，微鞠一躬，十分绅士。他胸前的哨在每回见到李老师后，都能吹出鸟叫。我佩服地听赵小涛说了这些，今晚他情绪低落，让我想再和他开李老师的玩笑，问，她还写诗吗，还把一只虫念成一辆虫、一团火念成一杯火吗？

赵小涛说，她成为我们班主任了。我点头，是对赵小涛搞打击报复了吧。他们对彼此都有轻蔑，矛盾迟早爆发。赵小涛放下筷子说，明天你去一回吧，新官上任，她说要开家长会。我说，没问题。我不觉得这是什么犯难的事，赵小涛该对我有这份信任。我是他的小舅舅，不假，可我也不是个有能耐的大人，身份和经历都让我没资格对一个孩子求全责备。我会替他承受下一个老处女所有寒酸恶毒的评价，我擅长沉默，更擅长不接收。赵小涛还是不开心，出门前我听见他在自己房间里朗读古诗，随意春芳歇，王孙自可留，和一些奇怪的句子。

网吧位于过去一条还算繁荣的商业街上，楼房下头把角的位置。开业时的红地毯还铺在台阶上，不再鲜明，像一截漫长的果丹皮，红是暗色的。每当我踩着地毯往下走，经过边上立放的灯箱，黑夜中，看见星域网络世界的招牌闪着蓝紫色的光，光点走在规定的轨道上，到了域字卡顿，再到网字亮起，总觉得它是在克服一个小小的困难，继而走上坦途。街上其他地方呈现出多种亮丽或冷漠的颜色，可只有这块线路不良的招牌，能让人感到希望，它表现出了一个良好的避难所应有的谦卑和亲切。人们一走进位于地下的那扇小门，即会脱胎换骨。我实在地观察着一切，在柜台后头，看每个人在我面前抵押出他们的真实姓名，继而忘记了这些名字。宇宙中不断有垃圾被制造出来，离远观瞧，垃圾渐渐变成好看的星带。它们护卫在各个星球之外，旋转闪烁，在一个个夜晚，积少成多，异常闪耀。

我始终构思一种理念，即地球是宇宙的监狱，虽然知识储备有限，但我一直在找证据，将它们于胡思乱想中，整理成一些字，记在赵小涛写完不用的废本子上。我想到一种突破：直立行走是禁锢人类向外探索的方式，可能吧？有这种可能。地球上还有其他动物直立行走吗？直立行走导致我们会受腰痛的折磨，导致女人分娩要比动物更受苦，推断下去，也许人类不该是地球上的原生生命。我们会是被一种更高等级的文明发配来的吗？若是如此，人的原罪在于什么？这时，一个女人站到我前方，敲了两下玻璃台面。我给她登记，时间是午夜十一点过半。地下宇宙再一次实现了它和现实生活的脱离，网吧里还留下的人，脑中都已清除了关于升迁、房贷、子女教育的课题，他们头上出现了模糊的光圈，翅膀纷纷自后背长出，地方更显拥挤。女人的出现，让我恍惚，她是不该出现在此刻的生物。有人和我一样，抬头向她收好身份证，独自走入深处的背影观望。我给她开了往日开给赵小涛的那个位置，是她要求的，越僻静越好。我看不清她的脸，倒是长久记着她身份证上的样子，像个女通缉犯，眼里露出祈求和可怜，她当然浑然不觉。她想不到会有人因自己的出现，长久兴奋。她的名字叫李芫，芫作为名字，少有，还带些不吉利。但我后来查了字典，芫意味茂盛。当晚，她留到天亮才离开，其间没向我要过任何东西，独自挑开棉布门帘往外走时，我跟在她身后，目送女人在清晨仍黑暗着的街道上，步行往一个方向去。她穿着暗红色的高领毛衣，后脑勺扎了个米白色的头花，马尾轻微摆荡，走得漫不经心。

2

我坐在放有赵小涛姓名牌的座位上，最后一排，靠窗，靠暖气。他们班在一楼，窗外有一个花坛，长了两棵美人蕉，下面围着长满了串红，好些红芯被人拔了，吮过蜜水后，丢在坛外。阳光正在消退，操场上还有值日生留下没走，一些在做接待家长的工作，一些拿着树枝编成的大扫把，扫出阵阵沙尘。我情不自禁靠在窗上，像看进了过往记忆中，自己的少年时代。李老师来了，此前教室里已坐好了全部的家长，都比我年纪大许多，坐后桌的紧着给坐前排的递名片，讨经验，他们像正在开一场行业内的交流会，热络很是容易。我发现李老师看着眼熟，她眼皮不抬，翻起点名册，念一个，由一个孩子的家长起立，答声到。她脸抬了一下，霎时补全我心里揣测过的女人形象。我知道，那晚一定是她。是这个叫李芜的女人深夜来到网吧，在清晨走向无人的街道。今天她的脑门被马尾拔得锃亮，有点秃，我伸脖子看，想确认她戴的还是不是同一个米白色头花。李老师叫赵小涛，我没听到，第二遍叫，她和其他人一起看着我。我起立，说，到了。她不信，你是家长？我说是，我是舅舅。李老师纠正，你是赵小涛的舅舅。说完有人在笑，我跟着笑。李老师念完所有名字后，我也在心里念，李芫，到。

她毫无感情地念完自己准备的几条规划，偶尔停下，问家长们是否同意。底下齐刷刷举手，总有人想补充发言，想倾诉他个人的支持和拥护，被李老师用手势一概压下，表示单独的问题单独谈。她说话的声音和赵小涛向我描述的一样，冷漠，没抑扬顿挫，普通话标准。我赞成了她的全部提议：关于要培养孩子课外阅读的习惯，关于写日记需贯彻到底的理由，关于语文成绩的培养是靠长期努力，其中必要走过的蜿蜒和曲折……我眼前闪过这个比我大几岁的女人青春期时的模样。我想象，要是等会儿我也留下，却在和她照面时，闭口不谈赵小涛，而谈及那晚的上网和清晨，她会不会羞愧难当。如果我不是谁的舅舅，说不定就那样做了。

我干等一会儿，等到眼前排长队的家长们一个个离开，剩下几个人排到我时，外面天色暗沉。我到操场上去，一个人也没有，星星在头上变得清晰。今晚，赵小涛大约会在家给自己下包方便面吃，先前他交代我说，开完家长会，你直接去上班，没必要绕远回家一趟。他不关心我听到了什么，也许吧。我一直坐在操场秋千的木板上，已经十月，秋天将过去，冬季总是延长又提早。感到身体冷了，我知道该走。学校离星域不远，过两条街，溜达着没一会儿就到。走在下班的人群和自行车群中，忽有所料，身后有人在和我走同样的路线。在人行道前，我突然想等一回灯。我看见披着一件男士西服外套的女人，就这样，走到了我的前头。她直视着信号灯上绿色小人移动的样子，步伐匆匆，米白色头花扎在她的马尾上，脖子伸出很长，像不恐惧有多少风会灌进衣领。我跟她走，内心化成宇宙中一颗飘浮的星球，在等待几万年后，撞入我势必去的轨道上。毁灭的渴望，随夜风，一道撞击我的胸膛。

她果然是向着星域网络世界去的。我低头，快走几步，在她转去别的方向看时，溜过她身前，抢先进入柜台。今晚东哥在，正被几个小伙围着，看他如何在电脑上操作，一枪打仨头。东哥胜利的时候，地下传来欢呼，角落里另一台电脑后，则响起摔键盘的动静。我不能再享受窥看李芫的乐趣，我需要去查看情况。我当然知道会是谁那样做。东哥指住我后脑勺，站那儿，吴，你先来一下。东哥离开电脑，和我到柜台旁，剩一帮人在那儿拍掌号叫，迸发胜利的沸腾。李芫等在一旁，不耐烦地拿出身份证，问东哥，不能先给她办？东哥像没听到她讲话，面对我时，嘴唇上一排小黑胡子一动一动，修得很漂亮。他穿在黑皮夹克下的手臂揽过我的脖子，皮革很冷，网吧始终没交暖气费。东哥说，冰城杀手，是那个小崽子吧。他摔坏几个键盘，几个鼠标了？顺东哥手势看去，赵小涛人在角落，一脚踢远了凳子，也怒气冲冲看向我俩。我说，我外甥，我赔。东哥说，别让我再看到他。他在这儿，老顾客都有意见，都想揍他一顿，看是个孩子，迟迟没下手。可一个孩子，这样的孩子怎么能出现在网吧里？真打出事儿……东哥拍我一侧肩膀说，吴，麻烦会很麻烦。你，我，都麻烦。我答应，往后不让他来了。东哥再拍我肩膀，不说话，他等我现在就去赶走赵小涛。我求情说，明天开始，行吗？他想想说，行。李芜打断我俩，说她觉得不行。她要坐到那个位置上。我俩一齐看她，东哥不可置信，这是客人？我说是，不知道还能说什么。李芜的眼神表明，她认出来了我就是刚才家长会上的赵小涛舅舅，更想明白了赵小涛在每个不写作业的晚上，时间消磨于何地。登记好，我带她去机子旁，赵小涛突然起身，猛往外跑。我看看赵小涛的背影，看看李芜。她说，追啊，不是你家孩子？我追出去，赵小涛跑得很快，动作敏捷，三闪五闪。我以为自己跟丢了他，在附近迷宫似的居民楼下乱走，脑子混沌。终于还是看见赵小涛，他坐在水泥台阶上，头枕着书包，后背一耸一耸。他在哭，我第一次看他哭。

我问他为什么哭。周围没灯，一片暗黑，他不想对我说理由，起码现在，他不想看到任何人。我试着像过去那样，用自己的经历代入他此刻，觉得我一样会难过，当我被人发现了，被虚拟中的敌人当众狙死，被现实中的敌人找见，更被我信赖的小舅舅赶出网吧。也许他不是因为这些细的理由，因为挫败？或许只此而已。我点了根烟，看烟头在手上颤着好看的星火，跟自己说，姓李的老师夸了你。赵小涛保持沉默。我说，我不知道她为什么夸你，她是说了一大堆，可我听不懂。听懂一些，说这次考试的作文，你是全班写得最有趣的。赵小涛说，有趣不是我的追求。因为她没趣，才看什么都有趣。我说，也许吧，她是挺无趣的人。可你不觉得好玩吗？她这种人，会跑去网吧。有次她是后半夜过来的。你不想知道她去网吧看什么？他不太信，看什么？我害羞地笑，不妨承认，上次李芜走后，我去看了她电脑上没有删的浏览记录。她当然没有把时间花在打游戏和与人为敌上，那晚她查了许多的问题，其中一个，我记忆深刻：假如时间暂停，只有你的在流通，你会去做些什么？

他听了有点气急败坏，脸上有别的东西跟着转瞬即逝，是和成熟接近的内容。赵小涛说这就是他作文里写的想象。他已知道了真相，李芜不全是他看法中的样子，自然，赵小涛在李芜心里，也有独特的光彩。我认为他心里该是高兴的。我提议他先回家，外头太冷了。赵小涛起身，被我叫住，我还想再提一个小要求。他看着我掐灭烟头，听我说，回去试试写日记怎么样？李老师说，这是她布置给大家的作业。她布置有两年了。

回到网吧，东哥和我简单嘱咐几句后，便回家去过老婆孩子热炕头的晚上了。我留在柜台后，看一整个宇宙再度恢复它可能压根就不会被打破的秩序，于黑夜中亮着的数不清的光点，闪烁，迷人，稳健运行。我一直凝望角落里的李芫，她不好看，我没法去虚构这件事，如果我们在路上相遇，她激发不了我任何古怪的念头。在那张被蓝光打亮的长条脸上，写满了不存在的戒律和无论被如何掩饰，都不能不现形的虚伪。她的魅力需要一个淘金人夜以继日地专攻，在平淡无奇的原野下挖掘，深挖，哪怕最后挖出一种类似金块的东西，擦掉土层，下头也可能依然是土块。她只是一个恰好能装在我遥控器上的电池组。我陷入幻想，想和她像朋友一样聊天的画面，在如此长夜。我希望还能有更多的、一个接一个的、更漫长的夜，来收纳我幻想的内容。从聊天到牵手，从亲吻到赤裸，从一年的春到秋、夏到冬。我想象和她做爱。李芫的身体会在剥除衣物后，变得极为神秘、火热，没有形态地聚成一个女人的气息，钻进我骨缝。我想象和她大汗淋漓地躺在我的木板床上，外头最好是一个寒风刺骨的冬天，我们什么现实都不谈及，完全自说自话，她回答她的问题，我回答我的问题。假如时间暂停，她会在冬天下水，夏天捧火；假如时间不停，我会是颗卑微的星球，永留在寻找母星的轨道上。期望中的母星上，尽是和我一样的人，无须交流，只需对看一眼，便能各自判断对方需要怎样的包容。

冬天来了，夜晚越来越早。李芫来网吧的时间被我摸出规律：偶尔的周一晚上，固定的周五晚上。赵小涛不再来网吧里玩，也很少在家打游戏，问他，他说不是不爱了，只是爱够了。很有意思，我喜欢从外甥嘴里冒出来的所有不合年纪的话，毕竟我也会在二十多岁的年纪里，做不符合年纪的事。当我静静观察李芫上网的样子，同时做好给泡面浇水、将汉堡放进微波炉、给掐架的两个男人打个圆场等这些小事后，我仍可做到，在赵小涛的废本子上，写下一个成年男人暗恋的心情。赵小涛多了好些废本子，都交给我，翻开看，里面有他的日记。他从不去写今天做了什么，感想如何。赵小涛会写，关于他这个年纪里幻想的一切。我们齐头并进，异曲同工，我写下的，一样是幻想的对策。芫，所有你疑问的古怪问题，我都想过了解答。

3

赵小涛迷上写作，在所有人意料之外，像他迷上了另一种电子游戏，他有空就在作文纸上，写天马行空的段落。如果不是李芫后来给我打电话，我都意识不到问题的严重性。接电话时，听是她的声音，我写情信的手，哆嗦不止。鼓起勇气，真想说，知道吗？我已经很了解你了。每个你在网吧度过的夜晚，都有我陪着，我在偷偷看你。李芫的语气，却是公事公办，家长，有空来学校下。我只能说，好。挂断后，东哥问我出什么事，这么着忙穿衣服？我也不知道出什么事了，鬼使神差走进网吧尽头烟头遍野的厕所里，拿手擦净镜子上的污垢，看自己反复练习微笑。

我设想的谈话发生在老师办公室里，上学时常被叫去，老师抓不着我的父母，只好抓我，喊来训斥一番，再说点恐吓的话。我以为李芜会在一个黑洞洞的教学楼里，亮起她屋里的灯，灯下批改作业的女教师形象将出现在那儿，我一进门，便会看到她佝偻单薄的背部。可整幢楼都黑下了，学校的铁门拉起，只有门房里亮着微弱的电视光。李芜站在门口，身穿白色长款羽绒服，脚踩黑色鞋子，光太暗，看不清什么款式的。她没戴帽子和手套，没扎围巾，领口拉链拉到顶，令她的脖子像鹅一样高耸，人凸着嘴，站在风里。我说，老师，你好。她点点头，问我现在去不去网吧。我说去。她说一块儿吧，走过去大约十来分钟，咱们路上谈谈。

我在想大街上看到我俩的路人，会把我俩归入哪种关系里？两人步子都不快，手各自揣进衣服兜，肩膀偶尔碰上。我还没想过这样的晚间散步，和李芜。她是否已有伴侣？我估计着今晚她会在电脑上搜索的问题。李芜先开口，赵小涛父母在哪儿？我说，在南方。她说，你看他，看多久了？我说，两年多。她嗯嗯着，和所有我经历过的老师们，区别不大，说话都讲求铺垫。那种铺垫其实没用，她们最后还是会不等你准备好，便扔来炸弹。李芜第三句是，那你对他变成今天这样，还是有责任的。我愣住，她又走我前头，后脑勺上扎着不变的米白色头花，我怀疑她买了许多朵一样的。这个时间，经过的门市大多关闭了，头上沉着成片的红云，视野里黑红交织，有些不知哪儿来的搬运工，正在街头卸车，合力搬运巨大的冰块。快过年，城市有了节庆的味道，今年想出的主意，是在街头放满冰雕。李芫等我追上，见我盯着冰块一动不动，叹了口气，走回跟我一起看，还看我的脸色。家长，听见我的话了吗？我问，小涛到底怎么了？李芫说，他在所有纸上，写他的所有想法。我们刚考完期中试，数学卷，品德卷，英语卷，他一个都没饶了，从宇宙爆炸，写到人类起源，写猴子重新占领了文明的高地。我扑哧笑，她也忍不住，我第一次看到笑的李芫。她有点龅牙，一笑，下嘴唇着忙去找上嘴唇，想把笑给包回去。她太瘦了，借着没全雕好的一处冰雕，我终于可以细致地观察她。她头低着，在筹措语言，说这样也不是不好，就是太偏门。你们在家，平时都聊什么？赵小涛在想象中，写了不少关于你的部分，虽然没说名，但我想应该说的是你。我也好奇，他说了什么？李芫说，说你是创世主，说你把人类从一个遥远的星球上，发落到地球，你出于一种趣味，也跟来地球体验了，还说你通过网络操纵人，让其他人自愿戴枷，戴铐子，具象到现实，这些东西是键盘，是鼠标。我静静看她，看她低头讲话时，头顶的头发绷得又紧又细密，也许她一样紧张，穿尖头靴子的脚一会儿分开，一会儿并立。我说，都是孩子的想象。孩子都爱想象，其实大人，也爱这样。她抬头看，视线将我掠过，看我身后的冰。冰块里放了个小小的电灯泡，是白色的，底下立了竖棍，作为支撑，像一块冰糖里藏着橙味棒棒糖。李芜说，是这样。

我们继续走这条我们两个都单独走过多回的路。同行时，双方总有叫不准，是在这儿转，还是那儿转。她说到赵小涛不能再这样下去，问题不在他幻想过了头，而在他暴露出来，不把任何规矩放进眼里，这才叫危险。李芜怀疑和他先前打游戏有关，游戏太容易让人误会了，以为自己手拿枪支，就能在现实里草菅人命，以为自己搬运水晶，就能对现实柜台里的项链予取予求。她说的，简直是我先前所想的，虽然我没在本子上写下这么具体的形容，可也用我微薄的知识含量，尽力去表明一种担忧了。它不全是担忧。我的手在口袋里，反复捏着里头塞的、想献给李芜的本子。来前我想，在李芜和我体面地于办公室道别后，我会把这个本子，藏进她债台高筑的待批作业中。这是我能想到的浪漫。事到如今，我不能确保这种行为还是浪漫的，即便我可以在网吧门口，亲手将它交给李芜，李芜看到的，也不会是我期望中的东西。她会认为，这是一对同样生了病的舅舅和外甥，当舅舅也在本子上用长篇大论写他对宇宙的认识，对一个小学语文老师的性幻想。她要说的，就不会是你也有责任了，而要变成，你责无旁贷，你罪大恶极。

现在我们还保持着体面的关系和处境。过每条人行道时，她都耐心等灯，我确定她在生活的别处，也是遵守规则的人。我希望说些什么，一些能让她对我也别有认识的话题，我想问，你喜欢游戏吗？抛开别的，你喜欢玩吗？李芫渐渐把注意力从我身上挪走，后半程的沉默中，她在经过每一处冰雕时，都放缓步子。我终于问，你喜欢冰吗，李老师？李芫错愕，哪怕是这个问题，对我俩的关系而言，都有些冒犯。她还是礼貌回答了，我喜欢。冰很漂亮。我说，你喜欢，那我给你做一个。前面就是星域网络世界了，凹下去的入口处，灯牌依旧电力不足地闪烁着。她被我的话吓到，不回答。站在和我的宇宙几步之遥的地方，我浑身颤抖，不确定这是不是我最后的机会。我从李芫的头顶，看到她的足尖，很想说，凭你穿多厚实，穿多坚不可摧的衣裳，我都能看进你的骨骼。我不是神，可对你，我有这样的能力。我甚至能猜到你喜欢什么样的冰雕。你喜欢冰块里藏着火种的，对不对？李芫不回答，我俩的影子在街灯下，被拉成两个毫无生气的窗花，我的更精致些，当我颤抖，全身都跟着动作，她却是块巨大的冰。我听见那个凹陷下头，窄小的宇宙里又传来喊打喊杀的声音，所有几分钟前刚死在战场上的尸首，在点了游戏的重新开始后，再度不知死地冲上阵地。我听得见周围驶过车的鸣笛和最后几家店面拉下卷帘门的动静。李芫想走，她本能地害怕，说，她今晚不是太想上网。还说，家长，今天和你谈话，是希望你有空看一下赵小涛的日记，有时间，多和他聊些别的生活。这是我和你谈话的意图。我觉得遭到了羞辱，不是李芜的冷待，是她打破了我的幻想。我一直认定，她是冰块里的火种，世界上特别的一分子。可她现在对我说的，没一丝火热，没一丝我能感觉到的兴趣。我决定把兜里的本子，此刻拿出给她。

接了本子，李芜走向那些清晨里，她独自回家的路。我像被人打过了，没什么知觉，回到我的星域。网吧里变得晦暗，线路突然特别差，许是因为外面也开始突然下入冬第一场雪了。好些人追问什么情况，你们怎么交代，我一一安抚。东哥在我面前指手画脚，照脑袋骂，干吗去了，等用人你不知道啊？就练我一人，这帮祖宗我怎么惹。解决线路问题，不是立时马上的事儿，在此期间，我和东哥就像两个原始人，目睹了让我们不能理解的场面。看到所有人都在黑暗中，面对黑暗的显示屏，投射他们自己的人脸，长久如此，不离座位。他们是这样地自愿，向着没有功能的键盘和鼠标，一遍遍按试，等待它突如其来的光亮，可多数时刻，网吧里只能听见黑暗中茫然的敲击声。情形就像太阳的能源全部耗尽，几大恒星都脱了轨，向着星系崩溃后出现的黑洞流去。仿佛能被缴械，也是幸福的事。

李芜今晚没来，店门也没这么提早关过。还不到八点，我回到家，一路身上沾满雪花，进屋掸了掸外套，屋里没有动静。换好拖鞋，我走近赵小涛房门口，看见桌上亮着护眼灯，他孜孜不倦，正奋笔疾书。我抓过他写的东西，拿来看。赵小涛横眉冷对，是不信我今天回来这么早，更不信我会在乎他写些什么。扫了几眼，里面还是宇宙，还是命运，还是神和惩罚，所有和现实相关的，一点儿不沾，所有人类科技未被证明的，洋洋洒洒。简直是论文。他说，姓李的跟你告状了，是吧。在他床上坐下，我仍在看，有些入迷。赵小涛说，其实我是被逼的，她老让我们写日记，每天我没啥感想啊，这是我对整个时间的感想。写这些让我高兴的事，犯着谁了？他梗着脖子，盯着学习桌上和冰块一样方正的台式机，他冷落它，已有些日子了。此消彼长，我也理解赵小涛，戒断一个爱好，总要找来新的去补充。问题如李芫所说，一个人若在少年时期就漠视规则，大了还有什么能将他约束？毕竟，我们都不活在游戏之中，有永远的命和续命、永远的重头来过。我说，从今天起，你不准再写这些。打开书柜，我把十岁生日时买给赵小涛的七八册“宇宙奥秘初解”丛书，一一取下，抱进怀里。赵小涛还是不信我会这样做。他看着我取来火盆，从打火机上生出鲜红的火苗，书被扔进盆里，和火种一块儿熊熊燃烧，屋里浓烟升腾。我开窗通风，按他的脑袋一块儿到窗外，呼吸外头的雪和风。赵小涛挣几下，挣不脱，他眼光努力斜着，想看我脸上的表情。我死按着他的后脖子。两张脸迎风冒雪，岿然不动。我们都给戴上了枷。

4

终日下雪，昨天上午一场，下午停，今天下午一场，到晚上还没停的迹象。我在网吧厕所里抽烟，看瓷砖地被男人们棉鞋上带进的雪祸祸成泥沼似的表面，横一道竖一道，脏得厉害。东哥进来，在小便池前放水，抖落两下，转手拍我肩膀，兄弟，我要去南方了。想了想怎么和你说这个话，但你年轻，还有的是活儿干。我清楚会有这一天，东哥最近看到下雪，眼底总怀忧伤，和他大大咧咧的性格，全不搭配，现在明白，他是在提早品味乡愁。接过他递的烟，我俩肩膀相靠，站在镜中。我说，我想盘下这个店。东哥报了价，六万，别人下不来，你要，这就可以。手头钱不够，但东哥同意让我分期。他是不是真这么喜欢我，不得而知，但他一定清楚我有多喜欢这里，换了别的谋生，于我又多不适应。他还鼓励我，不行往外走走吧。我们其实都清楚，不是人人都走得出去。有些人注定一辈子只做一件事，尤其是当他那么幸运，一下子就试验成功，发现自己就喜欢干这件事。

我再没在网吧里看到李芫，不是偶尔。她没一次这样的偶尔——在我忙得最不可开交的时候，递上她的证件，将夜晚献于此。她是真的不来了。与此同时，我和赵小涛的关系也有变化，他记住了那晚，无须否认，如果我是他，也会记住被人按住脖子饱尝风雪的感受。那晚在赵小涛身后，所有他当下迷恋着的，都被扔进了火盆，被化成烟、化成雾，化为往后不能谈及的虚空。不能指望赵小涛在这个年纪对我理解，尽管他早慧，也仍是孩子。孩子比大人更有原则，会不揉沙子地辨别善意和羞辱的分别、快乐和痛苦的差距。此后他也没多循规蹈矩，或对我进行反抗，如果有件事能算作他的报复，就是赵小涛又开始打游戏。冰城杀手重出江湖，每晚单挑所有在星域里他知道的玩家。星域里的客人，都知道了杀手就是我的外甥。他们会在骂人时探瞧我的脸色，更大的变化是，他们忍着不骂。当得知赵小涛只是个十一岁的小学生，侮辱敌人会比侮辱自己更严重。赵小涛整日沉默，我告诉他，以后他可以光明正大到星域去，谁也不敢再说什么，现在，我是星域的主人。赵小涛夹着粉条，呼噜噜吞进嘴，不置一词。我又问，李老师最近对你怎么样？他看我一眼，脸上怪模怪样，没法去解读。

一到晚上，我总发呆地躺在行军床上，努力入梦，努力编织我想看到的梦。赵小涛先前写的日记，被我秘密留下一些，作为晚间催眠的手段，阅读让我更易沉浸到想沉浸的地方。论文笔，我比不上外甥，常去想，作为阅卷老师的李芫，当看到我本上的内容时，内心对我该生出多少轻蔑，又有多少微弱的同情。也许，她会生气。毕竟我细致描绘了她落在我眼里时，想象中她的每一寸身体，更替她确定了一个人在宇宙中的位置。我这样形容：混沌漆黑中，你的星球，向我飘来，我想伸出最庞大的一处森林，用几亿枝树干向你邀请，来吧，到我这里。你也许好奇，好奇在我的星球上，居然有这么多的生命，人人都在叽叽喳喳，来吧，到我这里。你是我们共同的邀请和愿望。李芫，你好，我二十四岁，个体，独身，热爱宇宙，一直在等你。

赵小涛终于通知我，李老师再叫你去。我正把脏了的沙发套往下扒，准备塞进洗衣机。东哥走后，我也雇了个小家伙到网吧，代我的班，此后不用每晚去照看星域了。听他说起李芫，我心头战栗，想问赵小涛这次是什么原因。他比我清楚，我其实不在乎原因是什么，当我没问，他也就只交代一声，关门进了屋。当夜，我在行军床上失眠。我没经历过这样难熬的夜晚，因精力充沛，凌晨两点，我起身凿下窗台外的冰柱，耐心地把它磨成圆球，然后又恍然大悟，将它放到灶上烧掉。

距我上一次见到她，过了十天，年悄然到来，学校即将放假。在那条十天前我们共同走过的路上，冰灯入夜，各自璀璨辉煌，有些像宫廷里流失出的宝物，有些像精致的小玩意儿，熠熠生辉，造型全不相同。我没见到那个我希望中的高明工艺，谁又能真的能在冰块里藏进火种呢？那违背物理学，美妙的事，都是有违规律的。我今天没怎么梳洗，胡子茂盛，穿了件东哥不要的皮夹克，冻得哆嗦，配合胡须，人看着萎靡不振，像个逃窜的犯人。但我想要自己是这样的，我想要自己这样子出现在李芜面前。路上，揣测她叫我来的原因，除了赵小涛，可有其他？一定有的。否则她不会想再给自己添麻烦，如果她看完我的本子，就该知道，除了顺从，她也没解决问题的答案。我希望她顺从，希望她伸长的脖子能钻进我的脖子下头，用凸嘴吻我身上的冰碴，我们会欲火焚烧，在最寒冷时节，脱去衣物，重回要死的自然。

还是黑天，这一次实现了我上一次的展望。当门房拉开铁门，告诉我，出入都要登记后，他放我进校园，眼前黑漆漆的操场后，是黑漆漆的楼，只一扇窗子在明亮，它属于五层，属于备课大教室。门虚掩着，因为安静，我走楼梯的动静有了回声，十分清晰。门缝里的光在我走近时，突然全被放开，一个男人握着门里的把手，向我点头。他很强壮，穿着身运动服。在看到他的头一刻，我甚至怀疑，早年欺负我的校霸，又再将我堵住。男人退步，让我往里走，他攥紧拳头，把对我的敌意，写尽在脸上。台灯下的李芜从椅子上回身，用对一个顽皮学生的语气，对我说，进来，找地方坐吧。我有意吊儿郎当，膀子斜靠椅背坐下，男人也坐回他先前的位置上，离窗很近。窗台上放了本没合页的书，他再翻起，用余光瞄我。我问，他是谁，你男朋友？李芜说，不说这个，我们还是来谈赵小涛。我说，好。她戴着眼镜，如我猜想，透明镜框，镜腿细瘦，戴一阵，她就要往上推一推。她鼻子不挺，弯弯的，像个滑梯。我又溜号了。李芜将先前我拿给她的本子，从一高摞的作业里抽出，摊在桌上，压下不表。她先说的是，赵小涛逃学快一礼拜了。我不信，怎么会？他每天都在屋里完成作业，他已经不写那些稀奇古怪的了。当然，写完作业后，我允许他打会儿游戏。可逃学，是不可能的。李芜说，有出勤记录。情况我已经报给教导主任，主任再报给副校，副校再报给校长，现在都有了一致的处理意见。我说，开除？她说，顾全体面，给他办转学吧。我还是不信，那些作业都是我看着完成的，如果他都不来上学了，完成它们还有什么意义？李芜吸口气，和坐在窗口的男人对了眼神，我不知道从她嘴里还会说出什么。

李芜说，看看这个。我敷衍地看了下她桌上的本子，里面每句我都熟悉。她说，赵小涛对我有不礼貌的念头，这你不知道吧。我觉得好笑，说这不是他写的。窗边男人站起来了，走近几步。我得承认，李老师，本子是我的，是我写给你的。李芜说，里面写的，都是只有我的学生才能写出来的话。写得对我比较了解，也能讽刺到地方上。你对我，实现不了这种。我说，我能，赵小涛回家来，会和我说好些你的事。我再问，他到底是不是你男朋友？我指着身后魁梧的阴影，男人似笑非笑地看着我。我说，你还会来网吧上网，记得吗？在你走后，我会看电脑上的搜索记录，所以知道你都想什么。事儿和赵小涛根本没关系，起码这一点，不能算进他被你们开除的理由。男人代李芜问，这真是你写的？他示意我起立，站着和他对话。他的阴影，投在墙壁上，像个现实的黑洞。我数不清挨了他多少下拳头，李芜又在喊，又在哭。回声中我不断重复，不是赵小涛写的，是我写的。男人被李芜推到椅子上，坐下来了。他郁闷地直喘气，李芜背对我站，我又看到了她的米白色头花，在那么细、那么密实的头发上。片刻后，他俩合力扶我起来，我将他俩的手捏在一起。血从我嘴角流下，滴到他们手上，李芜说，对不起，家长。我说，真不是小涛写的。李芜说她相信，男人看着她问，现在怎么办？她说，你去上个厕所吧。他已经这样了，我没有危险。

厕所就在大办公室隔壁，男人解裤子，撒尿的动静清晰可闻。我在李芜坐热了的皮椅子上瘫着，拿她递的纸巾擦血，感觉睁不开眼睛。窗没关严，雪还在下，呼呼的，她走去关窗，人也留在那里，还是背对我。李芜后脑勺的米白色头花，像朵巨大的雪花，逗留她头上，整个不回头的身形，也浑似一块冰。她还在哭，我不明白她哭什么，也许是情绪被我刚才的事触发，也许从始至终，都与我和我的外甥无关。眼前金星乱冒，我又看到宇宙和那些不为人知的奥秘。在备课办公室的墙壁上，宇宙徐徐展开，讲述着许多个星体各不交织，总是交错行驶，而时间恒定。我清楚这会是我最后一次看到她，我其实从来也没了解过她，像她没兴趣了解世上任何人一样。一个星球永远地黯淡了，从活星变成死星，而它散落的垃圾，会滋养其他的星体，变成护卫它们的新添的星带。男人解手归来，走到李芜身后，把手搭到她的肩上。

当晚他俩送我回家。坐在出租车上，夹在李芜和男人当中，我像个苦恼的青少年。透过车窗，我看到了许多个转瞬即逝的冰灯，没看到那个能在我的星球上，点燃万物之源的火种。可能，它早被埋在史前巨冰中，藏进了地表以下。下车时，李芜碰了我的手，我冷到无以复加。男人对我说，再会，哥们儿。我摇晃一阵，在家楼下抬头，看到北面的窗户里，赵小涛房间亮着灯。